外国文学研究丛书

华裔美国文学与社会性别身份建构

Construction of Gender Identity in Chinese American Literature

张 卓 著

苏州大学出版社

图书在版编目(CIP)数据

华裔美国文学与社会性别身份建构 = Construction of Gender Identity in Chinese American Literature / 张卓著. — 苏州: 苏州大学出版社, 2021. 7
(外国文学研究丛书)
ISBN 978-7-5672-3594-6

Ⅰ. ①华… Ⅱ. ①张… Ⅲ. ①华人文学-文学研究-美国 Ⅳ. ①I712.06

中国版本图书馆 CIP 数据核字(2021)第 122605 号

书　　名: 华裔美国文学与社会性别身份建构
Construction of Gender Identity in Chinese American Literature

著　　者: 张　卓
责任编辑: 汤定军
策划编辑: 汤定军
装帧设计: 刘　俊

出版发行: 苏州大学出版社(Soochow University Press)
社　　址: 苏州市十梓街 1 号　**邮编**: 215006
印　　装: 广东虎彩云印刷有限公司
网　　址: www. sudapress. com
E - mail: tangdingjun@ suda. edu. cn
邮购热线: 0512-67480030
销售热线: 0512-67481020

开　　本: 700 mm×1 000 mm　1/16　**印张**: 9. 75　**字数**: 150 千
版　　次: 2021 年 7 月第 1 版
印　　次: 2021 年 7 月第 1 次印刷
书　　号: ISBN 978-7-5672-3594-6
定　　价: 48. 00 元

前　言

对美国亚裔及其他在美国的少数族裔来说，20世纪60年代是一个生机勃勃、充满灵感并富有创造力的年代，因为这一时期以美国黑人为主的民权运动唤起了美国少数族裔争取种族平等的诉求。以种族为基础争取群体权利的民权运动不仅创造性地反叛了强调个人权利的美国传统，而且使在美国历史上长期受到歧视的黑人和其他少数族裔群体一定程度上获得了享受平等的政治和公民权利的法律保障。[①] 受到民权运动、反越战及女权运动的影响，自20世纪60年代末起，一些强调少数族裔和妇女研究的学科也开始兴起，并随着少数族裔研究者的增加而渐成声势。20世纪70年代，在非裔美国人研究、印第安人研究、拉丁语裔美国人研究、社会性别研究等获得了一定发展的时候，美国华裔研究兴起，长期受到美国主流文化忽略和排斥的华裔美国文学也因此获得发展的契机。

民权运动的结果为多元文化主义在美国的兴起奠定了政治基础。多元文化主义触动了美国原有的政治和文化结构，对传统的美国思想和价值体系提出了严肃的挑战，使"多元化"成为美国社会生活中一个不可忽视的现实。多元文化主义理论的核心是承认文化的多元性，承认各种文化之间的平等与相互影响，挑战了西方文明在思维方式和话语权方面的霸权地位。20世纪70年代，多元文化主义的概念首次出

① 20世纪60年代通过的保障少数族裔权利的法律主要包括：1960年的《民权法》，监督种族歧视严重地区的选举。1964年的《民权法》，全面禁止法律上的种族歧视行为和种族隔离政策；由1964年《民权法》衍生而来的"平权措施"，又称"肯定性行动"计划，帮助在美国历史上长期受到歧视性的群体尽快改变在教育和经济地位上的劣势。1965年的《选举权法》，规定联邦政府在一定情况下对地方选举中的种族歧视事件进行干预。1965年的《移民法》，改变了实行近半个世纪之久的对有色人种的歧视性移民政策，使大量来自亚洲和拉丁美洲的移民得以进入美国。1968年的《民权法》，禁止在住房方面实行种族歧视。这一系列律令带来了20世纪70年代和80年代美国社会少有的种族相对和平局面。

现,其目的是在美国的中小学教育中增加对不同族裔文化传统的理解和尊重。这在某种程度上有助于减少种族主义偏见,体现了美国主流社会对非主流文化的排斥和曲解发生了一定的改变。①

多元文化主义思想使美国这个由多个民族和族裔构成的国家承认其文化的多元性,不同族裔、性别和文化传统的美国人获得了言说的权利。许芥昱(Kai-yu Hsu)、王燊甫(David Hsin-Fu Wand)、赵健秀(Frank Chin)等编选了《亚裔美国文学选集》,肯定了亚裔/华裔美国文学的存在,创造并呈现了亚裔/华裔美国文学的传统,使亚裔/华裔文学在美国多元文化的语境中逐步受到关注。标志亚裔美国文学真正进入美国学术建制是在20世纪80年代初,除了亚裔美国文学界内部的努力,以劳特(Paul Lauter)为代表的"重建美国文学"运动使亚裔/华裔美国文学在美国文学史和文学选集中得到前所未有的呈现与重视。1982年,美国非裔学者裴克(Houston A. Baker, Jr.)为美国现代语文学会编辑出版了《三种美国文学:为美国文学教师编辑之墨裔、原住民与亚裔美国文学选集》,将亚裔美国文学与美国原住民文学和墨裔美国文学并列,提供相对于美国主流文学的另一种认知,强调这三种文学对于多族裔的美国文学所具有的意义。裴克认为这三个族裔的历史都根植于美国文化,对此三个族裔的正确认知才能保证公平评价美国社会史和思想史的特性。华裔美国文学研究学者单德兴教授在评价此书的意义时指出,以美国现代语文学会在美国学术建制中的地位,这本书一定程度上代表80年代初美国主流学术建制对亚裔美国文学的承认。1988年出版的由爱默里·艾略特(Emory Elliot)主编的《哥伦比亚美国文学史》,作为目前最权威的美国文学史之一,邀请亚裔美国文学研究学者金伊莲(Elaine H. Kim)教授专章论述亚裔/华裔美国文学,此举可谓正式将亚裔/华裔美国文学引入美国文学史的书写主流。由劳特主编的极具影响力的《希斯美国文学选集》(1990)中也部分收录了《埃仑诗集》(1980)和汤亭亭(Maxine Hong Kingston)等作家的作品。美国现代语文学会出版了由华裔美国文学研究学者张敬珏(Kin-kok Cheung)教授和斯坦·约格(Stan Yogi)编选的《亚裔美国文学书目题要》(1988),两位学者挖掘出许多以往被湮没的作品和评论,为后来的研究奠定了重要基础。20世纪80年代末,一批美国学院派教授开始接纳华裔美

① 王希:《多元文化主义的起源、实践与局限性》,载《美国研究》,2002年第2期。

国文学，许多大学也相继成立了“亚美研究中心”，开设亚裔/华裔美国文学。亚裔/华裔美国文学逐渐受到美国主流学术界的重视，成为美国文学界不可忽视的文学现象。美国文学史和文学选集的编写与重编见证了美国文学典律①的变化，也见证了华裔美国文学在美国文学中地位的变迁。华裔美国文学不仅为从事少数族裔话语理论研究的理论家提供了肥沃的土壤，更是一种能够不断创造新的意义、新的价值观、新的社会关系并具有新兴文化②动力的“新兴文学”。

华裔美国文学是华裔美国作家对自身弱势族裔处境的回应。美国主流社会对华裔的种族歧视采取一种性别化的形式，通过对华裔性别化的再现将华裔文化异己化，进而将华裔永远排除在美国社会和历史之外。本论著以黄玉雪、朱路易、汤亭亭、赵健秀、谭恩美等美国华裔作家的作品为研究对象，探讨作家如何以英语撰写的文学作品与美国主流社会的历史、知识和记忆对抗，借助文学的影响力努力消除美国主流社会强加给华裔的刻板形象，建构华裔的主体性。

本书从学术界对 Chinese American Literature 的翻译和对华裔美国文学的界定入手，从华裔美国文学发展的历史契机及其逐渐受到美国主流学界重视的现象出发，确立研究对象，追溯华裔美国文学在不同历史语境下的生发，探寻《华裔美国文学选集》对确立华裔美国文学、创造与呈现华裔美国文学传统的意义，在对国内外的华裔美国文学研究进行综述的基础上，提出本书的研究视角和研究方法。

美国华裔的文化身份问题一直是华裔美国文学界关注的焦点问题。本论著在对文化身份和社会性别进行理论探讨的基础上，揭示从文化身份尤其是社会性别身份视角切入华裔美国文学研究的重要意义，指出美国主流意识形态通过文学对美国华裔性别化的表述，使华裔一直经历着文化变形的生存体验，因此华裔美国作家以文学书写的方式瓦解主流社会既定的种族和社会性别含义，置换被美国主流文化歪曲的性别化的刻板形象，努力建构美国华裔的主体性，从而获得其在美

① 美国的文学与文化典律一直被刻画成以 WASP（White，Anglo-Saxon，Protestant，即信奉新教的盎格鲁-撒克逊白人）、男性、异性恋、中产阶级、东岸为主流。

② 所谓“新兴文化”，是指正在不断地创造种种新的意义、新的价值观、新的习俗、新兴的以及新类型的社会关系的场所或者一系列场所。见赛勒斯·R. K. 帕特尔：《新兴文学》，载萨克文·伯科维奇主编《剑桥美国文学史：散文作品 1940—1990 年》，孙宏，等译，北京：中央编译出版社，2005 年版，第 561—583 页。

国平等的国家身份和广泛的社会认同。

本论著选择性地运用女性主义、后殖民、后现代等文学批评理论,以对社会性别身份的理论探讨为基础,以黄玉雪的《华女阿五》、朱路易的《吃一碗茶》、汤亭亭的《女勇士》和《中国佬》、赵健秀的《甘加丁之路》及谭恩美的《喜福会》作为研究的主要文本,从社会性别身份视角对美国华裔作家作品进行深入解读。探讨美国华裔作家如何在文本中借助中国文化资源,采用改写中国文学与文化、抵抗真实与虚构的对立、进行跨文类书写等叙事策略,消除性别化的刻板形象,努力在美国主流文化中建构美国华裔男性和女性的主体性,并进一步探讨美国华裔作家如何在解构美国华裔的刻板形象、建构美国华裔主体性的同时,建构美国华裔的历史和美国华裔的国家主体身份。打破长期以来华裔美国文学研究主要聚焦于对华裔女性文本的女性主义解读,在探讨华裔美国文学中华裔女性主体建构的同时,探讨华裔男性主体的建构,并追溯美国华裔男性在美国主流社会文化中所受到的歧视和压迫,揭露美国主流社会通过文学和法律对美国华裔男性进行弱化和去势的行径。

本论著指出,向美国主流文学典律提出挑战并对其加以修正的华裔美国文学是与美国主流文学相对的、具有新兴文化动力的"新兴文学"。中国文化为美国华裔作家的对抗叙事提供了重要资源,但美国华裔作家对中国文化资源的利用并不意味着华裔美国文学是中国文学、代表中国文化。华裔美国文学是建立在英语基础上的、体现美国文化精神和审美范式的文学叙事,其文本叙事中的中国是以想象的方式主导的中国。因此,在整体上,华裔美国文学是美国华裔作家以美国主流社会的文化精神和审美范式消除白人主流社会强加给美国华裔的刻板形象、在美国白人主流社会中建构华裔的美国人身份。美国华裔作家创作的具有中国文化因素和新兴文化动力的文学,以其对美国主流文学与文化的不断挑战和修正,使美国文学与文化的范畴愈见宽广、风貌愈为繁复。

许多华裔美国文学作品具有跨文类的属性,尤其是汤亭亭的作品更是有意违反传统的界限,跨越传统的小说和自传文类的局限,因此本书虽然不探讨美国华裔的诗歌和戏剧,而主要以美国华裔的"小说"为主,但因其文类的复杂性,难以用"美国华裔小说"简单概括本文研究对象的复杂文类,所以本书的标题采用"华裔美国文学与社会性别身份建构"。

目　录

Contents

第一章　华裔美国文学研究的两个基本问题

第一节　Chinese American Literature 的中文翻译

自 20 世纪 80—90 年代 Chinese American Literature 进入中国学界的研究视野以来，中国学者不仅要面对该文学研究对象的界定问题，而且要面对 Chinese American Literature 的中文翻译问题。Chinese American Literature 曾有四种译名，分别是“华裔美国文学”“华裔美国人文学”“美国华裔文学”“美国华裔英语文学”。近 40 年中国公开发表的学术论文和学术专著中，Chinese American Literature 主要并存两种译法：一为“华裔美国文学”，二为“美国华裔文学”。[①] 两种译名的并存反映的不仅仅是一个翻译问题，而且牵涉华裔美国人文化身份和国家身份的认同。华裔美国人创作的仅仅是族裔文学，还是兼具族裔性和美国性的文学？因此，Chinese American Literature 到底应该翻译为“华裔美国文学”，还是“美国华裔文学”？这是需要厘清的问题，也是值得中国学界进行探讨的问题。

中国学者王理行（2001）、郭英剑（2003）[②]曾专门探讨过 Chinese

---

① 对 Chinese American Literature 的译介与研究做出重要贡献的张子清教授在其文《跨文化·双语性：华裔美国作家的名字》的注释中指出：2010 年 7 月在南京大学召开的研讨会的英文标题“The International Conference on Chinese American Literature”按照现在公认的译文应译为“华裔美国文学国际研讨会”，而不是“美国华裔文学国际研讨会”。张子清教授在该文中也指出，国内在华裔美国文学的译介和研究文章中对专有名词的翻译存在混乱现象。见张子清：《跨文化·双语性：华裔美国作家的名字》，《当代外国文学》，2010 年第 4 期。

② 王理行：《论 Chinese American Literature 的中文译名及其界定》，《外国文学》，2001 年第 3 期；郭英剑：《命名？主题？认同——论美国华裔文学研究中的几个问题》，程爱民主编，《美国华裔文学研究》，北京：北京大学出版社，2003 年版。

American Literature 的中文译名问题。两位学者认为应将其译为"美国华裔文学",其原因有三:第一,从 Chinese American Literature 的原文看,首先强调其为"美国文学","华裔文学"是整个"美国文学"的一部分。第二,按照中文的表达习惯,涵盖意义大和首先强调的内容在前,因此可将 Chinese American Literature 中译为"美国华裔文学",而且这个翻译和已被接受的"美国犹太文学"(Jewish American Literature)、"美国黑人文学"(Black American Literature)及"美国印第安文学"(Indian American Literature)的中文译名一样,都属于美国文学整体的组成部分。第三,在汉语中,"美国文学"已包含"美国人文学"之意,没有必要再译为"美国人文学";"美国华裔英语文学"区别于美国华人的汉语写作,但国内有较为独立的"海外华文文学"学科,专门研究海外华人用华文进行的文学创作,所以与海外华文文学相对应的应该是海外作家所居住国的其他语种文学,"美国华裔英语文学"之"英语"二字为多余。两位学者在多种译名并存的局面下,对 Chinese American Literature 的翻译问题进行全面分析、仔细论证。有些批评家认为,华裔美国作家大量利用、改写中国文学/文化资源,Chinese American Literature 代表了中国文化,但"华裔文学"是整个"美国文学"的一部分,这对于学科的确立与发展做出了重要贡献。

20 世纪 90 年代以来,Chinese American Literature 在中国是一个活跃的、具有广阔研究空间的学术领域,相关研究成果不断涌现,但 Chinese American Literature 的译名仍然没有统一,国内学术界一直并存"华裔美国文学"和"美国华裔文学"两种译名。中国大陆张子清、吴冰、赵文书等许多学者及中国台湾学者单德兴、何文敬等人在其论文和专著中都将 Chinese American Literature 译为"华裔美国文学"。与此同时,在国内重要期刊和已发表的专著中,又有相当多的研究者将其译为"美国华裔文学"。张子清教授对于英文标题"The International Conference on Chinese American Literature"的译文进行了纠正,这一方面表明两种译名多年一直并存的客观事实,另一方面表明学界应该对此问题再次给予关注和讨论。

中国台湾学者单德兴在 2006 年对美国加州大学伯克利分校族裔研究系教授、亚裔美国文学研究的重要学者黄秀玲进行访谈时,提到 Chinese American Literature 的两种译名并存的问题,指出中国大陆学者将其译为"美国华裔文学",中国台湾学者将其译为"华裔美国文学"。

单德兴从中国台湾学者的视角关注到中国大陆学者将 Chinese American Literature 译为“美国华裔文学”，可见相对于张子清教授所认为的“公认的译文”（译为“华裔美国文学”），译为“美国华裔文学”在中国学界也是一种较为普遍的现象。黄秀玲认为，Chinese American 应该翻译为“华美”，而不是“美华”，因为“美华”一词过于“中国中心”。[①] 因此，尽管王理行和郭英剑两位学者强调 Chinese American Literature 是美国文学，“华裔文学”是整个“美国文学”的一部分，但“美国华裔文学”一词的重心却落在“华裔”二字上，客观上常常被理解为在美国的华裔创作的文学作品。这种理解无疑强化了该文学的“族裔性”和“中国性”，但没有鲜明地体现出华裔文学是美国文学的一部分。而 Chinese American Literature 的重点在于 American，前面的 Chinese 是形容词，汉语翻译时也应该强调其“美国性”，应该翻译为“华裔美国文学”。译为“华裔美国文学”强调了该文学的“美国性”对华裔美国文学和华裔美国作家具有重大意义。张琼惠明确表示，一再将华裔美国文学划入“中国”范畴内的做法，“不但将华美文学（华裔美国文学——作者注，下同）剔除在美国文学之外，也剥夺了华美文学隶属于美国文学典律之内的资格；如此一来，华美作家非中非美的境遇使得他们失去作家的身份，成为文学的游民，无处可归的结果只会导致作品在文学的领域中永远‘缺席’（absence），没有名正言顺的地位”[②]。

不可否认，华裔美国作家的族裔背景是中国。作为在美国遭受种族歧视和性别歧视的弱势族裔作家，他们以主流社会的文字对抗美国主流社会的历史、知识和记忆；在他们的对抗叙事中，中国文化为他们提供了重要的资源，在其文本构建中占有相当的分量。汤亭亭认为自己“根植于中国文学”[③]，她在文本构建中确实如她所说，大量改写《镜花缘》《太平广记》《西游记》等中国古典文学作品，改写屈原、花木兰、岳飞、蔡琰等历史人物故事，并在文本形式上受中国语言的节奏、中国传奇小说故事起承开合的方式及中国话本小说的说唱形式的影响。赵

---

① 《华美·文学·越界：黄秀玲访谈录》，载单德兴主编《故事与新生：华美文学与文化研究》，天津：南开大学出版社，2009 年版，第 187 页。

② 张琼惠：《创造传统：论华美文学的杂碎传统》，载车槿山主编《多边文化研究：第三卷》，北京：北京大学出版社，2005 年版，第 53 页。

③ 张子清：《东西方神话的移植和变形》，载《女勇士》，桂林：漓江出版社，1998 年版，第 199 页。

建秀也通过改写中国古典文学《三国演义》《水浒传》《西游记》建立华裔文学的英雄传统，恢复华裔美国人的男性气概。华裔美国作家对中国文学和文化资源的利用和改写体现了其文学的族裔根源和特性，但鲜明的族裔特性并不能否定它的"美国性"。

强调 Chinese American Literature 的"美国性"，将其翻译为"华裔美国文学"，但华裔美国文学能否进入美国文学传统，成为其中的一部分？单德兴在《越界的创新：创造传统与华裔美国文学》一文中指出：文学或文化传统并非客观存在、不动如山，而是会不断加入变量；传统与创造之间是互动的，传统依赖创造再生，创造需要传统的启发。[①] 受到20世纪60—70年代美国民权运动、女权主义、多元文化思想的影响，人们开始从族裔与性别的角度思考美国文学，以多元文化思想反省现存的美国文学与文化。这些努力终在20世纪80—90年代获得成效，为一向以WASP（白人、盎格鲁-撒克逊、新教徒）、独尊英语的美国文学与文化提示了其他文学与文化传统的存在与意义。单德兴曾经以"冒现的文学"（literature of emergence）[②]一词来强调具有新兴文化[③]动力的新兴文学与传统典律之间的"异与同、断与续、变与常"。华裔美国作家创作的具有中国文化因素和新兴文化动力的文学，以其对美国主流文学与文化的不断挑战和修正，正推动美国文学与文化传统的改观。

美国文学史和文学选集的编写与重编见证了美国文学传统的变化，也见证了华裔美国文学在美国文学中的地位变迁：长期受到美国主流文化忽略和排斥的华裔美国文学已经进入美国"主流文学"的范畴。20世纪80年代初，除了亚裔文学界内部的努力，以劳特为代表的"重建美国文学"运动使亚裔/华裔美国文学在美国文学史和文学选集中得到前所未有的重视。1982年，美国非裔学者裴克（Houston A. Baker, Jr.）为美国现代语文学会编辑出版了《三种美国文学：为美国文学教师编辑之墨裔、原住民与亚裔美国文学选集》，将亚裔美国文学与美国原

---

① 单德兴：《越界的创新：创造传统与华裔美国文学》，载单德兴主编《故事与新生：华美文学与文化研究》，天津：南开大学出版社，2009年版，第80—96页。

② 单德兴：《冒现的文学/研究：台湾的亚美文学研究——兼论美国原住民文学研究》，中国台湾《中外文学》，第29卷，第11期，2001年4月，第11—28页。

③ 所谓"新兴文化"，是指正在不断地创造种种新的意义、新的价值观、新的习俗、新兴的及新类型的社会关系的场所或者一系列场所。见赛勒斯·R. K. 帕特尔：《新兴文学》，载萨克文·伯科维奇主编《剑桥美国文学史：散文作品1940—1990年》，孙宏，等译，北京：中央编译出版社，2005年版，第561—583页。

著民文学和墨裔美国文学并列，提供相对于美国主流文学的另一种认知，强调这三种文学对于多族裔的美国文学所具有的意义。裴克认为这三个族裔的历史都根植于美国文化，对此三个族裔的正确认知才能保证公平评价美国社会史和思想史的特性。单德兴在评价此书的意义时指出，以美国现代语文学会在美国学术建制中的地位，这本书相当程度上代表20世纪80年代初美国主流学术建制对亚裔美国文学的承认。[①] 1988年由爱默里·艾略特（Emory Elliot）主编的《哥伦比亚美国文学史》得以出版，该书是目前最权威的美国文学史著作，亚裔美国文学研究学者金伊莲（Elaine H. Kim）应邀专章论述亚裔/华裔美国文学，此举可谓正式将亚裔/华裔美国文学引入美国文学史的书写主流。由劳特主编的极具影响力的《希斯美国文学选集》（1990）中也部分收录了《埃仑诗集》（1980）和汤亭亭等人的作品。1988年，美国现代语文学会出版了由华裔美国文学研究学者张敬珏（Kin-kok Cheung）和斯坦·约格（Stan Yogi）编选的《亚裔美国文学书目题要》，挖掘出许多以往被湮没的作品和评论，为后来的研究奠定了重要基础。20世纪80年代末，一批美国学院派教授开始接纳华裔美国文学，许多大学也相继成立了“亚美研究中心”，开设亚裔/华裔美国文学。亚裔/华裔美国文学逐渐成为美国文学界不可忽视的文学现象。华美文学在美国文学中的地位变迁清楚地表明：华裔美国人的“中国性”是华裔美国作家生来就具有的属性，华裔的族裔属性并不表明 Chinese American Literature 只能是一种族裔文学，它同时也是美国文学传统的一部分。

两种不同的译名不仅牵涉 Chinese American Literature 是族裔文学还是美国文学，而且牵涉华裔美国人的文化身份和国家身份问题。译为“华裔美国文学”，强调了该文学的“美国性”，换言之，强调了华裔美国人的美国人身份；而译为“美国华裔文学”则强调了该文学的族裔性、华裔美国人的中国背景。阿里夫·德里克指出，“亚裔美国人并不是打上种族和文化印记的、没有历史的、移民美国的亚洲人民，而是美国历史的产物，在其形成过程中，他们从一开始就是参与者”[②]。汤亭

① 单德兴：《铭刻与再现：华裔美国文学与文化论集》，台北：麦田出版社，2000年版，第336页。

② 阿里夫·德里克：《跨国资本主义时代的后殖民批评》，王宁，等译，北京：北京大学出版社，2004年版，第87页。

亭认为,"一部华裔美国人的历史就是一场争取成为美国人的战斗;我们不畏艰辛地为获得合法的美国人身份而战斗"①。因此,对 Chinese American Literature 美国性的弱化或否定无疑是对华裔美国人文化身份和国家身份的否定。作为在美国的弱势族裔作家,华裔美国作家最重要的创作目的就是借助文学的影响力,积极建构华裔美国人的美国属性和国家认同。张琼惠指出,"替华美文学'正名'为美国文学,宣称美国华裔在美国文学、历史中的存在(presence),这是华美家(华裔美国作家——作者注,下同)不断努力、试图达到的目标,如此一来才能为自己身为作家的身份定位"②。

Chinese American Literature 到底应该译为"华裔美国文学"还是"美国华裔文学",华裔作家的自我定位为我们的思考提供了重要线索。汤亭亭认为自己是一个美国作家,创作的是美国文学,她希望自己像所有美国作家一样,能够创作出伟大的美国作品。她明确表示她写的是美国而不是中国,她不是在照搬也不是在翻译中国文化,而是写她所熟悉的美国生活。在这方面,汤亭亭的态度非常坚决。在《被美国评论家误读的文化》一文中,汤亭亭批评有些评论家将《女勇士》与白人心目中具有异国情调、神秘东方的刻板模式相比,而没有看到这本书或者她本人的"美国性"。③ 对于被汉学家批评的篡改中国神话的行为,汤亭亭明确表示:"他们不明白,神话必须改变,必须有用,否则就会被遗忘。神话就像携带着他们漂洋过海的人们一样,也变成了美国式的。我写的神话就是新的美国的神话。"④谭恩美也认为自己是非常美国化的作家,反对自己的作品被贴上族裔文学的标签。她指出,尽管中国文化为她的小说创作提供了文化背景,但这并不意味着她一定在写中国文化。任璧莲希望被认为是美国主流作家,而不是族裔作家,她在《典型的美国佬》的开始便申明她写的是一个美国故事,将故事的主人公当作美国历史的一部分加以讲述。以上事例表明,尽管华裔美国作家在文学创

---

① Maxine Hong Kingston, Cultural mis-reading by American reviewers, in Guy Amirthanyagam (ed.), *Asian and Western Writers in Dialogue*, Hong Kong: McMillan, 1982: 59.

② 张琼惠:《创造传统:论华美文学的杂碎传统》,载车槿山主编《多边文化研究:第三卷》,北京:北京大学出版社,2005 年版,第 53 页。

③ Maxine Hong Kingston, Cultural mis-reading by American reviewers, in Guy Amirthanyagam (ed.), *Asian and Western Writers in Dialogue*, Hong Kong: McMillan, 1982: 58.

④ 赛勒斯·R. K. 帕特尔:《新兴文学》,载萨克文·伯科维奇主编《剑桥美国文学史:第七卷》,孙宏,等译,北京:中央编译出版社,2005 年版,第 574 页。

作中利用大量的中国文学和文化资源,但他们将自己定位为美国作家,创作的作品是美国文学。

就对中国文化的吸收而言,在美国生长、受教育或虽不在美国出生但在美国成长、受教育的以英文进行创作的华裔作家几乎没有在中国的亲身经历和感受,他们并没有进入一个具体的现实存在的中国体验。相对于华裔作家在美国接受教育,阅读大量美国典范的文学作品,对西方文学传统广泛了解,他们的中国文化多来源于父母所讲的中国故事或阅读英译本的中国文学。例如,汤亭亭知道的民间故事、唱诵、史诗大多来源于父母的讲述和教授,她阅读的中国文学是通过英文翻译,包括英译本的《三国演义》《红楼梦》《水浒传》《西游记》及李白和杜甫的诗选。因此,大多数华裔作家是以美国主流社会的文字(英文),书写听来的或通过阅读获得的"中国"故事。他们的文学文本中呈现的中国文化是以间接的方式获得的中国文化,文本中的"中国"是他们想象中的中国。

就利用中国文化与文学资源进行文学创作的目的而言,华裔作家的目的是借中国文化与文学资源消除美国主流社会强加给华裔美国人的刻板形象,消除美国主流社会对华裔美国人的歧视和偏见,在盎格鲁-撒克逊新教白人的主流社会中书写被湮没的华裔美国人的历史,从而牢固地树立起华裔美国人在美国历史文化中的国家身份。华裔美国作家的创作目的表明华裔美国作家并无意于复制或继承中国文化传统。对于汤亭亭文本中的中国文化传统和美国文化传统,张敬珏就认为汤亭亭的文本既不是在两个传统中择其一,也不是简单地混杂两个传统,而是借着重新塑造亚洲/中国和西方的神话而抗拒古老的传统,从而在两个传统中重建自己。因此,Chinese American Literature 是具有鲜明族裔特色的美国文学,应该译为"华裔美国文学"。

就华裔美国作家对中国文学与文化的利用和改写而言,汤亭亭在《女勇士》中创造性地转化了花木兰的故事,将中国文化中具有忠孝美德的花木兰转化为具有女权主义思想、抗议男性社会不公的女勇士。出版于20世纪70年代的《女勇士》对中国文化进行女权主义的"改写",关注种族平等和性别平等问题,契合的正是当时美国社会女权主义和多元文化主义的时代精神。再就华裔美国作家的创作所体现的文化精神而言,"说故事"的叙事策略是汤亭亭最重要的叙事策略,她认为说故事可以使“每个说故事的人赋予故事他自己的声音和精神”①。她本人非常重视创作的自由，认为作家应该有语言选择、思想表达及主题选择的自由，所以她的文本常常打破文类之间、虚构与现实之间的界限。汤亭亭极为强调和重视个体精神和自由，而对个体精神和自由的重视正是美国新教文化精神的鲜明体现。

詹明信指出，后现代主义是晚期资本主义的文化逻辑，“是当代多民族的资本主义的逻辑和活力偏离中心在文化上的一个投影”②。与现代主义文明彻底决裂的后现代主义思潮影响了欧美的哲学、历史学、人类学、社会学、宗教、美学、文化、艺术等各个学术领域。就美国文学而言，它使美国小说发生了明显的变化：后现代派小说超越艺术与现实的界限、文学体裁之间的传统界限、各类艺术之间的传统界限，形成事实与虚构、小说与非小说、高雅艺术与通俗艺术、小说与绘画、音乐及多媒体的结合；在叙事话语方面追求多样性，主张多元化；消解传统小说的形式与叙事技巧，运用不确定的语言系统；创造戏仿、拼贴、蒙太奇、黑色幽默等表现手法。就华裔美国作家的创作所体现的审美范式而言，汤亭亭的创作不断实践后现代派的美学思想，呈现后现代小说的特色，体现西方文化的审美范式。《女勇士》和《中国佬》虽然被归为非小说类，但汤亭亭在非小说类的作品中融进虚构的成分，打破虚构与非虚构的界限，混合虚构与非虚构的形式，打破传统的归类观念，形成跨文类书写的特质。在以小说类出版的《孙行者》中，汤亭亭大胆地采用戏仿、拼贴、语言游戏、跨越时空等后现代手法，冲入向来被白人男性作家所霸占的后现代小说领域。可见，华裔美国作家采用西方的审美范式、呈现美国的文化思想和文化精神，目的是在美国主流文学的传统中拓建华裔美国文学的传统，促使美国文学肯定多样性、容纳众多的声音，进而借助文学的影响力建构华裔的美国人身份。

华裔美国作家通过文学书写努力争回华裔的美国人身份、构建华美文学传统并努力进入美国文学传统，但这并不意味着他们要放弃自身的族裔属性。赵健秀在《唐老亚》中借唐老亚父亲之口表达了这种

① 单德兴：《对话与交流：当代中外作家、批评家访谈录》，台北：麦田出版社，2001 年版，第 129 页。

② 詹明信：《晚期资本主义的文化逻辑》，陈清侨，等译，北京：生活·读书·新知三联书店，1997 年版，第 292 页。

观点，即成为美国人并不是一定要抛弃华裔身份。亚裔批评家林英敏和张敬珏都强调留住特有的族裔属性的重要性。张敬珏认为，亚裔美国人不是要压抑，而是应该表现自己的属性，对自己属性的表现并不意味着要他们抛弃亚裔或美国的特性，而是二者兼具。林英敏认为，如果强调华裔与其他种族的相似性，强调华裔的人性高于华裔的文化特性，那等于是在取消多元文化研究的理由。金伊莲强调亚裔美国文学在文化身份问题上的初始阶段族性书写的必然性，认为通过重新阐释文化差异从而强调先在的族性身份是避免被边缘化的有效手段。美国学者帕特里克·墨菲（Patrick Murphy）[①]也认为，被边缘化的弱势族裔抵制同化，留住自己的族裔文化是更好的选择，因为这样不仅可以保持和获得人类的多样性，也可以维持生存意义的一定程度的确定性。

汤亭亭认为故事不仅可以来回于说故事与文本之间，也可以来回于文化和语言之间，她希望能够帮助读者把他们自己的故事"连接上其他的、异国的故事，并借此连接上全世界的任何文化"[②]。汤亭亭的这种思想充分体现了她对美国多元文化所采取的态度：不是彼此敌对，也不是简单的融合，而是各种文化之间的交流与对话。任璧莲扩大了"典型的美国人"的含义，指出是否是典型的美国人不应该受限于所属的族裔，更在《梦娜在希望之乡》（1996）中表现各种文化的对话与交流，将文化身份和族裔问题复杂化，让中国移民、日本人、犹太人、白人和非裔美国人等各种族裔背景的人在各个族裔之间自由转换自己的文化身份，而不再执着于自身族裔性的种种描述。汤亭亭在《第五和平书》（2003）中不再反抗种族歧视和性别歧视，不再纠正种族刻板形象，也不再建构华裔美国人的历史，而表现出对人类普遍关注的和平问题的探索和关注。20 世纪 90 年代以来，华裔美国文学所呈现的日渐鲜明

---

① Patrick Murphy 是佛罗里达中央大学英语系教授、《英美文学研究论丛》外籍编委。他的研究领域包括 Nature-Oriented Literature，Contemporary Multicultural American Literature，Comparative Asian American and Asian Literatures，Modern American Poetry，Ecocriticism，Science Fiction，Bodied Subjecthood and Identities，Bakhtinian Dialogics。

② 单德兴：《对话与交流：当代中外作家、批评家访谈录》，台北：麦田出版社，2001 年版，第 129 页。

的变化正体现了华裔美国文学从“需要到奢华”[1]的发展过程。正如张琼惠所描述的那样,“过去的华美文学为了引起美国读者的注意,刻意强调特有的既中又美的属性是一种不得不的‘需要’,是特意抑制自我独立的个性,借着发挥中国文化的整体特色来求取华美文学在典律中的生存;而今在美国文坛占有一席之地后,想要华美文学继续存在、发展,强调多重的族裔属性则是一种‘奢华’,是主动去重新界定旧有的意涵,将‘美国华裔’或‘中国佬’从一外加的、羞耻的名称转换成一种志愿的、标示‘不同’(difference)的代码”[2]。

综上所述,华裔美国人是美国历史的参与者和建设者,理应具有美国人的文化身份和国家身份;华裔美国人创作的 Chinese American Literature 是美国文学传统的一部分,Chinese American Literature 的中文翻译要强调该文学的“美国性”,应该翻译为“华裔美国文学”。

但是,将 Chinese American Literature 翻译为“华裔美国文学”,强调该文学的“美国性”并不意味着可以简单地将其理解为“美国文学”,保留 Chinese American Literature 的“族裔性”仍然具有必要性和重要性。赛勒斯指出,“新兴文化中一个关键的成分就是与主流文化的潜在对抗”[3]。对于多数少数族裔作家来说,那些可以用来对抗主流文化的场所是建立在并非源于欧洲信仰和故事基础之上的。因此,在美国多元文化语境中,兼具中美文化基因的华裔美国文学绝不能将自己的文学和自身的族裔文化割裂。例如,美国原住民作家之所以总是取材于他们的部落文化遗留下来的成分,是因为部落习俗不仅代表他们的个性和身份中不可分割的部分,对部落文化的描写更有助于使他们把部落文化作为活的文化延续下去。

---

① 加州大学伯克利分校著名华裔美国文学研究教授黄秀玲引用了汤亭亭在《女勇士》中提到的“需要”(necessity)和“奢华”(extravagance)这两个观念,认为“需要”和“奢华”表示两个相对的生存与运作模式:“需要”有“自制、为了求生存和保护心态”的含义,“奢华”受自由、过度情感表达和有自身艺术创作目的的吸引;“需要”常与“强制”“要求”“约束”等词一起出现,“奢华”则与“渴求”“冲动”“欲望”等词一起出现;“需要”常与强迫、征服、不可能实现自我和社会成就感联系在一起,而“奢华”则含有独立、自由、个人实现及/或社会更新的机会。见 Sau-ling Cynthia Wong, *Reading Asian American Literature: From Necessity to Extravagance*, Princeton: Princeton University Press, 1993: 13, 121.

② 张琼惠:《创造传统:论华美文学的杂碎传统》,载车槿山主编《多边文化研究:第三卷》,北京:北京大学出版社,2005 年版,第 58—59 页。

③ 赛勒斯·R. K. 帕特尔:《新兴文学》,载萨克文·伯科维奇主编《剑桥美国文学史:第七卷》,孙宏,等译,北京:中央编译出版社,2005 年版,第 565 页。

将华裔美国文学置于新兴美国文学脉络之中而不是简单地定位为美国文学,既体现了华裔美国文学具有的新兴文化动力,肯定了它借助文学文本的力量,修正以白人为主流的美国历史,呈现被白人湮没的华裔美国人的历史,挖掘华裔美国人在美国的历史依据发挥的至关重要的作用,又体现了这一具有新兴文化动力的文学对美国主流文学与文化的不断挑战和修正、对美国文学与文化范畴的不断拓展。这种定位使华裔美国文学获得了更为广泛的含义,对其进行的文学研究和文学批评也不再追问其“中国性”或“美国性”,而可以将其置于更为广阔的研究视野,既可以研究华裔美国文学在美国多元文化语境中如何形成自身特性,又可以研究华裔美国文学、美国主流文学和其他具有新兴文化动力的新兴美国文学的互动和异同。

第二节 华裔美国文学的界定

华裔美国文学是华裔美国作家对自身弱势族裔处境的回应。20 世纪 60 年代前,美国华裔一直被美国主流社会视为一个没有自己的语言、文学和历史的族群,被美国主流文化排斥在外。美国主流社会把在美国出生、成长的美国华裔界定为中国人,允许美国华裔具有的唯一的文化身份就是在美国的“外国人”。[①] 鉴于美国主流社会对华裔及其文化身份的否定,对于华裔美国作家来说,呈现华裔的文学传统、宣告华裔文学的存在、展现华裔文学的价值对华裔获得文学和文化上的承认进而获得社会的承认和政治上的权利具有重大意义。华裔美国文学及其选集不仅创造并呈现了华裔美国文学传统,发出了美国华裔独特的声音,而且向美国主流文学典律挑战,对其进行扩展及重新定义,促使美国文学容纳多样性和众多的声音。

华裔美国文学常被放在亚裔美国文学中进行研究,但就历史和创作而言,华裔美国文学一直是亚裔美国文学的大宗,在亚裔美国文学中占有重要位置。华裔美国文学的界定常含涉于亚裔美国文学的界定。亚裔/华裔美国文学的界定是一个复杂问题,不同的学者、作家或评论

① Elaine H. Kim, *Asian American Literature: An Introduction to the Writings and Their Social Context*, Philadelphia: Temple University Press, 1982: 175.

家对其界定不同。亚裔美国文学研究重要学者黄秀玲(Sau-ling Cynthia Wong)认为,“亚裔美国人”一词本身就很复杂,既可能指出生于美国的亚裔,也可能指亚洲人和白种人的混血人种,即使在该族裔内部,“亚裔美国人”一词的使用者也不能指望有一致的用法,必须根据具体情况界定它的意义。①亚裔美国人所指的复杂性决定了对亚裔美国文学的界定难以达成一致的意见。亚裔美国文学批评的重要开拓者金伊莲强调亚裔文学作品的语言和内容,将亚裔美国文学界定为亚裔美国作家用英文创作的关于他们美国经历的文学作品。②赵健秀及其合作者们强调亚裔作家的出生、成长地和所使用的语言,他们认为,通过新闻媒体和书本获得对自身所属民族和所在国的了解,且出生和成长均在美国的亚裔作家用英文创作的作品才属于亚裔美国文学;后来他们对原来的界定又加以修订,指出那些出生在美国之外但对美国文化有感性认识而对亚洲人生活无实际记忆的亚裔作家的作品也属于亚裔美国文学。③

中国学者张子清综合以上美国学者的观点,将亚裔/华裔美国文学作品归为以下三类:第一类是在美国出生、成长、受教育、工作、生活的亚裔/华裔(或他们与欧美混血的子女)作家用英文描写他们在美国的生活经历和体验的文学作品;第二类是在亚洲/中国出生(生活时间或长或短)而在美国受教育、工作、生活的亚裔/华裔(或亚裔/华裔、欧美混血的子女)作家用英文描写他们在美国的生活经历和体验的文学作品;第三类是既非出生在亚洲/中国,也非出生在美国,但在美国成长、受教育、工作、生活的亚裔/华裔(或他们与欧美混血的子女)作家用英文描写他们在美国的生活经历和体验的文学作品。④张龙海认为,华裔美国文学作品的题材应该是展现华人在美国的奋斗经历,其写作语言是英语,作家的身份是美国华人的后裔,而华人的后裔是指决定在美国定居、在美国出生和长大的第二代以上的华裔。王理行、郭英剑认为,所有已经取得所在国国籍的、有中国血统的外国公民创作的文学作品

---

① Sau-ling Cynthia Wong, *Reading Asian American Literature*, New Jersey: Princeton University Press, 1993: 7.

② Elaine H. Kim, Asian American literature, in Emory Elliot et al. (eds.), *Columbia Literary History of the United States*, New York: Columbia University Press, 1998: 81.

③ Jeffery Paul Chan, et al., *The Big Aiiieeeee! Chinese American and Japanese American Literature*, New York: Meridan, 1991.

④ 张子清:《与亚裔美国文学共生共荣的华裔美国文学》(总序),载“华裔美国文学译丛”,南京:译林出版社,2004年版,第5页。

都可以归入华裔文学的范畴，而作品的题材是否展现华裔作家在其所在国的奋斗经历、生活经历和体验及华裔作家是否决定在其所在国定居都不应作为其是否归入华裔文学的依据；华裔美国作家创作中所使用的语言不应成为其是否可以归入华裔美国文学范畴的依据，华裔美国作家创作的中英文作品都属于华裔美国文学范畴，但考虑到华裔美国作家的中文作品在美国的读者有限，对美国文学几乎没有产生影响，而国内学者已经确立了"海外华文文学"或"世界华文文学"的研究对象，这种研究对象可以涵盖华裔美国作家用中文创作的作品。所以，华裔美国文学可以指持有美国国籍的、具有中国血统的作家用英文创作的文学作品。[①] 以上学者和作家对华裔美国文学的界定分歧主要集中在出生地、受教育的地点、血统、文学作品的语言、内容等方面。

值得注意的是，华裔美国文学的界定逐渐呈现更加宽泛、更具包容性的趋势。对亚裔美国文学批评有重大贡献的林英敏(Amy Ling)出生于北京，6 岁时随父母到美国，1954 年获得美国国籍。她认为，华裔美国文学是具有双重民族属性和文化传统的美国华裔从他们共有的经历中创作出的富有艺术性的文学。[②]这一界定相对而言更为宽泛，也更具有包容性。著名的亚裔美国文学研究学者张敬珏坦言，她对《哎呀！亚裔美国作家文学选集》的编者提出的亚裔美国文学的定义感到不安[③]，她认为亚裔美国文学应该容纳多样的观点，应该包括在美国或加拿大定居的所有亚裔作家。因此，她在《亚裔美国文学书目提要》中纳入了林语堂、张爱玲、黎锦扬、聂华苓、於梨华、陈若曦及加拿大的华裔作家，并对没有能够包含英文以外的批评著作进行解释和致歉。[④]以著名学者

---

① 王理行、郭英剑：《论 Chinese American Literature 的中文译名及其界定》，载《外国文学》，2001 年第 3 期。

② Amy Ling, *Between Worlds: Women Writers of Chinese Ancestry*, New York: Pergamon Press, 1990: xi.

③ 张敬珏针对的是赵健秀及其合作者在《哎呀！亚裔美国作家选集》(*Aiiieeeee! An Anthology of Asian-American Writers*)中把"亚裔美国人的感性"作为他们的编选标准，在张敬珏看来那等于是说只有具有女性主义感性的女人才能归类为女性作家。

④ 在由中国台湾学者单德兴主访的《张敬珏访谈录》中，张敬珏对此进行了进一步说明。张敬珏坦言，如果在其书目中纳入以中文撰写的批评著作，就要纳入其他用日文、韩文、菲律宾文、越南文、印度文所撰写的批评著作。虽然她知道用亚洲语文所写的批评著作会对亚裔美国文学研究有很大贡献，但由于她个人的语文能力及阅读者的语文能力有限，所以没能纳入英文以外的批评著作。见单德兴、何文敬主编：《文化属性与华裔美国文学》，台北：中国台湾研究院欧美研究所，1994 年版，第 188—190 页。

饶芃子为代表的中国华文文学界的学者在20世纪90年代初也开始关注华人的非母语写作，特别是华人/华裔的英语写作，并提出将用英语写作和用汉语写作的海外华人/华裔作家群打通研究。

1993年，在中国台湾举行的“文化属性与华裔美国文学座谈会”上，陈长房教授提出用更丰富的脉络来讨论华裔美国文学，不要自限于狭隘的范畴里，可以包含一些用中文或其他语文来讨论他们在美国主流社会中的文学作品。[①] 黄秀玲也在其文章中提到，一些移民作者虽然身处美国，却以中文读者为主要的诉求对象。单德兴认为这一观点与维尔纳·索勒斯(Werner Sollors)和马克·薛尔(Marc Shell)提倡的LOWINUS计划吻合[②]，依此计划可以把华裔美国文学的范畴由一般认知的美国华裔的英文创作扩展到在美国的华人的英文或中文创作。[③]上述学者的观点拓宽了华裔美国文学的研究范畴，使华裔美国文学的研究不再局限于华裔的英文作品，也包括华裔以中文创作的作品。华裔美国文学不再自限于语言、题材或内容，这为华裔美国文学的研究者提供了更广泛的空间，使在历史上至关重要、在文化上富于魅力、在美学上富于趣味的文本重新获得研究。单德兴认为这种情况使原来看似笼统的“华美文学”一词反而具有“创造性的模糊与包容，能兼顾族裔与语文的不同面向”[④]。

华裔美国文学的界定是华裔美国文学研究中不能绕过的话题。狭义的华裔美国文学强调在美国受教育的华裔作家用英文描写他们在美国的生活经历和体验的文学作品；广义的华裔美国文学包括美华英语文学和美华华文文学，后者为华裔文学研究开辟了一个更广阔的空间。本论著试图在明确华裔美国文学的界定的基础上，从复杂多样的华裔作家群体中选取一类含有共性的作家群进行研究，期望对这一类作家群体及其文学内涵的研究能够深入。本研究的作家群体指向那些在美

---

① 见“文化属性与华裔美国文学座谈会”纪要，载单德兴、何文敬主编《文化属性与华裔美国文学》，台北：中国台湾研究院欧美研究所，1994年版，第175页。

② LOWINUS (Languages of What Is Now the United States)计划是由索乐思和薛而主持的长期计划，试图从多语文的观点重新审视美国文学，挖掘出在美国以其他语文出版的文学作品，将美国文学研究从多族裔的层次推向多语文层次。

③ 单德兴：《铭刻与再现：华裔美国文学与文化论集》，台北：麦田出版社，2000年版，第21页。

④ 转引自张子清：《与亚裔美国文学共生共荣的华裔美国文学》(总序)，载“华裔美国文学译丛”，南京：译林出版社，2004年版，第6页。

国生长、受教育或虽不在美国出生但在美国成长、受教育的以英文进行创作的华裔美国作家。这类接受美国主流文化教育、以英文进行创作的华裔美国作家的共性和特质在于:他们比“新移民”[①]更加“美国化”,是华人中最“美国化”的群体,他们几乎没有多少在中国的经历和感受,中国是他们“想象的共同体”[②]。他们在血缘和文化上与中国相联系,但他们接受的是美国主流文化的教育,形成了美国的认知范式,内化了美国文化。独特的双重文化身份使他们在成长的过程中遭遇到许多来自美国主流社会的排斥与歧视,独特的成长经验和心路历程使他们“通过文献(如美国的种族主义排外法)、神化、古典名著、回忆、梦境甚至愿望”[③]构筑他们想象的共同体。在白人主流社会遭遇的种族歧视使他们致力于通过文学修正白人主流社会的意识形态及其对历史的书写,致力于在美国历史的断裂处建构美国华裔的历史和美国华裔的国家主体身份,宣告美国华裔不是打上种族和文化印记的、没有历史的、移民美国的中国人,他们是美国历史形成过程中的参与者和贡献者,他们有权在美国享有平等的公民权,应受到广泛的社会认同。

---

① “新移民”是指1965年美国新民法生效后去美国的移民,多来自中国台湾和中国香港。

② 本尼迪克斯·安德森认为,民族是一个想象的政治共同体,是被想象为本质上有限的同时又享有主权的共同体。说民族是想象的,是因为即使是最小的民族的成员,也不可能认识他们大多数的同胞,但是他们相互联结的意象却活在每位成员的心中;民族被想象为是有限的,因为即使是最大的民族也不会把自己想象为等同于全人类;民族被想象为拥有主权是因为民族梦想成为自由的,而衡量这个自由的尺度与象征的就是主权国家;民族被想象为一个共同体,因为尽管在每个民族的内部可能存在普遍的不平等与剥削,民族总是被设想为一种深刻的、平等的同志爱,正是这种友爱驱使人们甘愿为民族——这个有限的想象——去屠杀或赴死。见本尼迪克斯·安德森:《想象的共同体:民族主义的起源于散布》,吴睿人,译,上海:上海人民出版社,2003年版,第4—7页。张子清教授对此做过阐述,并认为“其实,每个国家内部各少数民族在某种意义上讲也是一种想象中的共同体,其凝聚力也根植于各族深厚的文化。使美国亚裔和华裔族群久聚不散的是亚洲文化。依附于亚裔族群的亚裔和华裔作家用他们丰富的想象力和政治热情共同创造了一个美丽的共同体——亚裔美国(Asian America)和华裔美国(Chinese America),但它只存在于他们的作品里,如同电脑互联网中的虚拟世界”。见张子清:《不同华裔美国作家构筑想象中的不同共同体》,载《当代外国文学》,2001第3期。

③ 张子清:《不同华裔美国作家构筑想象中的不同共同体》,载《当代外国文学》,2001第3期。

第二章　多元文化语境中的华裔美国文学

第一节　华裔美国文学生产的历史语境

华裔美国文学的生产是与美国华人移民的历史及美国社会的政治生活紧密联系在一起的。从美国华人移民的历史和美国社会的政治生活变迁中探寻华裔美国文学生产的历史语境对华裔美国文学的研究是十分必要的。

美国是由100多个民族构成的混合体，是吸纳了世界上各个民族、各种肤色和宗教的“百衲衣”。[①] 就数量而言，美国的各个种族没有哪个可以称得上是多数民族[②]，因此美国人口在数量上没有“多数民族”和“少数民族”之分，而实际上源自盎格鲁-撒克逊裔的白人新教徒一直被认为是美国社会的主流。[③] 占美国总人口不到2%[④]的华人是数量很小的民族群体，除了少数受过良好教育的上层人士之外，多数是美国种族阶梯中的最下层。华人及其他亚裔、拉美裔、黑人一直是遭受种族歧视的“少数民族”。

---

① 托马斯·索威尔：《美国种族简史》，沈宗美，译，南京：南京大学出版社，1992年版。

② 邓蜀生：《世代悲欢“美国梦”》，北京：中国社会科学出版社，2001年版，前言，第2页。据1997年的美国人口统计资料，英格兰裔占美国总人口的13.13%，爱尔兰裔占15.57%，二者相加也不过只占美国总人口的28%多一点。从数量上看没有哪个族裔可以自称是美国的多数民族。

③ 邓蜀生：《世代悲欢“美国梦”》，北京：中国社会科学出版社，2001年版，第407页。据1997年的美国人口统计资料，按宗教信仰来划分，新教徒占美国人口的55%以上；按语言来划分，说英语的占86.2%；按肤色分，白人占73%，他们是所谓的WASP，即信奉新教的盎格鲁-撒克逊白人。

④ 2015年美籍华人总数约有452万人，占亚裔美国人口的23.25%、美国总人口的1.4%，高于其他亚洲国家侨民所占的比例。

1848 年美国加利福尼亚发现金矿，受到淘金热潮的影响，1850 年华人开始真正大规模移民美国。从 1850 年至 1882 年，华人移民美国经历了三次高潮：19 世纪 50 年代的淘金热潮、60 年代横贯北美大陆的铁路修建、70 年代加州的农业大发展。这些背井离乡的华人成为美国开拓边疆、发展经济的重要劳动力，尤其对美国加州的铁路建设和农业发展做出了巨大贡献，可以说整个加州都洒有华工的血汗。在种族偏见横行的美国社会里，华人不但不被承认为平等的成员，只能充当廉价的劳动力，更遭到美国白人的仇视，成为被排斥和被歧视的对象。一方面，华人的肤色、生活方式、风俗习惯及对中国传统的强烈认同感使白人认定华人是不能被同化的民族；另一方面，华人能在最恶劣的工作生活环境中劳作，获得的报酬极低，也很少提出工资要求，这使得华人招致白人工人的仇恨，将失业、贫困等问题归罪于华人。华人不仅常常成为美国经济不景气的代罪羔羊，事实上他们一来到美国，美国就制定了许多针对华人的歧视性法律和苛令。[①] 从 1852 年加州的第一个针对华人的歧视性法案，到 1882 年美国国会通过的中美关系史上第一个联邦《排华法案》，直到 1943 年《排华法案》的结束，在近 100 年的时间里，

① 邓蜀生：《世代悲欢"美国梦"》，北京：中国社会科学出版社，2001 年版，第 206—216 页。从 1852 年至 1882 年的《排华法案》以前，美国加州和其他西部州的法院和立法机构制定了许多针对华人的歧视性法律和苛律，主要包括：1852 年，加州许多矿山禁止华人开矿；1853 年，加州规定外籍矿工（主要是华工）每月要交付开矿许可证费 3 美元；1854 年，加州通过法案，要船主为外籍旅客（主要是华人）每人交付 5 ~ 10 美元人头税；1855 年，加州规定对无资格取得公民权的移民（主要是华人）征税 50 美元；1862 年，加州规定对 18 岁以上的蒙古种人未交矿工许可证税者征收 2.5 美元的警察税；1864 年，加州规定从事渔业的中国人每月交税 4 美元；1854 年，加州最高法院首席法官裁定禁止华人出庭作证，彻底剥夺了华人的法律保护；1863 年，加州议会正式制定法律禁止印第安人或有一半或一半以上印第安血统的人、蒙古人、中国人出庭为涉及白人的案件作证；1858 年，加州议会通过法律禁止中国人或任何蒙古人种进一步移民加州；1860 年，加州议会通过法律禁止华人子女（及印第安人和黑人）进入公立学校读书；1860 年，旧金山规定华人不得在旧金山市立医院就医；1867 年，加州联邦巡回法院做出裁决，宣布中国人不得成为美国公民，不享有美国公民的权利；1870 年，旧金山禁止雇用华人担任市政工作；1870 年，旧金山发布《人行道条例》，禁止华人用扁担肩挑蔬菜在人行道上行走、贩卖；1872 年，加州禁止中国人购买房地产或申请营业执照；1873 年，旧金山通过《住宅空气法》，规定每一成年人必须拥有不少于 500 立方英尺的空气，针对普遍居住拥挤的华人；1873 年，旧金山《洗衣行业法》规定，向用挑筐递送衣服的工人每季度征税 15 美元，向用马拉车辆运送者每季度仅征税 2 美元；1875 年，旧金山通过《反蓄辫法》，规定被拘捕的华人一律剪去辫子；1880 年，加州进一步规定禁止华人从事任何捕鱼行业的工作；此外，美国众议院在 1879 年通过了一个《限制华人移民》的议案。1882 年，美国国会通过第一个联邦《排华法案》，直到 1943 年《排华法案》的废除，长达 61 年的《排华法案》绝对禁止中国华工进入美国，实际上法律规定允许进入美国的华人学者、学生、商人和访问者也都遭到不同程度的排斥和种族歧视。

华人一直受到美国白人的歧视和排斥，忍受着被认为是“劣等民族”“黄祸”的屈辱。因此，华裔美国文学中所再现的不仅是华人海外飘零、充满血泪的历史，更是华人反抗美国白人主流社会、重建尊严与权利的历史。

最早拿起笔来用英文小说表达早期美国华人心声、展现华人生活和境遇的华裔作家是埃迪思·牟德·伊顿(Edith Maude Eaton, 1865－1914)。埃迪思·牟德·伊顿笔名“水仙花”(Sui Sin Far)，是有一半中国血统的欧亚裔作家。在亚裔美国文学史和华裔美国文学史中，“水仙花”占有重要地位，研究华裔美国文学一般都把她作为第一个作家介绍给读者，她的短篇小说集《春郁太太》(1912)也常被认为是华裔美国文学的开山之作。该书大部分的主题是反映东西方文化的冲突及华人因移民法案而在美国遭受的排斥和歧视。她在作品中以感性的华人故事反驳白人作家笔下被歪曲了的华人形象，对北美华人人性化的描写为20世纪之交的美国读者提供了不同于美国白人作家笔下的华人形象。

1995年，美国华裔学者林英敏和怀特-帕克思(Annette White-Parks)重新编选了《春郁太太及其他作品》。在重新编选的作品集的“序”中，他们肯定了“水仙花”作品的意义：“水仙花”对世纪之交的北美华人的描写既不是那个时代“黄祸”的文学形式，也不是传教士文学的形式；她作品中的华人故事传达了中国和北美华人妇女和儿童的心声，在当时美国社会宣布异族通婚为非法时期，她的作品触及了亚洲人和白人所生儿童的境遇。[①]在排华浪潮愈演愈烈、不断蔓延时期，“水仙花”不断为美国华人所遭受的不公正待遇奔走呼号，不断为争取华人的合法权益而呐喊，深得在美华人的尊敬和爱戴。她也是第一个使用Chinese American一词，将在美国生活、定居的中国人称为“华裔美国人”，并指出这些中国人是美国的开拓者，积极肯定了华人对美国早期建设所做的贡献。1972年，许芥昱等人合编的《美国亚裔作家选》不仅极大地推动了华裔作家的创作热情，也兴起了重新发现被遗忘的华裔作家及其作品的运动，“水仙花”的作品因此被重新发现并获得肯定。伊丽莎白·阿蒙斯(Elizabeth Ammons)认为，“‘水仙花’冲破了万马齐喑般的死寂和有系统的种族压迫，发现了她自己——创造了她自己的

---

① 范守义：《水仙花：北美华裔小说家第一人》，载《春郁太太及其他作品》，太原：山西教育出版社，2002年版，第31页。

声音——这是本世纪初美国文学史的胜利之一"[①]。阿蒙斯称汤亭亭是"'水仙花'的精神孙女"[②]，旨在说明汤亭亭等华裔作家从"水仙花"那里汲取了精神力量和创作灵感，为华裔争取在美国的尊严和权利勇敢地言说和抗争。

20 世纪 40 年代中国成为美国抗击日本的盟国，这使得 19 世纪中叶至 20 世纪上半叶存在于美国社会猖獗的反华情绪得以改善，同时美国制定的针对华人的歧视性法律也随之获得改变。1943 年，美国废除了实施长达 61 年的《排华法案》。1943 年 12 月关于华人移民新法即《马格纳森法》中有三条重要规定：一是废除现存的一切排华法案；二是每年允许 105 名中国移民进入美国；三是准许合法的华人移民加入美国国籍，成为美国公民。罗斯福总统在要求国会废除《排华法案》的咨文中指出：清除美国法典中那些不合时宜的东西，首先是清除禁止中国人移民美国和不准华侨取得美国国籍的法案，允许在美国的中国居民成为美国公民对于美国取得战争的胜利、建立巩固和平的事业至关重要；中国作为美国的盟国在反对侵略的斗争中英勇奋战，中国人为自由事业所做出的伟大贡献使中国人理应得到不同于其他东方人的优惠，美国要有足够的勇气承认过去对中国人的态度并加以改正。[③] 尽管字里行间显现出为美国利益才给中国人优惠，但中国人英勇顽强的形象使根植在美国民众中的中国人唯唯诺诺、虚弱不堪、阴险古怪等歪曲形象得到某种程度的更正，美国也首次承认过去对待华人的态度是美国应该改正的历史错误。

20 世纪四五十年代的华裔美国文学主要是两位华裔作家的自传体小说，其中一篇被认为是第一部由在美国出生的华裔作家以英文撰写的自传，即刘裔昌（Pardee Lowe）的《父亲与光荣的后代》（1943），另一篇是黄玉雪（Jade Snow Wong）的《华女阿五》（1950）。《父亲与光荣的后代》写的是一个第二代的华裔男孩与父亲因为对中美两种文化持不同的态度而产生的矛盾冲突，以及他认同美国并希望自己被美国主流社会接受的心路历程。这部自传的结尾写他虽然从斯坦福大学和哈佛

---

① 转引自范守义：《水仙花：北美华裔小说家第一人》，载《春郁太太及其他作品》，太原：山西教育出版社，2002 年版，第 39 页。

② 范守义：《水仙花：北美华裔小说家第一人》，载《春郁太太及其他作品》，太原：山西教育出版社，2002 年版，第 39 页。

③ 参见邓蜀生：《世代悲欢"美国梦"》，北京：中国社会科学出版社，2001 年版，第 235—236 页。

大学毕业，但在美国能找到的工作仍然是与介绍华人和中国有关，这说明他虽然认同美国，但仍不能被主流社会接受，仍然处于主流社会的边缘。黄玉雪的《华女阿五》以一个23岁的美国华裔女性的视角对中美两种文化进行对照，对中国进行远距离的审视。她一方面展示华人的美德和华人社区和谐的人际关系，肯定中国文化并为中国丰富的文化遗产而感到骄傲；另一方面"匡正"中国文化的负面影响，对中国不重视子女人格和个性的封建家长制及重男轻女、男尊女卑的封建传统进行批判。虽然黄玉雪在书中讲述了她在成长过程中如何被主流文化接受，流露出对中国文化既渴望又疏离的矛盾，也流露出某种程度上对美国文化的认同，但她给自己的定位是在美国的中国人。她认为自己应该保持中国的传统，因此她选择制造中国陶器为业，希望可以让美国人了解中国博大精深的艺术和文化。①

20世纪后半叶美国黑人的民权运动引发了整个美国社会政治、文化生活的巨大变革。女权运动、反越战、少数族权益等一系列社会事件引发了美国社会反传统、反权威、反中心的思想潮流，美国主流社会也在政治、经济、文化及法律上对少数族裔做出某种让步，或者说是修正，形成20世纪七八十年代美国社会少有的种族相对和平的局面。民权运动也最终使美国压制文化差异的"大熔炉"神话崩溃，掩盖族裔差异的统一叙事被多样性和多元化所取代。所以，民权运动为当代多元文化主义的兴起准备了条件。70年代多元文化主义的概念首次出现，到90年代，多元文化主义成为美国社会一种非常引人注目的现象。多元文化主义对传统的美国思想和价值体系提出了严肃的挑战，促使美国人重新思考美国的历史与未来。多元文化主义对文化多元性的承认实质上是承认文化间的平等和相互影响，打破了美国主流社会控制表述权利的霸权主义话语地位，最终打破了西方文明在思维方式和话语方面的垄断地位。② 多元文化主义者认为，"任何文明都是历史的产物，有其内在和特定的价值体系，没有一种文明可以宣称比其他文明更为优越，也没有理由以主流文明自居，并歧视、否定甚至取代其他文

① 张子清：《美国华人移民的历史见证——黄玉雪访谈录》，载黄玉雪《华女阿五》，张龙海，译，南京：译林出版社，2004年版，第232页。

② 王希：《多元文化主义的起源、实践与局限性》，载《美国研究》，2002年第2期。

明”①。争取文化平等并最终获得政治平等的多元文化主义者首先努力获得重新表述的话语权，以此改变因为种族歧视等历史根源造成的对其他民族文化尤其是少数族裔文化的排斥和曲解的情境。多元文化主义在争取对美国社会不同种族和族裔的文化和传统尊重的同时，也引发了对传统美国主流文化的全面检讨和重新界定，促使美国史学界对美国历史的本质进行重新思考。应运而生的新美国史学也将在传统美国史学中没有地位的少数民族群体和妇女作为研究的重点，强调美国人历史经验的多元性。

20 世纪后半叶美国黑人的民权运动、整个美国社会的女权运动、多元文化主义思想及 70 年代具有宣言性质的几部美国亚裔文学选集共同推动了华裔美国文学进入了一个新的发展阶段。汤亭亭、赵健秀、谭恩美（Amy Tan）等华裔作家的文学创作成就不仅使华裔文学成为“新兴文学”，更是向美国主流文学和文化典律提出了挑战，揭示和重构被湮没的华裔美国历史，为在美国的华裔争取平等的权利。

汤亭亭、赵健秀、谭恩美、黄哲伦（David Henry Hwang）、李健孙（Gus Lee）、雷祖威（David Wong Louie）、任璧莲等人是推动华裔美国文学持续发展的主力。在这批优秀的华裔美国作家群中，汤亭亭是最具影响力的代表人物。1976 年，汤亭亭的处女作、自传体小说《女勇士》的发表引起了美国社会的轰动，获得该年度美国“国家图书批评奖”之非小说类最佳图书奖。她巨大的社会影响力及其文学作品本身所具有的文学阐释的厚度和张力使她的作品直到今天仍然是美国文学、亚美研究、民族研究、女性研究、社会学、历史学、人类学、政治学等学科的重要研究资料。《女勇士》的成功是华裔美国文学史上的一个里程碑，华裔美国作家的作品第一次被主流文化视为文学艺术，不仅为亚裔/华裔美国作家的作品在主流社会的出版奠定了坚实的基础，也使亚裔/华裔美国文学批评得到主流文化的肯定和尊重。② 在随后的十几年里，华裔美国小说界相继出现了谭恩美、李健孙、雷祖威、任璧莲等引起较大反响的作家；在戏剧领域，继赵健秀之后，黄哲伦创作出大量的剧作；在诗歌方面，李立扬等华裔美国诗人逐渐站稳了脚跟。这些作家的作品既

---

① 王希：《多元文化主义的起源、实践与局限性》，载《美国研究》，2002 年第 2 期。

② David Leiwei Li, *Imagining the Nation: Asian American Literature and Cultural Consent*, California: Stanford University Press, 1998: 187.

得到了各类文学奖项，又被收录于美国文学选集，成为大学里学术研究的对象，更重要的是，他们的作品受到美国学术界的关注，打破了华人在主流文化中长期“失语”的状态。

汤亭亭的第二部小说《中国佬》（1980）获“国家图书奖”和“国家书评界奖”，第三部小说《孙行者》（1989）获“西部国际笔会奖”。张子清教授认为，汤亭亭的三部小说“艺术地建构了华裔美国文学的新传统”[①]。值得注意的是，汤亭亭写作的方式使华裔美国作家的作品被主流文化视为文学作品，得到严肃对待，“而不只是当成人类学、娱乐之作、异国情趣”[②]。汤亭亭的作品改写了许多中国典故、神话和传说。《女勇士》中“白虎山学道”一章改写了花木兰和岳飞的故事，将花木兰塑造为摆脱听由父母摆布、消解父权中心、反对性别歧视、努力实现自我的女英雄。汤亭亭借写作替华裔女性言说，为华裔女性争取平等的地位，因此《女勇士》不仅仅是有关“母亲”的故事，也是具有女权主义思想的文学作品。《中国佬》借家族四代男性在美国奋斗的家族史的书写，挖掘出被美国主流社会埋没的华人历史，对抗并颠覆了美国主流社会对于“历史”的说法，建构了有异于美国主流社会的另一个版本的美国史。《孙行者》以20世纪60年代为背景，塑造了一个反传统、反种族歧视并深受垮掉派影响的华裔青年惠特曼·阿新的形象。

在亚裔/华裔美国文学与文学研究领域，赵健秀以强烈的批评个性著称，是一个重要且具有争议的人物。他具有剧作家、小说家、文学编辑、评论家等不同身份，一直努力为亚裔/华裔文学定位。他的主要成就包括两部重要的文学选集《哎呀！亚裔美国作家选集》（1974）、《大哎呀！华裔与日裔美国文学选集》（1991）和两个剧本《小鸡胆的中国佬》（1972）[③]、《龙年》（1974），以及两部长篇小说《唐老亚》（1991）、《甘加丁之路》（1994）。赵健秀一方面抨击美国主流社会强加给华裔的带有种族歧视和偏见的刻板形象，另一方面批评汤亭亭、谭恩美、任璧莲、黄哲伦、李健孙等华裔作家，认为他们误用、曲解中国经典和传说

---

① 张子清：《与亚裔美国文学共生共荣的华裔美国文学》（总序），载“华裔美国文学译丛”，南京：译林出版社，2004年版，第12页。

② 单德兴：《汤亭亭访谈录》，载何文敬、单德兴主编《再现政治与华裔美国文学》，台北：中国台湾研究院欧美研究所，1996年版，第221页。

③ 《小鸡胆的中国佬》于1972年搬上纽约舞台，是在美国正式演出的首部美国亚裔的剧本。

以取悦白人读者和主流社会，丑化华裔形象，丧失华裔族性。赵健秀坚持正统的中国文化，反对白人种族歧视和偏见，坚持纯粹的华裔族性，他的两部长篇小说充分体现了他的这一理念。赵健秀通过《唐老亚》中的主人公——旧金山唐人街12岁的华裔小学生唐老亚的梦境，重述被美国主流文化湮没的华人建设美国铁路的历史，使"失语"的华工尽显性格刚烈、气概豪迈的"关公"般的英雄本色，以此纠正被白人歪曲的历史，摈斥美国主流社会对华人的种族刻板印象。在《甘加丁之路》中，赵健秀解构了"陈查理""傅满洲"等美国电影中的华裔刻板形象，揭露了美国社会的种族歧视及少数族裔缺乏民族觉悟所造成的悲剧。

20世纪80年代末、90年代初，除了汤亭亭和赵健秀继续进行文学创作外，美国文坛上又出现了一批十分活跃且具有影响力的华裔作家，华裔美国作家的作品在数量、质量、影响力等方面也呈现出前所未有的繁荣景象，许多大学也相继成立了"亚美研究中心"，开设亚裔/华裔美国文学。华裔美国文学逐步受到主流文学的关注，进入美国主流文学史和文学选集。金伊莲（1992）认为这一时期是亚裔美国文化生产的黄金时代的开端。[①]这一时期出现的华裔作家除谭恩美外，还包括黄哲伦、李健孙、雷祖威、任璧莲、伍慧明等一大批年轻的华裔作家。

谭恩美以小说《喜福会》（1989）征服了评论家和广大读者，由王颖导演的电影《喜福会》进一步使谭恩美在美国几乎是家喻户晓。她的第二部小说《灶神之妻》（1991）是她创作生涯的第二次胜利，第三部小说《一百种神秘的感觉》（1995）也取得连续三个月登上《纽约时报》畅销书榜的好成绩。《喜福会》通过四位中国母亲和四位美国女儿的叙述，描写1949年以前移居美国的四个华人家庭母女间的代沟，以吴宿愿与出生在美国的女儿吴晶妹的矛盾和误解及她在抗日战争时期逃难的种种遭遇为主线，写出了近一个世纪的漫长时间里东西方不同的文化背景下不同时代的三代女性在爱情、婚姻、事业等方面的坎坷经历。《喜福会》中对处于东西方两种文化之间的母女关系的探寻成为华裔美国文学研究中的重要课题。但同时，张子清教授认为，谭恩美对故事的挖掘深度不够，没有能够挖掘到故事的社会和历史层面的意义，更谈

---

① 程爱民：《华裔美国文学研究》，北京：北京大学出版社，2003年版，第8页。

不上有赵健秀那种种族觉悟。[①]

美国书评界把任璧莲、谭恩美、李健孙、雷祖威看作自1976年汤亭亭的《女勇士》出版、得奖以后出现的新一批年轻的华裔作家，任璧莲本人却希望能贡献出作为作家的作品，而不只是作为华裔作家的作品。任璧莲以其小说《典型的美国佬》(1991)表明了自己的立场。任璧莲在这部小说中采用了不同于其他华裔美国小说的叙事策略，不再提及种族歧视、性别歧视和种族主义的刻板形象，她推崇美国犹太裔作家在小说中表达的"真情、幽默、牺牲、忍耐、同情的精神"[②]，她希望自己的作品也能以此"跨越少数族裔的藩篱"[③]，被主流社会接受。《典型的美国佬》讲述的是一个典型的中国移民家庭的故事。主人公拉尔夫·张、拉尔夫的姐姐特丽萨和他的妻子海伦怀着美好的希望来到美国，追寻各自心中的美国梦。《典型的美国佬》的续篇《莫娜在希望之乡》以越南战争和民权运动为背景，集中了中国人、日本人、犹太人、白人、黑人等各族裔的人物，讲述他们之间的社会、人种、种族等问题的冲突。小说质疑了人们头脑中已有的种族概念，使人们从更多族裔的立场去重新思考族裔间的融合和冲突及究竟什么是"美国梦"的内涵等问题。在《谁是爱尔兰人》中，任璧莲将华裔移民的经历作为全球各族移民经历的隐喻，进一步探讨族裔的流动性及不同族裔在文化同化过程中的文化冲突问题。

伍慧明、张岚和梁志英被张子清称为华裔美国小说的后起之秀，是继任璧莲、李健孙、雷祖威的小说所掀起的华裔美国文学发展中的第二个高潮之后的续流。[④]伍慧明于1993年出版的第一本小说《骨》受到美国出版界和读者的肯定，这是华裔新生代作家在美国主流文化中取得的胜利，是华裔美国文学的又一次胜利，展现了华裔美国文学强大的生命力和持续的发展。《骨》涉及典型的华裔小说谈及的种族歧视、东西方两种文化的分歧带来的两代人之间的矛盾和冲突，但伍慧明不是简

---

① 张子清:《与亚裔美国文学共生共荣的华裔美国文学》(总序)，载"华裔美国文学译丛"，南京:译林出版社，2004年版，第14页。

② 林茂竹在"文化属性与华裔美国文学座谈会"上的发言，载单德兴、何文敬主编《文化属性与华裔美国文学》，台北:中国台湾研究院欧美研究所，1994年版，第164页。

③ 林茂竹在"文化属性与华裔美国文学座谈会"上的发言，载单德兴、何文敬主编《文化属性与华裔美国文学》，台北:中国台湾研究院欧美研究所，1994年版，第164页。

④ 张子清:《与亚裔美国文学共生共荣的华裔美国文学》(总序)，载"华裔美国文学译丛"，南京:译林出版社，2004年版，第34页。

单地在中美两种文化之间做出非此即彼的选择，而是采取对二者进行包容和理解的态度。小说的叙述者莱拉认识到“在她面前的选择不是当华人还是当美国人，而是她可以带着变化不定的混合传统生活，容纳她的经历和传统的所有方面”[①]。伍慧明在《骨》中塑造了一个富有同情心、善于对中美两种文化进行包容和沟通的新的华裔形象，并凭借一个家庭故事的书写，连接了几代华人的经历，再现了家族史的同时也再现了美国华裔的历史。

第二节　华裔美国文学选集及其意义

华裔美国文学之所以在美国获得今天的声势和地位，亚裔/华裔美国文学选集功不可没。民权运动的影响推动了亚裔族裔意识的觉醒，亚裔学者努力挖掘受到主流文化忽视和压抑的文化与文学，亚裔美国文学选集应运而生。亚裔/华裔美国文学选集激发了亚裔美国作家的创作活力和兴趣，发出了少数族裔被忽视的声音，引发了学者对这一领域的研究兴趣，肯定了亚裔/华裔美国文学的存在，创造并呈现了亚裔/华裔美国文学的文学传统，向美国主流文学典律发出了挑战。正如麦唐娜（Dorothy Ritsuko McDonald）在评价赵健秀的《小鸡胆的中国佬》和《龙年》的重要论文的前言中所指出的那样，《哎呀！亚裔美国作家选集》前言、绪论及来自华裔、日裔、菲裔的十四位作家选文的重要性可比拟为爱默生宣告美国文学已脱离英国文化控制而独立的《论美国学者》，因为它宣告了亚裔美国文学的独立与成长，同样也是美国亚裔知识和语言的独立宣言，肯定了美国亚裔的男子气概。[②]

标志亚裔/华裔美国文学独立的是20世纪70年代前几年出版的三部亚裔美国文学选集。华裔对这三部文学选集做出了重要贡献，七位编撰者中有五位是华人。第一部亚裔/华裔文学选集是由许芥昱和海伦·帕卢宾斯克斯（Helen Palubinskas）于1972年合编出版的《亚裔

① 杰夫·特威切尔-沃斯对伍慧明的《骨》所作的“序”，张子清，译，载《骨》，陆薇译，南京：译林出版社，2004年版，第6页。

② Dorothy Ritsuko McDonald, “Introduction”, *The Chickencoop Chinaman and the Year of the Dragon*, by Frank Chin, Seattle: University of Washington, 1981: xix.

美国作家选》。直到60年代末期,美国亚裔历史才被正式列入少数几所大学的课程里;直到70年代中期,标准的美国文学选集中根本没有包括少数族裔作家,亚裔美国文学完全是一个陌生的领域。因此,这部文学选集就肩负着向主流文学和陌生读者介绍亚裔文学的责任,推介具有族裔特色和代表性的作家作品,以肯定亚裔美国文学的存在。选集中依次收录了华裔、日裔、菲裔三个族裔作家的作品,其中所收录的八位华裔作家依序为刘裔昌、黄玉雪、李金兰(Virginia Lee)、赵健秀、张粲芳(Diana Chang)、陈耀光(Jeffery Paul Chan)、徐忠雄(Shawn Hsu Wong)和梁志英(Russell C. Leong)。选集的内容包括自传、小说、诗歌等文类。此外,选集中指出了对身份认同的两种不同态度[①],提出亚裔族裔意识对美国亚裔的重要性及亚裔作家对亚裔刻板形象的批评。虽然亚裔美国文学早已存在,但作品都以单个作家的形式出现,没有形成集体的声势和影响。这部文学选集首次以亚裔集体的形式标示亚裔文学的存在,这一方面回应了当时的历史情境,与原住民、非裔、西裔等少数族裔的文学同时出现于美国文学的版图,另一方面也有力地促进了亚裔族裔意识的提升。[②]

单德兴认为,"选集为了证明本身的正当性甚至权威性,多少都会说明编辑原则或选择标准,并与选录的文本相互参照及印证,甚至宣告一种开始"[③]。根据这个观点,1974年王燊甫主编的《美国亚裔传统:散文与诗歌选集》,在为亚裔美国文学创造传统时,开始将亚裔美国文学与第三世界文学联系起来,肯定亚裔美国文学和第三世界文学对美国文学及美国研究的意义,更首开将亚裔美国文学作品置于世界文学的版图,指出这些作品具有能与世界文学产生共鸣的意义。作为文选的编撰者,王燊甫在其选集的前言中即指明了他的这一愿望与信念,他希望这部文选将是"处理在美国写作的第三世界作家系列的开始",并认为如果"不彻底检视在美国传统中这些不同文学传承的注入与互动",

---

① 赵健秀要追问的是"你的认同何在?",而对李金兰来说,她却没有认同的牵挂。单德兴:《创造传统——文学选集与华裔美国文学》,载单德兴《铭刻与再现:华裔美国文学与文化论集》,台北:麦田出版社,2000年版,第248页。

② 单德兴:《创造传统——文学选集与华裔美国文学》,载单德兴《铭刻与再现:华裔美国文学与文化论集》,台北:麦田出版社,2000年版,第249页。

③ 单德兴:《创造传统——文学选集与华裔美国文学》,载单德兴《铭刻与再现:华裔美国文学与文化论集》,台北:麦田出版社,2000年版,第246页。

就没有办法"有系统且平衡地研究美国文学或美国研究"①。该选集除了编选华裔、日裔、韩裔等作家作品之外，收录并讨论了波利尼西亚口述文学，彰显美国亚裔的多族裔现象。虽然编选的理由只是出于地理上的考虑②，但在美国文学与亚裔美国文学的脉络中，关注波利尼西亚口述文学传统有两个原因：一方面呈现因为语言和文化障碍而被美国主流文化忽视的弱势族裔文学，另一方面也首开关注太平洋岛民的文学与文化之先，为在美国境内其他被压迫的弱势族裔文学与文化开创了空间。该选集旨在成为亚裔美国作家以英文写作的原创作品集（波利尼西亚口头诗的英译除外），所以没有收录亚裔作家以其他语文撰写的文学作品。这部选集同样关注身份认同的问题，将亚裔美国作家依照认同的方式分为两类：一类是以赵健秀和稻田（Lawson Fusao Inada）为代表的寻求族裔的认同；另一类是以张粲芳为代表的政治上的温和派。

与王燊甫主编的这部文学选集同年出版的另一部亚裔文学选集是由赵健秀、稻田、陈耀光和徐忠雄四人选编出版的《哎呀！亚裔美国作家选集》。这部选集最初由霍华德大学出版社（Howard University Press）出版，第二年又由"铁锚丛书"（Anchor Books）以平装本再版，后来该选集的序言经过修订于1982年发表在美国现代语文协会主编的文集《三种美国文学》上。由此可见，这部文学选集在亚裔美国文学史上的重要地位。这部选集的重要意义在于其前言和绪论中所标明的坚定立场和鲜明旗帜，以大声疾呼的方式宣告亚裔美国文学的存在及其意义，反击美国主流社会公认的所谓"亚裔美国文学"根本就不存在的说法。选集的前言指出，"美国亚裔长期以来被忽视并被迫不能参与创造美国文化，因而受伤、悲哀、愤怒、诅咒、惊愕，这就是他的哎呀!!! 而哎呀不只是悲号、大喊或尖叫，而是我们五十年来的完整声音"③。选集的编辑们也指出，直到1975年，在美国土生土长的华裔、日裔及菲裔

---

① 转引自单德兴：《创造传统——文学选集与华裔美国文学》，载单德兴《铭刻与再现：华裔美国文学与文化论集》，台北：麦田出版社，2000年版，第249页。

② 波利尼西亚（Polynesia，从希腊语而来，poly 相当于"众多"之意，而 nesi 则相当于"岛"）是由位于太平洋中南部、一大群超过1000个以上的岛屿所组成。在地理上，波利尼西亚有三个端点，分别是夏威夷群岛、新西兰及复活岛。除了三个端点之外，萨摩亚、东加及法属波利尼西亚是波利尼西亚三角中的主要群岛。将波利尼西亚口述文学列入亚裔美国文学是因为夏威夷人和萨摩亚人是美国人，在地理位置上属东南亚的一部分。

③ Chin Frank, et al., *Aiiieeeee! An Anthology of Asian-American Writers*, Washington, D. C.: Howard University Press, 1974: x.

作家出版的诗歌和小说不超过十部，这并不是因为七代美国亚裔心中没有用文学和艺术进行自我表达的冲动，而是由于为美国主流社会服务的出版商们只出版那些避免伤害白人情感的作品。该选集就是要以七代人中挑选出来的作品呐喊出亚裔五十年来被压抑的声音，向美国主流社会宣告亚裔有许多"优美、愤怒和痛苦的人生要表现"，并且"知道如何展现"，"如果读者感到震惊，那是因为他自己对美国亚裔的无知"，美国亚裔绝不是"初来此地"。① 选集依照姓氏的字母顺序排列入选的十四位作家及作品，其中有六位是华裔作家，依序分别是陈耀光、张粲芳、赵健秀、朱路易（Louis Chu）、林华里（Wallace Lin）和徐忠雄。该选集涵盖诗歌、戏剧、自传、小说等文类，尽管没有突破许芥昱所编选的族裔范畴，仍只收录了华裔、日裔及菲裔三个族裔作家的作品，也没有王燊甫一样的世界性眼光，将亚裔文学置于美国文学、第三世界文学和世界文学的脉络中，而且对亚裔美国人的界定过于狭隘，前言和绪论的言辞也有激进之嫌，但编者有理有力地表明了亚裔美国文学传统的存在及其意义，成为亚裔美国文学的宣言。

尽管20世纪70年代的三部文学选集并不完美，但编者面对主流社会的冷漠、蔑视、怀疑甚至敌视等恶劣环境，致力于创造并呈现亚裔/华裔美国文学的传统，他们的努力、探索和所取得的成就为后来者奠定了基石。张敬珏认为，在她之前的亚裔美国学者已经做出了很多贡献，是他们发现了亚裔美国文学。②在亚裔文学选集的推动和鼓舞下，在《哎呀！亚裔美国作家选集》之后，尤其是80年代后期，亚裔美国作家和作品辈出，在美国学界和大众传媒界地位日渐稳固，亚裔文学选集的

---

① Chin Frank, et al., *Aiiieeeee! An Anthology of Asian-American Writers*, Washington, D. C.: Howard University Press, 1974: xx.

② 单德兴：《张敬珏访谈录》，载单德兴、何文敬主编《文化属性与华裔美国文学》，台北：中国台湾研究院欧美研究所，1994年版，第179页。

出版形成高潮[1]，各种不同的声音得以显现。例如，金伊莲的《亚裔美国文学及其社会脉络》(1982)，总结了20世纪80年代之前的亚裔美国文学创作的状况和主要作家的代表作品。在张敬珏看来，这一著作不仅激发了学者对这一领域的兴趣，促进了这一领域的学术发展，而且因其是由现代语文学会出版的，"所以也有把亚裔美国文学建立为'合法的'领域的效用，与非裔美国文学并列"[2]。

文学选集没有统一的编选原则，文学选集所创造的文学传统也会因时间和环境的改变而发生变化，但文学选集对文学发展的推动和促进作用是永恒的，以上几部文学选集得到确认和肯定，对华裔美国文学的发展、壮大具有重大的历史和现实意义。

第三节　华裔美国文学研究综述

华裔美国文学作为亚裔美国文学的重要组成部分在美国学术界逐渐受到关注。20世纪70年代，许芥昱、王燊甫、赵健秀等编选的亚裔美国文学选集不仅肯定了亚裔/华裔美国文学的存在，创造并呈现了亚

---

① 继《哎呀！亚裔美国作家选集》之后出版的亚裔文学选集主要有：(1) Lai, Him Mark, Genny Lim, and Judy Yung, eds., *Island: Poetry and History of Chinese Immigrants on Angel Island*, 1910 - 1940, San Francisco: HOC DOI Project, 1980. (2) Joseph Bruchac, ed., *Breaking Silence: An Anthology of Contemporary Asian American Poets*, 1983. (3) Marlon K. Hom, *Songs of Gold Mountain: Cantonese Rhymes from San Francisco Chinatown*, 1987. (4) Eric Chock and Lum Darrell H. Y., eds., *Poke: Writings by Chinese in Hawaii*, 1989. (5) Shirley Geok-lin Lim, et al., eds., *The Forbidden Stitch: An Asian American Women's Anthology*, 1989. (6) Misha Berson, ed., *Between Worlds: Contemporary Asian-American Plays*, 1990. (7) Sylvia Watanabe and Carol Bruchac, eds., *Home to Stay: Asian American Women's Fiction*, 1990. (8) Frank Chin, et al., eds, *Big Aiiieeeee! An Anthology of Chinese American and Japanese American Literature*, 1991. (9) Marilyn Chin and David Wong Louie, eds., *Dissident Song: A Contemporary Asian American Anthology*, 1991. (10) L. Ling-chi Wang and Henry Yiheng Zhao, eds., *Chinese American Poetry: An Anthology*, 1991. (11) Jessica Hagedorn, ed. , *Charlie Chan Ls Dead: An Anthology of Contemporary Asian American Fiction*, 1993. (12) Maria Hong, ed., *Growing Up Asian American*, 1993. (13) Garrett Hongo, ed., *The Open Boat: Poems from Asian America*, 1993. (14) Velina Hasu Houston, ed., *The Politics of Life: Four Plays by Asian American Women*, 1993. (15) Roberta Uno, ed., *Unbroken Thread: An Anthology of Plays by Asian American Women*, 1993. (16) Laurence Yep, ed., *American Dragons: Twenty-Five Asian American Voices*, 1993. (17) Garrett Hongo, ed., *Under Western Eyes: Personal Essays from Asian America*, 1995. (18) Geraldine Kudaka, ed., *On a Bed of Rice: An Asian American Erotic Feast*, 1995. (19) Shawn Hsu Wong, ed., *Asian American Literature: A Brief Introduction and Anthology*, 1996. (20) King-kok Cheung, ed., *Words Matter: Conversations with Asian American Writers*, 2000.

② 单德兴：《张敬珏访谈录》，载单德兴、何文敬主编《文化属性与华裔美国文学》，台北：中国台湾研究院欧美研究所，1994年版，第179页。

裔/华裔美国文学的传统，编者在文选前言中对编辑原则、选择标准的说明及对编选文本涉及的相关问题的讨论[①]某种意义上也可以认为是对亚裔美国文学研究的开始。杰夫·特威切尔-沃斯认为赵健秀及其合作者陈耀光、稻田、徐忠雄等人合编的《哎呀！亚裔美国作家选集》“标志着亚美文学（亚裔美国文学——作者注，下同）作为被承认的研究领域的开端”[②]。美国主流文化对亚裔美国文学研究的肯定和尊重始于1976年汤亭亭的自传体小说《女勇士》的发表。《女勇士》不仅使美国主流文化第一次将亚裔/华裔美国作家的作品视为文学艺术，也使亚裔美国文学批评首次得到主流文化的肯定。所以，一般认为亚裔美国文学研究开始于20世纪70年代，相对于早在19世纪末20世纪初就已逐渐呈现的华裔美国文学，亚裔美国文学研究严重滞后。

影响较大的有关亚裔美国文学研究的论著包括金伊莲的《亚裔美国文学及其社会脉络》，该书在当时是亚裔美国文学研究的最详尽的书目。张敬珏和斯坦·约格编选的《亚裔美国文学书目题要》（1988）为亚裔美国文学研究的开展起到介绍和导向的作用。林英敏的《两个世界之间：华裔女作家》（1990）整理和考证自水仙花姐妹以来的华裔女作家。林玉玲和林英敏合编的《华裔美国文学解读》（1992）、黄秀玲的《亚裔美国文学解读：从需要到过多》（1993）及张敬珏的《尽在不言中：山本久枝、汤亭亭、小川乐》（1993）等从阅读的角度出发研究亚裔/华裔美国文学。

在美国，亚裔美国文学的研究可以分为三个阶段，围绕三个层面。[③]第一个阶段是通过挖掘一些被美国主流社会忽视和压抑的亚裔文学作品，质疑主流社会对亚裔刻板形象和身份的建构。这种挖掘工作不仅挖掘出一些亚裔作家的作品，也试图挖掘出亚裔的文学传统。首先，麦礼谦（Him Mark Lai）、林小琴（Genny Lim）、杨碧芳（Judy Yung）三位天

---

① 例如，许芥昱和海伦·帕卢宾斯克斯合编的《亚裔美国作家选》中指出了亚裔（作家）对身份认同的两种不同态度，并指出亚裔作家对亚裔刻板形象的批评。王燊甫主编的《美国亚裔传统：散文与诗歌选集》同样关注身份认同问题，将亚裔美国作家依照认同的方式分类。时至今日，有关亚裔美国文学中的身份认同问题仍然是亚裔美国文学研究的重要问题。

② 杰夫·特威切尔-沃斯对赵健秀的《甘加丁之路》所作的《序》，张子清，译，载赵健秀《甘加丁之路》，赵文书，译，南京：译林出版社，2004年版，第1页。

③ 苏红军：《种族的性别化和性别的种族化：亚裔美国女作家与女性主义研究的几个问题》，2003年11月6日北京首都师范大学文学院会议厅的讲演，可参见 http://www. alleyeshot. com. /jiang /jun. htm。

使岛[①]移民后裔编译了《埃仑诗集》(1980),挖掘出在美华人在天使岛移民木屋墙上书写和铭刻的诗句,以中英文对照和图文并茂的方式再现了被拘押在天使岛移民营的华人在移民营的情境和感受。这些诗文不仅见证了"在美国历史的特定时空中华人的花果飘零、漂泊离散",也可以称为"华裔美国文学/历史的奠基文本",并且"可以进一步提供有关美国文学/历史的另类版本"。[②] 其次,挖掘出一些华裔女性作家的作品,除了黄玉雪和汤亭亭的作品外,20世纪80年代末、90年代初,伊顿姐妹[③]的文学作品被重新发现。1995年,华裔学者林英敏和美国学者怀特-帕克思重新编选了《春郁太太及其他作品》。[④] 伊顿姐妹的文学作品在华裔文学领域被认为是最早的华裔女性文学作品。伊顿姐妹对主流文化采取两种截然不同的态度,姐姐"水仙花"公开抵制和对抗主流社会对华人的歧视和对华人刻板形象的建构,妹妹对主流文化采取顺从、容纳的态度。[⑤]

从19世纪中叶亚裔移民美国开始,"一种空间上的矛盾塑造了美国亚裔社区的历史,对于这一历史的绝大部分,这种矛盾是通过带有种族主义色彩的东方学的语言表述的"[⑥]。美国亚裔曾被描述为"外国人",在文化和血缘上永远不能成为"美国人"。在美国出生的亚洲人虽然"血缘意识逐渐减弱",但"正是亚裔美国人的那种'亚洲性'阻碍了他们成为真正的'美国人',好比社会科学中的'双重人格'论点一样,这一论点置美国人的文化定位于不顾,在他们的人格中采用了一种

---

① 天使岛是旧金山湾内三岛之一,现为郊游和野餐胜地。1910—1940年试图进入美国的移民(大部分为亚裔)被拘留于天使岛移民营。1940年11月,该移民营因大火而废弃。

② 转引自单德兴:《忆我埃仑如蜷伏:天使岛悲歌的铭刻与再现》,载单德兴《铭刻与再现:华裔美国文学与文化论集》,台北:麦田出版社,2000年版,第39页。

③ 埃迪思·牟德·伊顿(Edith Maude Eaton),笔名"水仙花"(Sui Sin Far),她的妹妹威尼佛莱德·伊顿(Winifred Eaton)为自己起了一个听起来像日本人的笔名"夫野渡名"(Onoto Watanna)。

④ 《春郁太太》(1912)是"水仙花"发表的唯一的一部短篇小说集,由两部分组成:《春郁太太》(含17篇故事)和《中国儿童故事》(含20篇故事)。

⑤ 苏红军:《种族的性别化和性别的种族化:亚裔美国女作家与女性主义研究的几个问题》,2003年11月6日北京首都师范大学文学院会议厅的讲演,可参见 http://www.alleyeshot.com./jiang/jun.htm。

⑥ 阿里夫·德里克:《跨国资本主义时代的后殖民批评》,王宁,译,北京:北京大学出版社,2004年版,第84页。

亚洲编码"[①]。美国亚裔认识到自我身份定位的重要性,他们要通过最基本的"拥有美国"(claiming America),在美国的历史上牢固地树立起美国亚裔的"美国性"。华裔美国作家如何通过文学创作再现被美国主流社会湮没的美国华裔的历史,在以白人为主流的美国历史中努力建构美国华裔的历史,为美国华裔国家身份的建构挖掘依据,成为华裔美国文学研究的第二个重要方面。很多亚裔美国文学研究者指出,争回美国首先要质疑主流社会对美国的界定。华裔美国作家作品中对美国、美国人和美国历史的重新定义及对美国华裔文化身份、美国华裔历史的建构成为亚裔/华裔美国文学批评的重要内容。比如,汤亭亭在《中国佬》中借家族四代男性在美国奋斗的家族史的书写,采用改写中国的传奇故事和西方的文学经典、呈现有关过去的自相矛盾的版本、抵抗事实和想象的对立等叙事策略颠覆统一叙事的观念,努力把华人写进美国历史,质疑并颠覆美国主流社会言说历史的权威,以不带权威的口吻建构不同于美国主流社会的另一个版本的美国史,使不同版本的历史得以呈现,引发人们对历史的重新思考。

20世纪90年代,美国社会极为引人注目的多元文化主义不仅是一种教育思想、历史观、政治态度、意识形态,也是一种文艺批评理论。[②]作为一种文艺批评理论,多元文化主义常与后现代、后结构主义联系在一起,"被看成向传统西方文明知识霸权进行挑战的一种话语"[③]。此外,20世纪60年代以来,随着世界经济全球化的规模日益扩大、进程日益加快,资本和商品频繁的世界性流动不仅造成了一个联系日益紧密的世界经济体系,也造成世界范围内规模更大、形式更为多样的人口流动,最终形成了"当代意义上的散居族裔"[④]。20世纪90年代,华裔美国文学研究受到后学理论和族裔散居批评理论[⑤]的影响,对华裔美国文学批评走出以美国为中心话语的阶段,族裔散居批评理论开辟了研究亚裔/华裔美国文学的新领域。

---

① 阿里夫·德里克:《跨国资本主义时代的后殖民批评》,王宁,译,北京:北京大学出版社,2004年版,第84页。

② 王希:《多元文化主义的起源、实践与局限性》,载《美国研究》,2002年第2期。

③ 王希:《多元文化主义的起源、实践与局限性》,载《美国研究》,2002年第2期。

④ 张冲:《散居族裔批评与华裔美国文学研究》,载《外国文学研究》,2005年第2期。

⑤ 族裔散居批评是20世纪90年代发展起来的一种研究散居族裔群体的社会、经济和文化现象的理论取向。参见张冲:《散居族裔批评与华裔美国文学研究》,载《外国文学研究》,2005年第2期。

中国台湾学者对华裔美国文学有着浓厚的兴趣，对华裔美国文学的研究取得了很多成绩。中国台湾的华裔美国文学研究者多为外文系毕业，能充分阅读美国研究界的研究成果，多数研究者有多年英美文学研究的学术积累，加之中国台湾理论界对美国文学批评理论的深入介绍，相对于中国大陆学者而言，他们拥有更多可以利用的理论资源，有更多的途径接近研究对象，因而较容易获得与美国研究界同步的发言平台。20 世纪 90 年代以来，中国台湾学术界创办相关期刊、召开学术会议，许多学校开设相关课程，涌现许多相关论文和学位论文[①]及推进华裔美国文学研究的学者[②]。多数的研究是在理论的指导下，运用女权主义、后殖民、后现代等理论分析文本，从文化属性、文化认同、种族歧视、性别歧视、母女关系、美国华裔历史的建构等视角解读文本。虽然研究中不乏对华裔文学文本中的语言、叙述策略及与中国文化和历史背景相关的互文诠释，但整体研究偏向社会、政治、意识形态等因素，缺乏对华裔文学的美学研究。因此，有待于扩大华裔美国文学的阅读和研究方法，将华裔美国文学研究置于包含文化、审美、政治和社会因素的研究中。

中国学者对华裔美国文学的研究始于 20 世纪 80 年代初。1981 年，江晓明在《外国文学》第 1 期上发表《新起的华裔美国作家马克辛・洪・金斯顿》，简要介绍华裔作家金斯顿（中文姓名汤亭亭）的生平和她的两部重要开山之作《女勇士》和《金山勇士》。此外，《外国文学》同时还刊登汤亭亭《无名女人》的中文译本。同年，凌彰也在《世界图书》第 5 期上发表《美国华裔女作家洪婷婷》，简要介绍汤亭亭的文学创作成就。20 世纪 80 年代，中国其他刊物也发表了一些关于华裔美国文学的零星评介。20 世纪 90 年代开始，中国学者对华裔美国文学的研究逐渐形成规模，其中从 1993 年到 2003 年全国各种期刊、报纸刊登华商美国文学研究文章达到 172 篇。[③] 1993 年两位美国学者在

① 相关论文大多刊载于《文化属性与华裔美国文学》（单德兴、何文敬主编）、《再现政治与华裔美国文学》（何文敬、单德兴主编）、《铭刻与再现：华裔美国文学与文化论集》（单德兴著）等文集中及中国台湾《中外文学》等期刊上。相关的学位论文多集中于对汤亭亭的《女勇士》《中国佬》及谭恩美的《喜福会》的分析与解读。

② 如单德兴、何文敬、张小虹、李有成等人，他们对华裔文学的深入研究和积极探索极大地推进了中国台湾的华裔美国文学研究。

③ 张龙海：《华裔美国文学研究在中国》，载《外语与外语教学》，2005 年第 4 期。

北京大学召开的“后现代主义与中国当代文学国际研讨会”上向参加会议的学者介绍了美国的华裔作家群，分析了汤亭亭文本的后现代技巧，并从女权主义、多元文化等视角对《女勇士》进行了分析。此后，国内学者王家湘、陈旋波、王立礼、吴冰、张子清等对华裔美国文学进行了实质性的引介和评述。张子清教授对华裔美国文学在中国的引介和华裔美国文学研究在中国的开展起到了引领和导向的作用，为这一领域的研究做出了重要贡献。张子清教授不仅撰文系统介绍华裔美国作家群产生的背景、华裔美国文学的现状和地位，并积极组织人员翻译华裔美国作家的作品，在每部译作中附有作家的访谈录和美国学者杰夫·特威切尔-沃斯对每部作品的评论，增进了国内华裔美国文学研究者对华裔美国作家及其作品的创作背景、创作思想和意旨的了解和认识。目前，华裔美国作家的作品，如黄玉雪的《华女阿五》、汤亭亭的《女勇士》《中国佬》《孙行者》、谭恩美的《喜福会》《灶神之妻》《灵感女孩》、赵健秀的《甘加丁之路》、任璧莲的《典型的美国佬》、伍慧明的《骨》等，获得国内学者的译介并在国内出版。此外，张子清教授在《华裔美国诗歌的先声：美国最早的华文诗歌》[①]中从《埃仑诗集》(1980)和《金山诗集》(1987)两部诗集入手，对象征华裔美国诗歌先声的早期华人移民在美国撰写的诗文进行研究，这无疑为国内华裔美国诗歌的研究开拓了空间。

从20世纪90年代至今，国内的学术刊物上不断发表关于华裔美国文学研究的论文。这些学术论文既有对华裔美国文学的作家群、发展历史和现状的宏观研究[②]，也有利用西方文艺理论或者从东西方文化的视角对具体的美国华裔作品进行解读的微观研究。就文化的角度而

---

① 张子清：《华裔美国诗歌的先声：美国最早的华文诗歌》，载《当代外国文学》，2005年第2期。

② 张龙海：《华裔美国文学的历史和现状》，载《外国文学动态》，1999年第2期；张子清：《与亚裔美国文学共生共荣的华裔美国文学》，载《外国文学评论》，2000年第1期（后增改并收录于2004年译林出版社出版的“华裔美国文学译丛”）；张子清：《不同华裔美国作家构筑想象中的不同共同体》，载《当代外国文学》，2001年第3期；王裕秋：《近二十年来华裔美国文学的崛起》，载《外国文学研究》，2000年第1期；程爱民在《华裔美国文学研究》（北京大学出版社，2003年）的前言中对华裔美国文学的发展做了全面的评述；胡勇：《华裔美国文学研究综述》，载《新疆大学学报》（社会科学版），2003年第3期。

言，这些学术论文探讨了东西方文化的冲突问题[1]、中国文化传统与华裔美国文学的关系及华裔作家的文化身份和文化认同等问题[2]。较多的研究集中于利用女权主义、后现代主义、后殖民主义、解构主义等文艺理论解读华裔美国文学[3]。这些研究涉及种族歧视、性别歧视、文化霸权与权力、东西方文化冲突、民族文化身份等问题，这种政治、社会、意识形态等因素的研究偏向形同中国台湾的华裔美国文学研究，同样忽略了对华裔美国文学自身之文学性的研究。令人欣喜的是，在近几年的中国核心期刊和学术研讨会上开始出现华裔美国文学的审美研究[4]，如2003年由全国美国文学研究会主办、四川大学外国语学院承办的“美国少数族裔文学”研讨会所提交的论文中，即有探讨关于赵健秀《甘加丁之路》中拼贴、零散叙事、戏仿及互文性的颠覆性运用的论文[5]；南京大学外国语学院的方红探讨了汤亭亭《孙行者》中凭借看似

---

① 张子清：《中美文化的撞击与融汇在华裔美国文学中的体现》，载《外国文学评论》，1996年第3期；胡亚敏：《谈〈女勇士〉中两种文化的冲突与交融》，载《外国文学评论》，2000年第1期；程爱民：《中美文化的冲突与融合：对〈喜福会〉的文化解读》，载《国外文学》，2001年第3期；袁霞：《从〈喜福会〉中的“美国梦”主题看东西文化冲突》，载《外国文学研究》，2003年第3期。

② 吴冰：《从异国情调、真实反映到批判、创造——试论中国文化在不同历史时期的华裔美国文学中的反映》，载《国外文学》，2001年第3期；胡亚敏：《当今移民的新角色——论〈喜福会〉中华裔对其文化身份的新认知》，载《外国文学》，2001年第3期；王光林：《翻译与华裔作家文化身份的塑造》，载《外国文学评论》，2002年第4期；赵文书：《华裔美国文学创新与中国的文化传统》，载《外国文学研究》，2003年第3期；赵文书：《华美文学与女性主义、东方主义》，载《当代外国文学》，2003年第3期；程爱民和刘婷婷：《〈典型美国人〉：多元文化背景下的新探索》，载《当代外国文学》，2003年第3期；杨春：《〈女勇士〉：从花木兰的“报仇”到蔡琰的歌唱》，载《外国文学研究 》，2004年第3期；张龙海：《关公战花木兰——透视华裔美国作家赵健秀和汤亭亭之间的文化论战》，载《外国文学研究》，2004年第5期。

③ 蒲若茜：《对性别、种族、文化对立的消解——从解构的视角看汤亭亭的〈女勇士〉》，2001年第3期；胡亚敏：《当今移民的新角色——论〈喜福会〉中华裔对其文化身份的新认知》，载《外国文学》，2001年第3期；陆薇：《超越二元对立的话语：读美籍华裔女作家伍慧明的小说〈骨〉》，载《外国文学研究》，2002年第2期；陆薇：《模拟·含混与杂糅——从〈蝴蝶夫人〉到〈蝴蝶君〉的后殖民解读》，载《外国文学》，2004年第4期；王光林：《翻译与华裔作家文化身份的塑造》，载《外国文学评论》，2002年第4期；蒋道超：《文化并置和杂交——谈华裔小说家任碧莲的小说〈典型美国人〉》，载《外国文学》，2002年第5期；卢俊：《从蝴蝶夫人到蝴蝶君——黄哲伦的文化策略初探》，载《外国文学研究》，2003年第3期；赵文书：《华美文学与女性主义、东方主义》，载《当代外国文学》，2003年第3期；陈爱敏：《“东方主义”与华裔美国文学中的男性形象建构》，载《外国文学研究》，2004年第5期。

④ 这里的审美研究不排除审美与政治、历史、社会的交叉研究。

⑤ 见张敏、凌建娥：《多元文化格局中的族裔喧哗——全国美国文学研究会“美国少数族裔文学”研讨会综述》，载《当代外国文学》，2004年第1期。

游戏的“戏仿”塑造的反战、反种族歧视的惠特曼·阿新的形象①;厦门大学外语学院的张龙海探讨了汤亭亭《孙行者》中后现代艺术技巧的运用②。

正如华裔美国文学日益呈现的生机与强大的影响力,多元文化语境中的华裔美国文学研究也日益深入,不断超越译介和一般性的评述。在美国,华裔美国文学研究常常置于亚裔美国文学研究的脉络中,也有研究者将华裔美国女性作家置于美国女性作家的脉络中进行研究,其中的比较研究视野无疑使华裔美国文学走出了平面研究阶段。华裔美国学者张敬珏提出从比较文学的角度对华裔美国文学进行研究,如中国文学和华裔美国文学的比较研究、亚裔美国文学和其他族裔文学的比较研究及东亚文学和欧美文学的比较研究等③,不仅开阔了华裔美国文学的研究视野,成为华裔美国文学研究的方向,也必将使华裔美国文学研究日趋深入。中国国内已有学者进行华裔美国文学的比较研究,如沈建清曾在其论文《寻找母亲花园的女作家——几位美国少数民族女作家与“母—女”话题》中,将美国著名黑人女作家佐拉·尼尔·赫斯顿、艾丽斯·沃克、托尼·莫里森与华裔美国女作家汤亭亭和谭恩美进行比较研究。④中国台湾学者单德兴也曾在其文《说故事与弱势自我之建构:汤亭亭与席尔柯的故事》中对处于美国弱势族裔地位的华裔女作家汤亭亭和美国原住民作家席尔柯进行比较研究,探讨汤亭亭的《女勇士》《中国佬》和席尔柯的《说故事者》三部作品中“说故事”的特色及其与作者建构自我的关系。⑤

2003 年 11 月,由全国美国文学研究会主办、四川大学外国语学院承办的“美国少数族裔文学”研讨会具有重大启发意义。⑥这次会议不

---

① 方红:《在路上的华裔嬉皮士——论汤亭亭在〈孙行者〉中的戏仿》,载《当代外国文学》,2004 年第 4 期。

② 张龙海:《戏仿、语言游戏、神秘叙事者、拼贴——论汤亭亭〈引路人孙行者〉中的后现代派艺术技巧》,载《外国文学》,2005 年第 3 期。

③ 单德兴:《张敬珏访谈录》,载单德兴、何文敬主编《文化属性与华裔美国文学》,台北:中国台湾研究院欧美研究所,1994 年版,第 191—192 页。

④ 见沈建清:《寻找母亲花园的女作家——几位美国少数民族女作家与“母—女”话题》,载《外国文学》,1997 年第 1 期。

⑤ 见单德兴:《说故事与弱势自我之建构:汤亭亭与席尔柯的故事》,载单德兴《铭刻与再现:华裔美国文学与文化论集》,台北:麦田出版社,2000 年版,第 125—155 页。

⑥ 见张敏、凌建娥:《多元文化格局中的族裔喧哗——全国美国文学研究会“美国少数族裔文学”研讨会综述》,载《当代外国文学》,2004 年第 1 期。

仅展示了中国美国少数族裔文学研究的进展,并且展现了美国少数族裔文学的巨大研究空间。就华裔美国文学研究而言,这次会议发言不仅面向林露德、水仙花、黄哲伦、汤亭亭、赵健秀、谭恩美、任璧莲、朱路易、哈金等众多作家及其作品,展现了后殖民、后现代、解构主义等多种研究视角,更为重要的是开启了引领华裔美国文学研究不断深入的方向,积极探索作为美国少数族裔文学之一的华裔美国文学研究中批评理论的建构。张冲教授在会议上详细介绍了散居族裔批评的起源、主要理论框架和批评方法,并探讨将该批评方法用于华裔美国文学研究的可能性,为华裔文学的研究及华裔文学批评理论的建构开启了更为广阔的视阈和方向。[①] 王晓璐和石坚在会议上提出黑人文学批评理论建构的成功应给国内美国文学研究学界以启示。事实上,亚裔/华裔美国文学作为美国的弱势族裔文学应该借鉴黑人文学批评理论建构的成功经验,积极思考并建构表达亚裔/华裔美国人独特见解的文学批评理论。针对黑人的文学批评,美国学者亨利·路易斯·盖茨指出,"试图不加选择地挪用西方文学批评原理取代黑人的文学评论,那只会成为新殖民主义之类的文学批评模式的复制品"[②]。所以,对亚裔/华裔美国文学批评而言,一方面要有选择地运用西方文学批评理论对亚裔/华裔文学进行研究,另一方面要建构和运用亚裔/华裔自己的文学批评理论,在学术研究界发表自己独特的见解,为亚裔/华裔美国文化代言。亚裔/华裔文学批评理论的建构、华裔美国文学研究的理论自觉是挖掘华裔美国文学的研究空间、使华裔美国文学研究得以深入的关键。

---

① 见张冲:《散居族裔批评与华裔美国文学研究》,载《外国文学研究》,2005年第2期。张冲在文中指出,将散居族裔理论用于华裔文学研究,"不仅将散居在世界各地的政治、经济、历史、文化各不相同的区域内华裔文学包括进来('华裔某国文学'),甚至将在这些区域里以华文创作的文学现象也纳入研究范围。如果我们可以将一特定区域里的华裔文学现象比作植物的一个种群,那么在散居族裔批评的视界里,我们不仅可以研究分散在各区域里的华裔文学由地域、环境、历史、文化造成的种群特征,研究各华裔文学种群之间的关系,至少还可以比较研究以华文和英文两种语言创作的作品,从而对'大华裔文学'有一个总体的了解"。

② 亨利·路易斯·盖茨:《理论权威,(白人)权势,(黑人)批评:我一无所知》,载张京媛主编《后殖民理论与文化批评》,北京:北京大学出版社,1999年版,第186页。

第三章　社会性别身份与华裔美国文学

第一节　社会性别身份与文学批评

身份确认对任何个人来说都是一个内在的、无意识的行为要求。

——威廉·布洛姆[①]

詹明信在《晚期资本主义的文化逻辑》一书中认为,20 世纪 60 年代可以被认为是决定性和全球性的一个时代,被殖民者开始有了自我意识,涌现了无产阶级形态(指黑人、学生及第三世界公民)的新"历史主人公",从未在世界历史舞台上被听到过的被殖民者争到了新的集体"发声"的权利。[②] 自 20 世纪 60 年代以来,伴随着西方社会与文化运动而来的是少数族裔和边缘弱势群体正名的努力。被国家统一、种族相似、大众文化或殖民文化的神话所遮蔽的仅仅是一个表象的共同体已经被打破。种族或人种宣言、民族主义或寻求独立的运动使种族和性别歧视、少数族裔和边缘弱势群体获得关注,西方少数族裔的族性意识开始觉醒,一直被压抑而寂静无声的群体开始发声,并呈现多种不同的声音。在文学和文化思想方面,20 世纪后半叶的社会政治与思想文化运动使边缘学者(如女权主义学者和少数族裔学者)获得反思的契

---

① 莱恩·T. 塞格尔斯:《"文化身份"的重要性——文学研究中的新视角》,载乐黛云、张辉主编《文化传递与文学形象》,北京:北京大学出版社,1999 年版,第 331 页。

② "发声"这个术语出现在历史、哲学、社会学、文学和心理学中,贯通了不同学科和不同的理论观念。许多书的标题宣称发出了"另外一种声音"和"不同的声音"。一直默不作声的社会群体——比如有色人群、男女同性恋者,开始通过写作等方式表达出应该发出声音的紧迫性。尽管有人认为"发声"这一说法不过是人文主义的虚妄之说,但是对于一直受到压抑而寂静无声的群体和个人来说,这个术语已经成为身份和权利的代称。见苏珊·S. 兰瑟:《虚构的权威:女性作家与叙述声音》,黄必康,译,北京:北京大学出版社,2002 年版,第 3 页。

机,他们中间的精英分子意识到自身的种族身份在整体文化观念中的严重错位。为此,他们一方面在政治领域发起抗争,使种族问题和性别问题获得前所未有的重视;另一方面在女权主义、性别研究、族裔研究、权利话语、身份问题、通俗文化、边缘弱势文化等学术领域展开持续的反思、批判,使这些边缘领域得到前所未有的重视和关注。

"身份"(identity),又被称为"属性"或"认同",在20世纪中叶成为一种突出的学术和文化构架。[①]哲学、历史学、社会学、心理学、人类学、国际关系学、政治学等学科已经在相当规模上运用了"身份"这个概念,弗洛伊德、哈贝马斯等学者都曾对"身份"做过精确的描述。身份既可以针对个人而言,也可以针对群体而言。斯图亚特·霍尔(Stuart Hall)认为,对文化身份的理解至少有两种不同的思维方式。第一种理解强调文化身份的单一性,认为文化身份是"一种共有的文化,集体的'一个真正的自我',藏身于许多其他的、更加肤浅或人为强加的'自我'之中,共享一种历史和祖先的人们也共享有这种'自我'"[②]。按照这种理解的文化身份反映的是一个民族的共同历史经验和共有的文化符码,这种经验和符码为一个民族在历史的不断变化中提供"稳定、不变和连续的指涉和意义框架"[③]。在霍尔看来,这种身份论述的逻辑是设定一个稳定的主体,也就是认为有一种我们可以称之为"身份"的东西在迅速变化的世界中保持稳定不变。根据这种理解,"身份"是迅速变化的世界中的一个定点,保证世界不至于像它有时候看起来那样迅速地崩溃,因而"身份"是思考和存在的固定点、是行动的根据。这种思考方式强调文化身份的稳定性、持续性与共同性。霍尔进一步指出,这种文化身份的观念在彻底重构世界的一切后殖民斗争中起到了积极的作用,而且会在边缘化民族的诸多再现中继续发挥强大的创造性力量。

文化身份的第二种思考方式则强调文化身份的不稳定性、断裂性与差异性。这种思考方式认为,除了共同的历史经验和文化符码之外,

---

① 莱恩·T.塞格尔斯:《"文化身份"的重要性——文学研究中的新视角》,载乐黛云、张辉主编《文化传递与文学形象》,北京:北京大学出版社,1999年版,第337页。

② 斯图亚特·霍尔:《文化身份与族裔散居》,载罗钢、刘象愚主编《文化研究读本》,北京:中国社会科学出版社,2000年版,第209页。

③ 斯图亚特·霍尔:《文化身份与族裔散居》,载罗钢、刘象愚主编《文化研究读本》,第209页,北京:中国社会科学出版社,2000年版。

还存在一些深刻而重要的差异或断裂处,对一种经验和一种身份的认同不能导致对存在的差异或独特性的忽略。因此,文化身份属于未来,也属于过去,它不是固定存在的,而是一种变化的存在,这种存在不是超越时间、空间、历史和文化的,而是有历史和源头的,经历了不断变化的、一种未完结的"生产"过程。"它们绝不是永恒地固定在某一本质化的过去,而是屈从于历史、文化和权力的不断'嬉戏'。身份绝非根植于对过去的纯粹'恢复',过去仍等待着发现,而当发现时,就将永久地固定了我们的自我感;过去的叙事以不同方式规定了我们的位置,我们也以不同方式在过去的叙事中给自身规定了位置,身份就是我们给这些不同方式起的名字。"①过去不再是简单意义上的实际的"过去",我们与过去的关系就如同孩子与母亲的关系一样,已经是"破裂之后的"关系。② 对文化身份的两种不同的理解实际上指出了文化身份具有指涉某个民族"共有"的特征和可以不断创造与建构的双重含义,即文化身份可以被看作是某个民族所共有的文化特征,但同时文化身份具有一种结构主义的特征,可以被视为一种不断的建构。在霍尔看来,那些被拖入奴隶制、被流放、殖民化或散居的民族和族裔身份是由两个同时发生作用的向量构架的,必须依据两个向量之间的对话关系来理解其身份,这两个向量中一个是相似性和连续性的向量,另一个是差异和断裂的向量,前者向我们指出过去的根基和联系,后者提醒我们认识到"我们所共有的东西恰恰是严重断裂的经验"③。

吉尔特·霍夫斯塔德(Geert Hofstede,1994)有关文化的定义是最好的定义,他的定义包含了文化的绝对主义、文化相对主义的重要性和文化的构成特征三个重要因素。霍夫斯塔德区分了"文化"这个概念的两层含义,认为文化的第一层含义是指文明和思想的升华,可以在教育、艺术和文学中发现它们。第二层含义的"文化"关注更为根本的人类过程,因为它至少部分地在历史的进程中被生活在同一社会环境中的人们分享,人们正是在这个同一的社会环境中习得文化并形成思维

---

① 斯图亚特·霍尔:《文化身份与族裔散居》,载罗钢、刘象愚主编《文化研究读本》,北京:中国社会科学出版社,2000 年版,第 211 页。

② 斯图亚特·霍尔:《文化身份与族裔散居》,载罗钢、刘象愚主编《文化研究读本》,北京:中国社会科学出版社,2000 年版,第 212 页。

③ 斯图亚特·霍尔:《文化身份与族裔散居》,载罗钢、刘象愚主编《文化研究读本》,北京:中国社会科学出版社,2000 年版,第 213 页。

的共同构架，从而使某一群体或类别的成员与另一群体或类别的成员区别开来。[①] 对文化身份的理解来自霍夫斯塔德对文化的第二层界定。霍夫斯塔德认为，文化是一个动态的而非静止的实体，文化不是一个社群的固有属性，而是一个社群的精神构成；它源自人们所处的社会环境，是后天习得的，而非源于人的基因或先天继承的。霍夫斯塔德没有将"文化"视为一个普泛的领域，而对文化进行系统化的界定，将文化视为一个由相互作用的不同层面构成的实体，认为一个人始终同时属于以下不同层面或身份标志：国家层面、地域/种族/信仰/语言层面、性别层面、代的层面、阶级层面、组织或职业层面。因此，就大的范畴而言，文化身份包括国家身份、种族身份、性别身份、阶级身份等。每个人都同时属于某种国家身份、种族身份、性别身份或阶级身份，这意味着谈论一个人确定的身份是不可能的，身份会依环境的不同而发生改变。对文化身份的这一理解意味着文化身份比国家身份更宽泛。一个群体或民族的文化身份只是部分地由其国家身份所决定。

作为文化身份的一个构成成分，社会性别身份是文化身份的多重基体中的一个。20 世纪后半叶西方的社会与文化运动引发了人们对社会思想和文化中的先在的理论、观念和预设进行质疑和重新审视，也同时使人们体认到种族与性别因素的重要性。在这种社会文化和思想背景中，在西方女权主义者的积极推动下，"社会性别"的概念及其理论研究逐步产生和发展。该理论的提出对试图独立于社会与文化因素之外而基于男性与女性的生物差异解释男女不同社会地位的必然性观念进行了清理。社会性别是在西方第二次女权主义浪潮中出现的一个分析范畴[②]，将传统的男女性别角色解析为生理性别（或称"基因性别"）和社会性别两部分，从而将性别差异的社会文化意义从其所依托的生物性载体中分离出来。社会性别是对人类性别从社会文化层面进行的界定，区别于生理意义上的生理性别。社会性别理论认为性别的区分是由社会文化因素造成的，强调文化在人的性别身份形成中的关键作用，强调两性之间的差异并不是建立在生理上的，而是由社会建构

---

① 莱恩·T. 塞格尔斯：《"文化身份"的重要性——文学研究中的新视角》，载乐黛云、张辉主编《文化传递与文学形象》，北京：北京大学出版社，1999 年版，第 332 页。

② 第二次女权主义浪潮是指在美国和欧洲自 20 世纪 60 年代末发展起来的女权主义运动。第一次女权主义浪潮始于 19 世纪，持续到 20 世纪 20 年代。

的。社会性别概念的提出为重新思考性别问题带来了新的契机,使形成性别问题的文化因素和社会历史因素得以被考察。①

女权主义学者在20世纪70年代初期发展了"社会性别"的概念,认为社会性别是人类社会的一种基本组织方式,也是人的社会化过程中一个最基本的内容,任何文化中都有自己的社会性别制度。费仪·金丝伯格(Faye Ginsberg)和安娜·罗文哈普特·郑(Anna Lowenhaupt Tsing)将"社会性别"定义为"一个社会把人们组织到男性和女性范畴里去的方式,以及围绕这些范畴产生出意义的方式"②。两位学者指出,社会性别不是一个统一的范畴,而是多层次的、不断变化的;社会性别的内涵不是固定不变的,而是具有再定义和再塑造的可能性。美国女权主义学术界强调社会性别观念在历史过程中的演变及人们如何通过磋商较量来改变其既定的内涵。因此,社会性别内涵的不固定性和多层次性意味着不同的文化中有不同的社会性别制度,同一文化中不同历史时期社会性别的具体规范也会发生变化。

20世纪80年代末,美国历史学家琼·斯科特(Joan W. Scott)在《性别:历史分析中的一个有效范畴》中用后结构主义理论对社会性别做了阐述。琼·斯科特认为,社会性别是基于能观察到的两性差异之上的,是诸多社会关系中的一个成分;社会性别是表达权力关系的基本途径,换言之,社会性别是权力形成的源头和主要途径。在这里,琼·斯科特强调了两点:第一,社会性别是社会关系的表现,而不是由生理性别决定的;第二,社会性别是权力关系的一种存在方式。作为表达权力的一个基本途径,社会性别同权力的观念和权力的构成联系在一起,因为权力的分配经常以社会性别观念为参照。把社会性别作为一种社会关系来考察,旨在表明社会性别像任何一种社会关系一样,其形成涉及社会文化各个部分,对它的考察必须是历史的、具体的,而不能是超越社会历史的、本质主义的,"社会性别"概念只有用于特定条件下的具体分析才有意义。

社会性别是西方女权主义者在对其文化、历史、社会的剖析过程中

---

① 1971年,安·奥克利(Ann Oakley)的《生理性别与社会性别》一书的问世使"社会性别"的概念被广泛使用。

② 费仪·金丝伯格、安娜·罗文哈普特·郑:《不确定的词语概念——美国文化中社会性别的磋商较量》序言,载王政、杜芳琴主编《社会性别研究选译》,北京:生活·读书·新知三联书店,1998年版,第249页。

发展而来的理论框架。社会性别研究虽然由女性研究发展而来，但不同于女性研究。后者以女性为研究对象和研究目的，站在女性立场，特别强调关注女性的群体利益，为女性解放和争得平等的权利服务；并且早期女性研究主要关注欧美世界中的中产阶级白人女性，将同一文化区域内的少数族裔女性及有色人种女性排除在外。而社会性别研究摆脱单一性别立场（男性中心主义或女权主义）的纠葛，超越了仅仅对女性的对象化研究，对密不可分的男女两种性别都加以考察，检验男性与女性如何在具体的时空中、在支配性观念系统的作用下产生并拥有某种含义，并强调这些含义的相互关联。社会性别研究扩大了女权主义固有的思考和研究范围，使女性研究不再局限于研究女性，对于女权主义文学批评来说则是不再局限于研究女性的作品和作品中的女性。从20世纪70年代至今，社会性别的研究和认识不断深化，社会性别研究日益成为逐渐壮大的女性主义学术和理论的核心，使女性主义学术和理论获得不断的发展。

社会性别的概念自20世纪70年代创立至今不断受到质疑和挑战，社会性别的内涵在不同的文化中、在不同的历史时期不断发生演变。20世纪70年代的女权主义者认为，社会性别是任何文化都具有的重要特征，各种文化中都存在社会性别的不平等，而社会性别的不平等是由于妇女同家庭和育儿的联系造成的，尽管各种文化中家庭和育儿的实践差异很大。20世纪80年代，女权主义者质疑社会文化是怎样对妇女的活动及男性特征、女性特征制定出不同的内容和意义的，同时女权主义者意识到性别不平等并非由于妇女同家庭和育儿的联系造成的，而是由于社会文化对与妇女相关联的事物的贬低造成的。20世纪90年代，西方女权主义学者对社会性别提出的问题不再局限于男女之间的不平等，也关注妇女之间的不平等及殖民主义历史、种族、性文化等问题，从而产生了将社会性别同其他不平等形态联系起来的研究，研究者们将社会性别同其他身份和差异形态交织在一起审视，如种族、族裔、阶级、性选择、宗教、政治等。与此同时，女权主义者受到后结构主义有关权力和主体性理论的影响，也开始研究社会性别身份是如何形成的及消除社会性别不平等的努力是如何在权力结构之内发生的。

男性长期以来对社会权力体系的占据使女权主义者长期致力于打破整个男权社会的霸权体系和揭示男权文化对女性的迫害。社会性别研究指出，男女性别的不平等并不仅仅是政治原因造成的，性别的不平等存在于整个社会文化体系之中，男性和女性都受到社会文化的规约，都具有被压迫的一面。美国女权主义理论家贝尔·胡克斯（Bell Hooks）认为，所有的人，无论男性还是女性，从出生到接受性别歧视的思想和行动都是社会化的一种结果。女权主义不是要反对男性，而是针对男性至上主义，旨在结束男性至上主义的性别歧视者的剥削和压迫。因此，把女权主义运动看作女人反对男人是幼稚和错误的。男人和女人从来就不是对立的敌人，“像妇女一样，男性也被社会化了，被动地接受性别歧视的意识形态”①。贝尔·胡克斯从第三世界女性的利益出发进而指出，“反对男性的观点是一种反动的观点，它使女权运动看起来似乎是一种可以使白人女性夺取白人男性的权力、用白人女性至上的统治来代替白人男性至上的统治的运动”②。美国社会学家鲍勃·康纳尔（Bob Connell，1992）也强调社会性别的研究应该包括对男性、性文化和性行为的研究；他认为，审查占统治地位的一方对于认识一种不平等制度至关重要。因此，社会性别研究中对男性的研究就如同阶级分析中对统治阶级的研究一样重要。康纳尔的贡献不仅在于他扩大了社会性别研究的范围、外延了社会性别的内涵，将男性、性文化和性行为纳入性别研究的理论思维和研究范围，而且在于他通过富有洞察力的分析，揭示了男性之间的差异及各种男性气质是如何通过一种易变的社会性别关系结构交互作用并与女性相作用而形成的。

社会性别研究吸纳了女权主义的革命性与批判精神，以性别分析为主要手段，透过社会表征系统重新审视社会文本中的男性与女性，具有重要的方法论意义。“从社会性别的角度追求两性平等将不再是女人从男人手中夺回自己的权力者把男人视为女人的敌人，而是由此发现男女两性在社会性别的机制中都受到了规训，都具有被压迫的一面。因此，对性别平等的追求实际上是男女两性共同发展的过程。”③社会性别理论，也包括女权主义理论，旨在改变整个社会文化体系中不平等的思想和霸权的理念，而不是要和男人敌对并打倒男人。随着社会性

---

① 贝尔·胡克斯：《女权主义理论：从边缘到中心》，晓征，平林，译，南京：江苏人民出版社，2001 年版，第 85 页。

② 贝尔·胡克斯：《女权主义理论：从边缘到中心》，晓征，平林，译，南京：江苏人民出版社，2001 年版，第 83 页。

③ 沈奕斐：《被建构的女性——当代社会性别理论》，上海：上海人民出版社，2005 年版，第 3 页。

别理论的发展，社会性别逐渐被视为一种全新的研究视角，与阶级、种族一样，成为研究人类社会与历史的一个基本的分析范畴，在社会学、人类学、政治学、历史学、文学等人文社科学术领域被广泛运用。

当今世界各地严重的政治和种族冲突使文化身份的研究成为一个重要的研究课题。文学作为对人类社会生活的表述必然在面对种族问题、文化冲突等问题中发挥自身的作用。文学和文化身份是一个重要且复杂的研究对象，从文化身份的视角对文学的研究将文学研究导回文本与社会的关系，引向当代和历史的重要社会问题，使一度受到20世纪许多重要批评流派（如俄国形式主义、新批评、结构主义等）否定的文学研究方法复归，不再割裂文学与社会历史的联系，不再将文学研究仅仅自限于文学文本之中。在一般的文学研究和比较文学研究中，对文学与文化身份的关注日益增强，第十九届国际比较文学大会（埃德蒙特，1994）的大部分议程集中在"文学与身份"这一议题。

文学与文化身份的研究具有极强的比较性。文化身份的建构至少包括两个方面：群体内的自我建构和群体外的他者建构。每个群体都从自我观点出发看待其他的群体，反之亦然。事物总是在比较对照中才能暴露出本质，因此一个群体自我建构的结构只是决定事实本相的要素之一，它将通过与其外在特征的比较及他者所建构的该群体的结构得到补充。莱恩·T. 塞格尔斯（Rien T. Segers）指出，在一个结构框架内，"身份"是一个关系概念，它仅在比较的语境中发挥作用，当前的文学研究中忽略了这样的一个框架。这个框架应该将有关文化身份研究的所有层面包容进来，应该促进解释学和经验主义的研究[①]，采用系统研究的方法[②]，充分建立文学研究与文化身份的联系。目前文学与文化身份的研究主要集中于可以在文学作品中发现的身份，而对其他四个范畴（作者、机构、读者和社会语境）尚未进行深入的研究。事实上，

① 莱恩·T. 塞格尔斯认为，文化身份的研究应立足于两个方法论立场：解释学的立场和经验主义的立场。前者指研究者试图对文化身份的载体——作品做出自己的解释。迄今为止，大多数关于文学与文化身份的研究都已经具有解释学的特征。后者试图汇集作者们和各类读者对文化身份的见解。见莱恩·T. 塞格尔斯：《"文化身份"的重要性——文学研究中的新视角》，载乐黛云、张辉主编《文化传递与文学形象》，北京：北京大学出版社，1999 年版，第 343 页。

② 系统研究，即将文学视为一个系统。这个系统以文学交流过程参与者的所有活动为基础，关注文学交流过程中所有因素的作用，不同于接受美学、传记批评、结构主义等只关注一种因素的研究方法。系统研究涉及五个范畴：作者、机构、读者、社会语境和文本。接受美学主要着眼于读者，传记批评主要着眼于作者，结构主义主要着眼于文本。

在从文学的视角对一个特定共同体的文化身份进行描述的过程中，文学研究也应该对文学交流过程中的五个范畴予以同样的关注。比如，就文学机构而言，机构内的成员（出版者、评论者、研究者、译者、图书管理者、经营者）都对特定身份的构成和解构具有一定的权力。采用系统研究的方法对文学与文化身份进行研究，使文学研究涉足有着强烈社会影响的问题。

20 世纪后半期西方社会运动和思潮使西方少数族裔和边缘群体意识到自身的种族身份和性别身份在整体文化观念中的严重错位，因此处于边缘与弱势地位的女性和少数族裔都对造成其遭受种族歧视和性别歧视的社会文化和思想文化中的既定观念系统进行了质疑和重新审视。就文化身份将文学研究导回文本与社会的关系、引向当代和历史的重要社会问题的意义而言，对文学中种族身份和性别身份的研究便是对此意义的回应。社会性别身份作为文化身份多重基体中的一个，因其重要的历史和社会意义及与种族、族裔、阶级、性选择、宗教、政治等其他身份和差异形态的交织和联系，逐渐成为文学研究中的一个重要视角。

西方主流社会对“他者”种族尤其是弱势种族概念化的假设和想象常常将弱势种族性别化，并通过其在体制、权力、意识形态、文学艺术等方面的支配地位将弱势种族描述为低劣、孱弱甚至是女性化的他者，这种描述又通过不断的强化而形成固定的观念，深植于西方种族主义的意识形态之中。种族歧视不仅表现在弱势种族的政治权利和经济利益在社会生活中的丧失，将弱势种族去势并使其女性化是种族歧视更加鲜明的表现。种族与性别之间特殊的隐喻与关联使种族和性别都不再属于简单的生物学范畴，而成为重要的社会文化范畴。对于种族平等和性别平等的追求必然是对整个社会文化体系中不平等的思想和霸权理念的清理和解构。

社会性别理论对整个社会文化体系中的不平等思想的关照使女性和少数族裔遭遇的性别歧视和种族歧视成为社会性别理论研究的焦点。就文学研究而言，从社会性别身份视角切入文学研究，可以揭示主流意识形态如何在历史的各个阶段，通过文学文本的诸构成要素对弱势群体进行叙述和再现，使女性和弱势族裔成为偏见和歧视的目标；另外，该视角可以揭示女性作家和少数族裔作家用怎样独特的话语方式扩大、瓦解既定的种族和社会性别范畴，获得重新定义和重新建构的力量。社会性别身份与种族、族裔、阶级、性选择、宗教、政治等其他文化身份和差异形态的交切使文学脉络中的社会性别身份研究不但对性别问题进行重新思考，也对性别与其他文化身份和差异形态的交错、互涉进行审视和探索，也因此使文学进入历史和意识形态问题的思考。社会性别研究拓展了女权主义的研究范畴，不仅将女性而且将男性、性文化和性行为纳入性别研究的理论思维和研究范围。就少数族裔文学研究而言，社会性别理论的介入使弱势族裔男性遭遇的种族歧视受到关注，并试图揭示西方种族主义者如何通过强势文化将弱势种族女性化。大多数少数族裔文学文本中的社会性别身份建构不仅要摆脱女性的从属地位，对于一个族裔而言，更重要的是要摆脱对种族的性别化（去势或女性化）。对少数族裔男性遭遇的种族歧视和性别歧视的认识，至少在少数族裔或第三世界内部，使男性和女性不再是简单的敌对和对抗，这有利于遭遇压抑和压迫的群体团结一致，形成团结的力量，共同面对歧视并共同努力消除一切社会不平等。体现在文学方面，少数族裔文学文本不仅要表述和揭示女性遭遇的来自男性的歧视，而且应该针对整个种族或族裔获得平等而努力。对少数族裔文学的批评不仅指向少数族裔女性，而且应该针对遭受种族和性别歧视的整个族裔，探讨种族、性别与文化的互动。

第二节　华裔美国文学中社会性别身份研究的意义

> 华人过客的迷思，怯懦、被动、女性化的华仔之刻板印象，已经成为美国白人男性传奇中珍贵的部分，以致美国不会轻易放弃。
>
> ——赵健秀[①]

在美国出生、成长并接受教育的华裔，因其出生地、所接受的教育乃至一切文化习得过程都在美国，所以他们也许愿意被动地或无意识地与盎格鲁-美利坚身份保持一致或保持某种默契，但他们的面部特征和体质特征表明了他们身上的中华文化背景，这使得他们遭到白人无情的排斥，他们没有被接纳为美国人，而被认定为“外国人”。华人在

---

① 转引自单德兴：《书写亚裔美国文学史：赵健秀的个案研究》，载单德兴《铭刻与再现：华裔美国文学与文化论集》，台北：麦田出版社，2000年版，第213页。

本族文化与美国文化之间处于两难境地的生存现实表明，美国华裔不得不面对一场文化身份的危机，在两种文化之间做出自己的价值判断、取舍以获取认同感。

威廉·布洛姆（William Bloom，1990）指出："身份确认对任何个人来说都是一个内在的、无意识的行为要求。个人努力设法确认身份以获得心理安全感，也努力设法维持、保护和巩固身份以维护和加强这种心理安全感。后者对于个性稳定与心理健康来说有着至关重要的作用。"[①]关于身份问题，正如斯图亚特·霍尔所指出的那样，"并不像我们所认为的那样透明或毫无问题"[②]。霍尔认为，身份是一种永未完结的"生产"，永远处于生产的过程中。这表明我们根本无法确立一个人或一个共同体确定的身份。视身份为不断的生产与视身份为一种结构的观念契合，都表明了文化身份并不是固定不变的，而是可以不断地建构，并随建构者和建构时间、地点的不同而变化。因此，少数族裔和边缘群体的身份建构不是根植于考古学中，而是根植于对过去的不断重述。

人们总是在自我形象消极对立面的意义上建构相关他者的形象。西方强势群体往往将一些假设或想象因素附加在弱势群体身上。对美国华裔而言，他们的身份长期以来一直是美国主流文化通过想象附加在他们身上的，美国主流文化认为华人是不同于白人种族的劣等族裔。强势族裔对弱势族裔的象征去势使华人的性别身份[③]被严重地他者化。20 世纪 60—70 年代，受到黑人民权运动的鼓舞，亚裔社区自我形象意识和自我决定意识觉醒，华裔向美国种族主义霸权发出挑战，试图为自己建构另一种不同于美国主流霸权建构的"身份"。而在此之前，在白人至上的种族主义社会里，美国主流社会一直控制表述华人的权力，华人一直处于失语的无权状态。

美国白人主流社会对华人的想象性描述是自相矛盾的。当他们想排斥华人时，便凸显华人是永远不能也不肯被同化的异类，是居心叵测

---

① 莱恩·T. 塞格尔斯：《"文化身份"的重要性——文学研究中的新视角》，载乐黛云、张辉主编《文化传递与文学形象》，北京：北京大学出版社，1999 年版，第 331 页。

② 斯图亚特·霍尔：《文化身份与族裔散居》，载罗钢、刘象愚主编《文化研究读本》，北京：中国社会科学出版社，2000 年版，第 208 页。

③ 第一节中有关社会性别问题的阐释已经表明，本书探讨文化意义上的社会性别而非生理意义上的自然性别，因此本书中使用的"性别身份"即指社会性别身份。

的异教徒，是侵略者和间谍；当白人想推卸压迫少数民族的责任时，便将华人描述为勤劳、有进取心、纪律性强的所谓“模范少数族裔”。亚裔美国文学研究的重要学者黄秀玲指出，“白人主流社会根据本身政治、经济及社会文化的需要，不断操弄华人的形象和地位，像玩摇摇般将之抛远拉近”①。

鸦片战争以前，美国与中国的正面接触较少，直到淘金热将贫穷的中国苦力引入美国之前，中国对于美国不过是有着精美的工艺品和文物的遥远而又神秘的异邦。鸦片战争使欧美列强冲破了大清帝国薄弱的海禁，开始了对中国不断地殖民扩张。从 19 世纪中叶到二战时期，美国的文学中逐渐大量地出现了对中国及华人的文学性表述。美国文学对华人移民的描写最早出现在 19 世纪 60—70 年代，尽管这一时期美国社会对华人移民存在许多负面看法，但文学作品中的华人形象没有被完全概念化。1882 年美国《排华法案》颁布前后，美国国内经济危机，美国公共舆论工具将美国公众的种种不满情绪转移到华人身上，“黄祸论”不断延续，大肆诬蔑、丑化华人。直到第二次世界大战，日本取代中国成为“黄祸”的祸首，黄祸题材小说一直充斥于美国有关中国题材的写作，满足西方文化对中国的自虐想象。② 最具煽动力和影响力的“黄祸”题材小说是英国作家萨克斯·罗默(Sax Rohmer)创作的华人题材小说“傅满洲”系列。罗默在 1913—1959 年间共写过以傅满洲为主要反面人物的 13 部长篇小说、3 部短篇小说和 1 部中篇小说。“傅满洲”系列在美国拥有众多的读者，大多数美国人正是根据这些作品来认知中国的。1929 年，好莱坞开始拍摄傅满洲博士的恐怖电影，一共拍摄了 14 部傅满洲题材的电影，使傅满洲的传播面更加广泛，很大程度上构成了大多数美国人心目中根深蒂固的中国人形象。好莱坞最后一部《傅满洲的阴谋》问世于 1980 年，而其影响直至今天在某种程度上还依然存在着。傅满洲成为 20 世纪西方大众文化中“黄祸”形象的代表，他瘦高、秃头，倒竖着长眉，面目阴险狰狞，走路没有声音，举手投足都暗示着阴谋与危险。傅满洲代表着西方人心目中的中国移民形

① 黄秀玲：《黄与黑：美国华文作家笔下的华人与黑人》，载《中外文学》，2014 年第 4 期。

② 周宁在《“义和团”与“傅满洲博士”二十世纪初西方的“黄祸”恐慌》一文中指出，“黄祸”恐惧在很多时候都是西方文化自虐的想象。因为西方文化时时刻刻需要构筑这个“他者”，确认自身存在的切实性与安全性。该文载于《书屋》，2003 年第 4 期。

象,在他们看来,华人阴险、狡诈、凶残,已经深入西方社会,并在唐人街建立了一个随时准备颠覆西方世界的黑暗帝国。傅满洲故事表达了西方人的种族与文明的偏见及对中国体验的种种欲望、焦虑与恐惧。在西方人看来,傅满洲代表的"黄祸"似乎是一种永远也不可能彻底消灭的罪恶、一种莫名的永远无法消除的恐慌。20 世纪 20 年代,美国国会通过了更加严格限制反对华人的法令,美国国内的排华情绪有所缓和。厄尔·德尔·毕格斯(Earl Derr Biggers)在 1925 年至 1932 年间创作的 6 部陈查理探案小说迎合时局而获得巨大成功。比格斯塑造了一个"肥胖、神秘、华丽但是说起话来却笨嘴笨舌、没有一点男人味的小侦探"①陈查理形象,取代了萨克斯·罗默塑造的阴险狠毒的傅满洲形象。4 家不同的电影制片厂、6 位非华裔演员出演过陈查理,以唐人街及海外带有异国情调的故事为背景,共拍摄了 48 部以陈查理为题材的影片。陈查理在当时轰动一时,成为美国人心目中又一个印象深刻的华人形象。陈查理身穿西服,不再留辫子,嘴里念念有词的要么是那么几句嵌在签语饼里的哲语箴言②,要么就是几句惹人发笑的孔子的说教。影片中由白人扮演的陈查理因为不能把握华人的举止特征,只能靠弯腰驼背的姿势、僵化的内八字走相、矫揉造作的说话腔调来取悦观众。和以傅满洲为题材的电影一样,以陈查理为题材的影片经久不衰,直到 1980 年,制片商仍不顾华人的强烈抗议,执意拍摄影片《陈查理与龙后》。由此可见,陈查理和傅满洲长期以来一直是美国大众心目中根深蒂固的华人形象。

从 1882 年到 1943 年,美国持续了长达 62 年的排华政策,文学一直充当有效的排华工具,与美国公共舆论和法律共谋,使华人遭到美国白人的歧视和排斥。华人身份交涉中涵盖性别、种族等多种因素的复杂性。美国主流意识形态通过将"种族他者"(ethnic others)性别化来实现对他者种族的边缘化和弱化。长久以来,美国白人将华裔男性女性化,他们认为华裔是有耐心的、富有美感的、被动的、顺从的、毫无男性气概的种族,并将华裔的文化想象为从根本上缺乏勇气、自信、活力、

---

① Frank Chin, et al., *Aiiieeeee! An Anthology of Asian American Writers* (1974), New York: Penguin, 1991: xiii.

② "签语饼"是一种华人餐馆里常见的点心,里面嵌有一个纸条,纸条上常常写上一句吉利的话或一句古人名言。"黄祸"和"签语饼"隐喻美国排华时期的两种华人形象:不是招惹是非、阴险残忍的祸根,就是只会说几句吉利话的庸人。

创造力等所有男性具有的阳刚特质，以使华裔成为其想象的弱势种族。赵健秀和陈耀光认为，即便是令西方人惧怕的傅满洲也并没有对白种男性气概造成任何威胁，穿着长袍、用长指甲亲切爱抚白种男子的大腿、手腕和脸颊的傅满洲对白种男性气概的轻佻冒犯不过是满足了白种男性自认不可抗拒的幻想。同样，在赵健秀看来，走起路来步态轻快优美的陈查理女性化十足，毫无男性气概，仿佛被阉割过，他的言行表明他是白人的马屁精，是白人“种族主义之爱”的对象。[①] 而彪悍的黑人、好斗的印第安人及墨西哥强盗是白人“种族主义之恨”的对象，这些种族恶棍的形象被白人憎恶是因为他们令白人无法控制，因此这些种族主义之恨的刻板形象至少是具有男子气概的，比温顺的仆人、取悦白人的小丑、白人忠诚的伙伴更值得受到尊重。

赵健秀认为，在第二次世界大战以前，出自白人之手的种种法律、各色学校、白人文学名家、科学、连环画及日夜不间断的电影和无线电广播把美国华裔男子女性化，并逐渐定型为概念化的刻板形象。就美国法律而言，美国主流文化所制定的针对华人的限制性和排除性法律迫使华裔男性进入无权的、沉默的女性化位置。19 世纪 70 年代和 80 年代允许非白人获得公民权的《归化法案》促进了美国华裔的女性化，中国血统的男人都被美国人当作女人对待，被认为只适合做洗衣工、餐馆侍者之类的女性化的工作；1924 年美国种族主义的法律《移民法案》[②]又造成了美国华裔族群的男性化，出现了大批没有女人的单身汉，该法不仅是对华人的驱赶与排斥，拒绝和阻碍华人融入美国社会，实际上形同对华人进行阉割，使之丧失男性气概而无法传宗接代。这种对华人男性气概的否定事实上是企图造成华裔在美国的减少甚至是灭绝。1943 年美国华裔获得公民权之后，将美国华裔男子女性化这种刻板模式仍继续普遍存在，其危害十分严重。

20 世纪 60 年代，美国的广播、电视、报纸等主流媒体不断宣传和强化华人是成功融入美国民族大熔炉的“模范少数族裔”，将华人描述为自强不息、拘禁克制、待人谦虚、讲究礼貌、遵纪守法、崇尚教育、工作勤

---

① 赵健秀认为，像汤姆叔叔一样，为满足白人幻想而生活、为证实白人强加的刻板形象而生活的那些黄种人、那些美国华裔就是白人种族主义之爱的对象。

② 1924 年美国国会通过的《移民法案》明确禁止中国妇女入境，同时规定任何与中国女子通婚的美国男子将失去美国公民身份、任何嫁给中国公民的美国女子也将失去其美国公民身份。此外，美国很多州还颁布了反对种族通婚法。

奋、家庭内部团结紧密的民族,并宣扬华人凭借吃苦耐劳和勤俭节约而赢得了社会地位和财富。这些夸张的描述无视当时华人家庭的经济收入大大低于全国平均个人收入、社会地位仍然低下的事实[①],其目的和结果不仅使华人的住房、就业、健康福利等问题得不到解决,更将华人与其他各少数族裔割裂,造成华人的孤立和与其他各少数族裔的对立。1966年年底,《美国新闻与世界报道》刊载的一篇文章建议将美国华裔作为非洲裔美国人和其他惹是生非的少数族裔的榜样,这篇文章还将唐人街誉为纽约市最安全的地方,称唐人街居民正在悄无声息地化解矛盾。赛勒斯·帕特尔(Cyrus P. K. Patell)在《六十年代的遗产》(1999)中写道:"直到第二次世界大战,亚裔美国人还被认为是不可同化的外侨,他们在战后的岁月里却扮演着'模范少数族裔'的角色;与其他少数族裔,尤其是与非洲裔美国人和墨西哥裔美国人形成对照,在呼吁争取社会平等方面,那些少数族裔变得越来越激进好斗。"[②]由此可见,美国华裔被称为"模范少数族裔"完全是因为华裔顺从、不好斗、悄无声息、没有任何反抗的声音,而不是因为华裔所取得的成就或所做出的贡献。赵健秀呼吁华裔拒绝这种种族主义的称号时指出,美国华裔受到白人的接受和喜爱是因为美国华裔不是黑人、美国华裔不惹麻烦、美国华裔不是男人,"……白人为了我们种种与黑人相反之处而爱我们。黑人是问题:他们是痞子;美国华裔不是问题:他们是马屁精"[③]。"模范少数族裔"的称号不仅使美国华裔成为美国白人借以压制其他少数族裔的枪手,造成其他少数族裔与华裔的敌对,更为严重的是,顺从、恭敬的"模范少数族裔"的刻板形象进一步强化了女性化的华裔男性形象。

赵健秀认为,美国华裔的历史是美国白人大规模地、有计划地企图

---

① 就当时的经济状况而言,为了维持一家人的生活,许多华人家庭的妇女和孩子都不得不工作,所以一些华人家庭的总收入高一些。但华人家庭成员比一般的美国家庭成员要多,因此实际上华人的人均收入要低于白人的人均收入。由于对华人的经济状况缺乏客观的分析和认识,加上美国政府一向认为华人有能力管理好自己的事务,因此对华人中实际存在住房、就业、健康福利等问题缺乏重视,对发展华人社区公共事业所需要的资金,政府也很少拨款。就社会地位而言,华人男性的主要就业范围仍局限于餐馆,往往没有病假、没有假日、没有养老金,享受不到任何福利待遇。

② 赛勒斯·帕特尔:《六十年代的遗产》,载萨克文·伯科维奇主编《剑桥美国文学史:散文作品1940年—1990年》,孙宏,等译,北京:中央编译出版社,2005年版,第663页。

③ Elaine H. Kim, *Asian American Literature: An Introduction to the Writings and Their Social Context*, Philadelphia: Temple University Press, 1982: 179.

将美国华裔男性女性化的历史。傅满洲令西方人恐惧,但对白种男性至上的地位没有任何威胁。由傅满洲到完全女性化的陈查理,再通过法律手段将华人妇女排除在外、禁止种族通婚、促成单身汉社会的形成,华裔男性于是被转变为"无性"甚至是"同性"的种族,"模范少数族裔"的论调更加深了对华裔的去势。这一系列种族主义的行动终于牢牢地掌控了对美国华裔男性进行表述的权力,华裔男性则处于失语与无权的状态,华裔男性的性别身份被建构为弱势的女性化的"他者"。被美国主流意识形态去势、女性化,是美国华裔在美国所遭遇的最大的困难与挑战,如何建构富有男性气概的华裔形象,消除美国社会强加给华裔男性的柔弱、无能、女性化的刻板形象,是华裔必须面对并设法解决的问题。再者,华裔要在美国找到自我的归属感和身份的认同,就必须进行性别身份的自我重建,消除美国种族主义对华裔性别身份的歪曲建构和再现。

相对于华裔男性被美国主流文化的去势和女性化,华裔女性也必须面对弱势族裔普遍遭受的种族歧视。在历史的发展演变中,华裔女性也不断被美国强势文化想象和表述。美国主流文化中的华裔女性形象要么是毫无女性魅力的凶狠的泼妇,要么是温婉贤淑而又拘谨柔弱的古代闺秀,要么是伤风败俗的荡妇或是神秘的、具有异国情调的色情酒吧女和舞女。除了遭受种族歧视之外,美国华裔女性还必须面对美国华裔社会中仍然留有的重男轻女、男尊女卑的中国文化传统,遭受族群内部来自男性的性别歧视。美国华裔女性必须面对分别来自两种文化的种族歧视和性别歧视。因为受到双重文化的压制,华裔女性常常陷入被两个世界所挤压的状态,成为生活在两个世界之间的人。

如果视身份为一种不断的生产和建构,在结构框架之内,一个国家或某个种族的文化身份不会仅仅依赖于异国或群体外的"他者"建构,也包含该国家或某种族自我身份的不断建构。身份的自我建构和他者建构之间不断地摩擦与冲突,使身份具有强大的"生产力",并在具有不确定性之外更增进了不断建构的可能。美国主流社会的权力架构与种族政治使美国华裔不断地被边缘化、被放逐到想象的领域,终致在美国主流社会和历史中的缺席与沉默。无所不在的种族歧视的法律政策及华裔的觉醒终于使华裔作家坚决投身于美国华裔文化身份的书写,采用主流社会的语言,在历史的断裂处争取发言权,寻找自我身份建构的生机,从主流文化强加于他们的从属地位中解脱出来,并最终在美国占有一席之地。

1974 年,由赵健秀等人选编的《哎呀! 亚裔美国作家选集》得到了出版,使美国华裔的文化身份成为学术界争论的问题。1991 年《大哎呀! 美国华裔和日裔文学选集》的出版又引发了关于文化身份问题的又一次探讨热潮,选集中赵健秀的文章《真真假假华裔作家一起来吧!》也为身份问题的争论增加了新的活力。同时,伴随几十年来华裔对美国身份的普遍吁求,华裔文学创作和相关的批评领域关于美国华裔的文化身份的探讨和研究与日俱增,有关文化身份的表述和构建也受到学术界和文学界的普遍关注,成为文学创作和文学批评关注的焦点。对亚裔美国文学进行了广泛的研究和批评的金伊莲是在亚裔美国文学领域直接探讨身份问题的第一位批评家。她于 1982 年出版的著作《亚裔文学写作及其社会关系导论》极具影响力。由于她的影响,评论界开始以持续不断的热情积极介入美国华裔文化身份的探讨与争鸣。她认为,20 世纪六七十年代的民权运动具有重大历史意义,它推动了族性自我意识的普遍觉醒,而华裔自我意识的觉醒又促使华裔开始抗争并置换美国主流意识形态建构的种族主义文化身份。20 世纪 60 年代末的华裔美国文学描述了种族歧视的社会现实,成为华裔表达政治意向的重要且必要的方式。文化身份问题是关乎美国华裔社会政治处境的问题,写作是亚裔探问自身文化身份的有效途径。美国亚裔通过将文学表现与种族歧视的社会现实联系起来,以期通过文学表达政治意向,实现本族的政治目标,驳斥西方世界维持不平等社会秩序的东方主义文化实践,寻求身份的自我重建。

美国华裔的文化身份,尤其是性别身份,是被美国主流文化再现的、刻板化的身份。华裔摆脱被刻板化、边缘化,替换主流社会建构的身份,寻求身份的自我建构是重要一环。在此过程中,对华裔文化和华裔形象重新进行文学表述不仅是重新建构华裔文化身份及寻求政治一体性的关键,也是对有着种族和文化歧视的社会机制的暴露与反映。因此,华裔美国文学不仅是对美国华裔文化身份的卓有成效的建设,而且是置换美国东方主义话语、挑战美国种族社会主导性文化现实中东方主义文化实践的策略,是阐释和再现美国华裔社会历史进程的有效方式,是推动华裔文化自救运动的有力武器。

美国主流社会对华裔的种族歧视和偏见采取的是一种性别化的形式,通过对华裔的性别化实现将华裔边缘化、华裔文化他者化,使华裔一直以来都在经历着文化变形的生存体验，甚至生活在自我蔑视、自我否定和人格残缺之中。因此，建构华裔文化身份，首先应该是华裔性别身份的建构，然后借以重新建构华裔形象、置换被美国主流文化歪曲的形象，进而重新定义美国人和美国历史，在处处可见的历史的断裂处建构华裔在美国的历史，使华裔在美国获得平等的国家身份和广泛的社会认同。华裔美国文学中性别身份的建构是华裔自我赋权、改变华裔不平等的社会政治处境、获得平等权利的有效途径。

第四章　美国华裔男性主体的建构

第一节　美国华裔男性刻板形象的解构

早期亚裔男性移民受到种族偏见的待遇在历史上所采取的就是一种性别的形式(gendered form)。透过美国立法和大众传播媒介所“呈现/再现”的亚裔美国人,套用赵健秀的话来说,“是可爱在他们的娘娘腔”。①

——张敬珏

赵健秀认为,在连续七代人的时间里,由于白人的种族歧视和种族主义法律的压迫,美国华裔一直生活在自我否定、自我蔑视和人格残缺之中。这种自我摈弃的心态极为严重,以至于一些华裔完全不自觉地认为,作为美国华裔,他们的存在不具有文化的完整性,他们既不是亚洲人(华人),也不是美国人(白人),甚至也不是两者的模糊性混合,这种错误观念一直盘踞在他们心里挥之不去。正是因为美国华裔这种文化间际性的生存现实,赵健秀认识到美国华裔文化身份书写的紧迫性,坚决投身于文学书写、文学评述和亚裔文学选集的编撰。作为作家,赵健秀一直坚持写作就是战斗的风格和姿态,将写作视为策略和手段,致力于通过写作改变美国华裔的现状,质疑美国白人种族主义强加给美国亚裔/华裔的带有种族偏见和歧视的刻板印象,反对把美国华裔再现为缺乏男性气概、女性化、软弱无能、没有胆识、缺少创造力和自信心的美国文化。

---

① 单德兴:《张敬珏访谈录》,载单德兴、何文敬主编《文化属性与华裔美国文学》,台北:中国台湾研究院欧美研究所,1994年版,第180—181页。

美国白人主流社会通过各种方式，尤其是通俗文化，如电影中的陈查理、傅满洲等歪曲的负面形象，把华裔男性再现为阴阳怪气、缺乏男性气概的弱势族裔。透过电影镜头的再现，华裔的刻板形象得到不断的加深和强化。赵健秀始终对陈查理和傅满洲的刻板形象耿耿于怀，认为他们远非表面上一善一恶的肤浅区别，从本质上来说，此二者是"相同的迷思存在的幻象，是白人基督徒种族绮梦的潜意识领域酝酿出来的"①。

赵健秀经常在不同场合论及刻板形象与文学、历史和感性的关系。他指出，在他能谈论亚裔美国文学之前，他需要解释亚裔美国人的感性；在他能够解释亚裔美国人的感性之前，他要让白人熟悉亚裔美国人的历史；在他能够让白人熟悉亚裔美国人的历史之前，他要消除白人主流文化系统中存在的刻板形象；而在他能够消除这些刻板形象之前，他要让白人相信他们对黄种人怀有刻板印象。单德兴指出，"此四者彼此相关，互为因果：由认知刻板形象之存在并加以摧毁，到真实历史的确立，到建立真正的感性，再到讨论文学甚至文学传统的存在"②。因此，在美国华裔作家所面对的一系列文化重建工作中，首先是消除主流话语中被歪曲的华裔形象、书写华裔自己的神话和英雄传统。

坚持亚裔美国人的感性、反抗白人种族歧视、摈斥刻板形象、倡导战斗态度是赵健秀在文学批评中一直强调的主题，也是他在编选文学选集和进行文学创作中试图体现的主旨。赵健秀不仅在其两部文学选集的前言中有力地驳斥了美国种族主义者通过捏造傅满洲、陈查理等带有种族歧视性的华人刻板形象对华人文化传统进行去势、进而从思想上同化华人的丑恶行径，而且在他的小说《甘加丁之路》(1994)中对好莱坞神话进行了全面的修正，以具有讽刺和夸张性的语言努力消解这些有害的刻板形象，致力于重塑美国华裔的男性气概。

《甘加丁之路》没有一个首尾连贯、环环相扣的情节布局，是一部情节松散的小说。全书通过关龙曼、尤利西斯·关、本尼迪克特·汉和迪戈·张四个华人男子以第一人称交叉叙述各自在美国的经历和感受，

---

① 转引自单德兴：《书写亚裔美国文学史：赵健秀的个案研究》，载单德兴《铭刻与再现：华裔美国文学与文化论集》，台北：麦田出版社，2000年版，第220页。

② 单德兴：《书写亚裔美国文学史：赵健秀的个案研究》，载单德兴《铭刻与再现：华裔美国文学与文化论集》，台北：麦田出版社，2000年版，第221页。

讲述从第二次世界大战到20世纪90年代前后数十年的时间跨度里两代华人不同的身世和世界观。第一代华人移民关龙曼本来是粤剧演员，后来转赴好莱坞发展，以饰演中国侦探陈查理的四子著称，是好莱坞银幕上结局必定是死的“中国佬”。好莱坞银幕上的陈查理一向由白人演员饰演。因为主演陈查理的白人演员年事已高，陈查理的角色将第一次由华人演员出演，关龙曼最大的梦想就是成为银幕上饰演陈查理的第一个华人演员。关龙曼的儿子尤里西斯喜欢看《夏洛克·福尔摩斯全集》，虔敬地读着书里的每个侦探故事，赞叹聪明无比的福尔摩斯，却很讨厌父亲扮演的陈查理的四子和所有的陈查理电影，并对父亲争演陈查理的愿望与努力嗤之以鼻。关龙曼的妻子风信子因为在美国出生，所以更加了解美国国情，风信子坦言：华人绝不可能在好莱坞的电影中主演华人。“他们会找白人妇女扮演华人侦探也不会找华人主演。他们会找华人妇女演华人男子也不会找华人男子演华人男子！他们会找华人同性恋做明星也不会找华人男子！”[①]赵健秀透过风信子之口表达了这样一个事实：在好莱坞的电影中，华人绝不可能像白人演员那样扮演真正的英雄人物，华人无权进行文化自我再现，白人主流文化再现的华人要么是女性化的、要么就是同性恋。

关龙曼只能无休止地给白人主角当低贱的配角，扮演陈查理一直是他最大的愿望。如此令关龙曼向往的陈查理到底是谁？首先，对陈查理荒唐的诞生过程，赵健秀有精彩的描述：“毕格斯读到中国侦探张阿伯纳故事。过去他从未听说过什么‘中国侦探’。他灵光一现。上帝敲醒了毕格斯，命他大致依他的形象给咱们‘中国佬’一个儿子。陈查理于焉诞生。”[②]由此荒唐的创造过程可见，陈查理完全是白人为了满足其种族主义的幻想而强加给美国华裔的刻板形象。进而要追问，创造陈查理的目的是什么？赵健秀写道：“你们不是基督徒，不过，你瞧，我照样爱你们。作为陈查理，我们领着你们，使你们得到拯救……圣父以完美的白种男人的形象献出了自己的儿子，让他领着白人走上了通向赎救的正途，感谢上帝，于是白人又以完美的华裔美国人的形象献出了一个儿子，让他带领黄种人建筑通向接纳和同化的大路。啊，多

① 赵健秀：《甘加丁之路》，赵文书，康文凯，译，南京：译林出版社，2004年版，第40页。

② 转引自李有成：《陈查理的幽灵：〈甘加丁之路〉中的再现问题》，载何文敬、单德兴主编《再现政治与华裔美国文学》，台北：中国台湾研究院欧美研究所，1996年版，第161页。

美妙的同化。他的名字叫陈查理。”[1]因此，在赵健秀看来，陈查理是美国白人文化创造的“模范少数族裔”，是性情温顺、渴望同化的汤姆叔叔，是被白人主流社会接受的东方人的刻板形象，是种族歧视的产物。体态臃肿、缺乏性感、咬文嚼字、口齿不清、娘娘腔似的陈查理表面看来是一个总是能侦破案件的聪明侦探，其实他是在白人面前唯唯诺诺、被白人教化了的基督徒，是内化了白人文化价值、被白人同化了的华人，所以陈查理对美国华裔来说是一种侮辱。赵健秀认为，陈查理是白人种族主义之爱的对象，是唐人街那类博取白人之爱的人，是白人的马屁精。他那女性化的、毫无血性的华裔男性形象是对美国华裔文化的威胁，是对美国华裔男子气概的威胁。赵健秀对美国种族主义者以强势文化之优势肆意创造的陈查理负面形象极为愤怒，他指出：“拥抱陈查理，渴求同化，这等于憎恨你自己。同化意味着消灭种族差别，到美国来迫使你的民族性消灭是不道德的。憎恨你自己，而不憎恨白人种族主义之爱并非好事。”[2]关龙曼在整整半个世纪的时间里重复扮演两个角色，一是陈查理的四儿子，另一个是只会说“咦，爸爸！”和“天哪，爸爸”的难逃一死的“中国佬”，而由白人演员扮演陈查理，由华人演员扮演陈查理之子，这种父子关系影射了华人在白人霸权统治下的美国居于臣属的社会地位。所以赵健秀强调，“陈查理对华裔美国人之所以是个侮辱，不是因为他一直由白人扮演，而是因为他的儿子由中国人、华裔美国人扮演”[3]。赵健秀曾采访过最后一个扮演陈查理的白人演员罗兰·温特斯，他也承认陈查理儿子的形象是地道的刻板形象，是对美国华裔真正的侮辱。

小说标题《甘加丁之路》中的甘加丁源自诺贝尔文学奖得主、英国作家迪亚德·吉卜林（1865—1936）的长诗《甘加丁》。吉卜林在诗中以一名英军士兵的语气，追悼并赞颂印度水夫甘加丁如何以卑贱的生命捍卫大英帝国的利益、为英军壮烈成仁的高尚情操。该诗后来被改编成电影《甘加丁》。赵健秀在小说《甘加丁之路》的结尾处，通过尤里西斯前往医院探望病入膏肓的同父异母的哥哥小关龙曼的情节，通过

---

① 赵健秀：《甘加丁之路》，赵文书，康文凯，译，南京：译林出版社，2004年版，第14页。

② 梁志英：《种族主义之爱、种族主义之恨与美国华裔的英雄传统——赵健秀访谈录》，张子清，译，载赵健秀《甘加丁之路》，赵文书，译，南京：译林出版社，2004年版，第459页。

③ 梁志英：《种族主义之爱、种族主义之恨与美国华裔的英雄传统——赵健秀访谈录》，张子清，译，载赵健秀《甘加丁之路》，赵文书，译，南京：译林出版社，2004年版，第459页。

病房中的电视再现了由乔治·史蒂文斯导演的电影《甘加丁》。电影正巧快要结束,屏幕上一名英国军官神情肃穆地主持甘加丁的葬礼,对着棺材朗诵吉卜林的长诗《甘加丁》。为英军送水解渴的甘加丁偷偷模仿英军操练,效仿传令兵吹起号角。行径滑稽可笑的甘加丁、帮助英军与自己的族人作战的甘加丁终于以背弃自己的种族、牺牲自己的生命为代价取得殖民者的承认。影片结尾处,鼓乐齐鸣,甘加丁全副军装,甘加丁的鬼魂潇洒地敬了军礼,终于露齿微笑。甘加丁终于实现了自己的梦想,成为驻印度英军的一员;皮肤乌黑的甘加丁终于被白人同化,内心很白。

甘加丁对大英帝国至死效忠,展示了帝国的强势和威力。甘加丁受到帝国的成功教化,自愿白化、自愿内化帝国的文化价值;甘加丁自愿向外来的强势文化俯首称臣,自愿弃绝自己的文化和种族自我。甘加丁之所以受到白人殖民者的赞扬,是因为他以生命为代价追求白人的同化和接纳。在殖民者看来,这个背弃自己种族和文化的甘加丁是被殖民者的表率,是"一个失去抵抗能力、无法自我再现的文化异己"①。

无论是在吉卜林的笔下,还是在乔治·史蒂文斯的镜头中,甘加丁都只是个陪衬人物,文字和电影镜头关照的是殖民者的利益,白人殖民者对甘加丁的赞扬不过是"种族主义之爱"。赵健秀在创作过程中据用"甘加丁"这个符号,批判在美国华裔中复现的甘加丁情结②:这些华裔像甘加丁一样没有民族觉悟,为了被美国主流社会同化和接纳,在白人面前卑微顺从,甚至不惜背弃自己的种族与文化而内化白人的文化价值,接受白人强加的刻板形象,满足白人的文化想象,这样的美国华裔会像甘加丁一样,最终会走向毁灭,所以甘加丁之路是一条通向毁灭之路。陈查理这个白人强势文化所想象、创造的中国侦探正是美国华裔的甘加丁情结的具体体现。再者,《甘加丁之路》中笼罩全局的根本问题是有关文化再现的问题。赵健秀通过陈查理的饰演与争演,批判白人强势文化依仗其优势控制文化再现的权力,对弱势族裔的文化进

---

① 李有成:《陈查理的幽灵:〈甘加丁之路〉中的再现问题》,载何文敬、单德兴主编《再现政治与华裔美国文学》,台北:中国台湾研究院欧美研究所,1996 年版,第 164 页。

② 赵健秀近年来的批评论述几乎都在不断地分析并努力消除这一情结,这其中包括对汤亭亭、谭恩美、黄哲伦等人相当严厉的批评。

行扭曲和压制,使弱势族裔成为历史的客体,甚至是历史发展过程中的缺席者,丧失文化自我再现的权利。赵健秀据用“甘加丁”这个符号,旨在引起美国华裔的反思,警醒美国华裔不能像甘加丁一样主动放弃反抗,要坚决抵抗并颠覆美国主流文化强加给华裔的刻板形象。美国华裔的“甘加丁情结”无异于华裔主动放弃了文化自我再现的权力。

“弱势自我的思构往往是在支配性异己的凝视下形成。这样的凝视事实上必然受制于预存的意识形态框架——也就是马克思所谓的上层建筑的活动。”[1]在白人强势异己的凝视下,美国华裔被再现为“不可信赖的异教徒”“邪恶奸诈的黄祸”“女性化的他者”等种族刻板形象。这种错误再现或再现不足所造成的负面刻板形象多半是由于“象征权力的分配不均”[2]。在象征权力的分配中,白人自认为有无所不能、无所不在的强势力量,自认为可以取代任何人、任何位置,这种无视他人的霸道使其自命为普遍性的代表,并以此获得“自我正当化”,成为“没有属性的主体”。[3] 这个自认为代表普遍性的没有属性的主体篡夺了弱势族裔自我文化再现的权利。白人强势文化依据想象创造了陈查理形象,并在电影中由白人饰演陈查理,这就是白人强势文化篡夺美国华裔文化自我再现权利的有效证据。没有属性的主体强行篡夺美国华裔文化自我再现的位置、占据美国华裔文化自我再现的实践空间,加深了美国华裔文化自我再现的危机。

《甘加丁之路》所叙述的关龙曼一家两代人的家族传奇不仅在时间上纵贯半个世纪、在空间上横越美国的东西海岸,而且这个单个家族的故事也与第二次世界大战、20 世纪 60 年代的民权运动等重要历史活动密切联系,并涉及种族歧视、族群认同、文化身份、文化再现等重要问题。华裔美国文学研究著名学者李有成认为,赵健秀的《甘加丁之路》具有史诗意义。他指出:“赵健秀相当有意识地借这样的家族传奇来叙述美国华裔的集体命运,尤其在文化再现方面所遭受的长期挫折与屈辱,以及在自我再现方面的欲望、抗争与失望。它既是某些个人及家族

---

① 李有成:《陈查理的幽灵:〈甘加丁之路〉中的再现问题》,载何文敬、单德兴主编《再现政治与华裔美国文学》,台北:中国台湾研究院欧美研究所,1996 年版,第 173 页。

② 有关“象征权力”的含义见李有成在《陈查理的幽灵:〈甘加丁之路〉中的再现问题》一文第 174 页的注释④。

③ 李有成:《陈查理的幽灵:〈甘加丁之路〉中的再现问题》,载何文敬、单德兴主编《再现政治与华裔美国文学》,台北:中国台湾研究院欧美研究所,1996 年版,第 174 页。

的故事,同时也是整个族群的故事。"①詹明信认为,"所有第三世界的文本均带有寓言性和特殊性"②,所以《甘加丁之路》这部将个人命运与族裔群体命运结合的小说——这个处于第一世界中的第三世界的文本,可以当作民族寓言来阅读,意指整个民族的历史与文化状况。

通过小说中好莱坞老牌影星斯潘塞·特雷西之口,依据中国的盘古创世的神话,赵健秀写道:

> 当最后一位陈查理咽下最后一口气时,他的呼吸将会变成华裔美国上空的风和云,他的声音将化为雷声……陈查理的左眼将变成华裔美国的太阳,他的右眼将变成月亮……陈查理的躯体将变成五个唐人街和十八万个五颜六色的中国餐馆。他的血将变得白色透明,成为华裔美国的江河中的水。他的筋脉化为铁路、桥梁、支架、隧道以及唐人街与郊区之间的公路。他的肌肉化为土壤;他的皮肤和毛发化为小麦、稻子、竹子、茶树……白菜、甘蓝、冬瓜……陈查理的牙齿和骨头将化为矿床、金属和水晶。陈查理的精子将化为华裔美国的珍珠。他的骨髓将化为玉。陈查理的每一根头发、每一根睫毛、每一根胡须都将在好莱坞的上空化作闪亮的群星,颂扬着他的名字。③

赵健秀以此明确指出:美国强势文化再现的陈查理经好莱坞文化工业的不断复制,已经被放大成为美国华裔的祖先、美国华裔生命的源头,美国华裔的后代只能是这一种族刻板形象的延续或复制,陈查理的刻板形象影响至深。因此,美国华裔要争得文化自我再现的权利,首先就要消除陈查理的种族刻板形象。美国华裔消除种族刻板形象的对抗力量虽然不能确保能够完全摆脱文化自我再现的危机,但对抗本身即是向没有属性的主体的霸权进行挑战,而质疑、挑战与反抗就会获得自我再现的可能,而不会像放弃反抗、自愿投诚的甘加丁一样,走向消失和毁灭。

美国白人将华裔消音的方法就是把华裔男性女性化。赵健秀一直不遗余力地解构美国主流文化中华裔男性女性化的刻板形象,这对于

---

① 李有成:《陈查理的幽灵:〈甘加丁之路〉中的再现问题》,载何文敬、单德兴主编《再现政治与华裔美国文学》,台北:中国台湾研究院欧美研究所,1996 年版,第 171 页。

② 詹明信:《晚期资本主义的文化逻辑》,陈清侨,等译,北京:生活·读书·新知三联书店,1997 年版,第 523 页。

③ 赵健秀:《甘加丁之路》,赵文书,康文凯,译,南京:译林出版社,2004 年版,第 50 页。

重塑美国华裔的男性气概具有重大意义,《甘加丁之路》体现了他的这种不懈努力。对于始终坚持行为就是策略、写作就是战斗的赵健秀来说,他的作品没有精心构筑的情节,因为精心构筑情节意味着重复大家熟悉的模式,他的作品总是节奏很快,带有极强的进攻性和讽刺性。赵健秀通过对扮演陈查理的白人演员的讽刺性描写,解构陈查理这个种族主义的刻板形象。《甘加丁之路》的开始,一部新的陈查理电影即将开拍,陈查理的角色将第一次由华人演员扮演,关龙曼要成为银幕上扮演陈查理的第一个华人。为了获得支持,关龙曼趁拍片空档去探访最后一位饰演陈查理的白人演员安劳夫·洛伦,他隐居在夏威夷,现在是火奴鲁鲁的色情商店店主。安劳夫因为扮演陈查理而成为明星,他之所以机缘巧合地扮演了陈查理,是因为他长着陈查理式的胡子,像陈查理一样肥胖、秃顶而又毫无性感。安劳夫清楚地知道,"对电影明星来说,肥胖与否决定着演主角还是配角,肥胖与否决定着是演浪漫的一号角色还是搞笑的二号角色,肥胖与否决定着是在强大的电影业中找到工作还是在色情行业中找到工作……肥胖是我的盾牌,是我的碉堡……我这种肥胖使人倒胃口,臭气熏天,没人喜欢,没人想要,有碍文明人的观瞻。我这个白人胖老头在软塌塌的一堆肥膘里,成为这个多灾多难的世界上的过客,谁都不会拿正眼看我。我在自己的三维空间里,在自己的晃晃荡荡、呼哧呼哧的肚皮里游走,就像穿行在我们家族一代又一代的躯体里。当然,我是说陈氏家族。"①

为了演好陈查理,白人导演卡普拉让安劳夫剪短了睫毛,因为他相信,"短睫毛是使白人眼睛看起来像东方人眼睛的秘密所在"②。赵健秀以这样的进攻性和讽刺性的语言鲜明地指出了白人强势文化操纵美国华裔再现的事实,体态臃肿、女性化的陈查理是美国白人强势文化创造的种族歧视的产物,是由白人的再现政治操弄的文化产物。

在赵健秀能够消除种族主义刻板形象之前,他要让白人承认他们对黄种人怀有刻板形象。作为饰演陈查理的白人演员,安劳夫清楚地意识到陈查理的刻板形象带给华人的伤害,他也因此在精神上饱受折磨:"我逃离了好莱坞,我自以为已逃离了陈查理。我以为我自由了。离开了比利时。离开了好莱坞。离开了陈查理。为了弥补我演陈查理

---

① 赵健秀:《甘加丁之路》,赵文书,康文凯,译,南京:译林出版社,2004年版,第27页。
② 赵健秀:《甘加丁之路》,赵文书,康文凯,译,南京:译林出版社,2004年版,第17页。

的罪过……我骑着摩托车浪迹天涯……围着牧师的硬白衣领，衣领下紧紧地挂着一个大十字架……我选择这帮摩托车车手异教徒为我的教友，想给他们带去福音，我走的这条路真是艰难啊。"[①]相对于白人安劳夫的"认罪"和"悔过"，关龙曼却是没有民族觉悟的"甘加丁"。他一生最大的梦想就是能够成为饰演陈查理的第一个华裔[②]，他不赞同安劳夫认为陈查理是色情电影人物的说法，他认为陈查理是美国的进步，饰演陈查理可以使他成为明星。他信心十足地认为，如果能把陈查理这个角色给他饰演，他能和白人演员安劳夫演得一样好。评论家杰夫·特威切尔-沃斯认为，关龙曼临终时回忆起他和其他美国华人主演的电影《黄柳霜》[③]："这种垂死的愿望揭示了关龙曼真实的抱负，而且暗示了他想饰演陈查理这一角色的错误性"[④]。

潘朵拉·托伊在《甘加丁之路》中是一位负面人物，是属于赵健秀心目中被白人主流社会同化与接纳的人物。她在《火奴鲁鲁星报》撰文写道：

> 陈查理及其四子给了我力量。作为陈查理之四子，作为必死的中国佬，关龙曼使华裔美国迈进了一大步；关于这一点，他的好莱坞兄弟和他的美国儿子都未能看得出来。[⑤]
>
> 对于悬在与美国文化同化边缘的每一位美国华裔来说，只要关龙曼——陈查理之四子，难逃一死的完美中国佬——不能得到陈查理的角色并活到电影结束，这个世界就没有正义可言。华人坚信，总有一天，四儿子、将要死的四儿子迟早会在某部陈查理电影中再生为华人侦探陈查理。关龙曼的名字将出现在新的陈查理电影的片名之前，我期待着这一天的到来。总有那么一天，我会长长地舒一口气。好莱坞是有正义的。他不用担心什么，因为陈查

① 赵健秀：《甘加丁之路》，赵文书，康文凯，译，南京：译林出版社，2004年版，第28页。

② 中国台湾学者李有成认为，关龙曼欲成为饰演陈查理的第一位美国华裔的梦想未必是有意识地出自文化自我再现的考虑。成为饰演陈查理的第一位美国华裔也许只是他一生所能够梦想的一场小胜利，他也许会因此能够改变儿子对他的观感。见李有成：《陈查理的幽灵：〈甘加丁之路〉中的再现问题》，载何文敬、单德兴主编《再现政治与华裔美国文学》，台北：中国台湾研究院欧美研究所，1996年版，第178页。

③ 这部宣传第二次世界大战的电影展现了华人飞行员的英姿。

④ 杰夫·特威切尔-沃斯对赵健秀的《甘加丁之路》所作的《序》，张子清，译，载赵健秀《甘加丁之路》，南京：译林出版社，2004年版，第3页。

⑤ 赵健秀：《甘加丁之路》，赵文书，康文凯，译，南京：译林出版社，2004年版，第19页。

理将永远不会死，他将永远——永远——活下去。[1]

一方面，赵健秀在此指出潘朵拉一类的美国华裔永久地接受了陈查理，而不认为陈查理是将华裔女性化的刻板形象；另一方面，他也表明了陈查理这一刻板形象的影响至深，消除这一刻板形象的路不仅艰难而且漫长。

面对美国种族主义肆意对华裔的歪曲和丑化，为了推翻美国华裔唯唯诺诺、女性化的刻板形象，赵健秀一贯不屈不挠地从事恢复华人英雄传统的写作，坚持用英雄式的气质来重新建构对抗记忆，恢复华人在美国历史中的真实面貌。赵健秀认为，在美国华裔那里，英雄传统无处不在，因为美国华裔是带着英雄传统来到美国的，就连华人的每个堂会都是按照《三国演义》里的桃园三结义的形式组织起来的。因此，他认为，"任何依附于历史的、或对历史有兴趣的、或写历史的、或写中国移民的任何华裔美国人与英雄传统都有关系"[2]。中国古典名著，特别是《三国演义》《水浒传》《西游记》，体现了英雄传统，这种英雄传统不仅造就了生活在中国国土之上的中国人，同样"造就了不需要生活在中国国土之上的带有中国性的华裔美国人，这个中国性不是地理，不是地点，也不是宗教，是一种生活方式、一种哲学、一种伦理"[3]。赵健秀从中国传统文化中汲取营养，恢复中国移民的历史和文化传统，力求以此建构美国华裔的英雄传统和华裔的男性气概，消除美国种族主义对华裔男性的种族刻板形象。赵健秀在《甘加丁之路》中沿用中国传统文化中的英雄传统，消解美国主流文化中根深蒂固的陈查理刻板形象。首先，关龙曼之子尤利西斯·关的名字不仅使人联想起西方文化中尤利西斯这个敢于冒险而又毫不缺乏性感的英雄人物，而且尤利西斯的"关"姓使人联想起《三国演义》和中国戏剧中的战神关羽。赵健秀在《大唉伊！》中用了很大篇幅介绍《三国演义》和关公，他认为关公是正直、清廉和复仇的化身，是一位英勇自信的斗士，他在《三国演义》中具现了一个英勇的斗士所应具有的美德。关公的英雄气概有力地驳斥了白人种族主义者捏造的美国华裔阴柔、服从的刻板形象。美国华裔像

---

[1] 赵健秀：《甘加丁之路》，赵文书，康文凯，译，南京：译林出版社，2004 年版，第 20—21 页。

[2] 梁志英：《种族主义之爱、种族主义之恨与美国华裔的英雄传统——赵健秀访谈录》，张子清，译，载赵健秀《甘加丁之路》，赵文书，译，南京：译林出版社，2004 年版，第 457 页。

[3] 梁志英：《种族主义之爱、种族主义之恨与美国华裔的英雄传统——赵健秀访谈录》，张子清，译，载赵健秀《甘加丁之路》，赵文书，译，南京：译林出版社，2004 年版，第 460 页。

关公一样具有英雄气概，他们远离故土、在异乡漂泊，他们像所有来到美国的移民一样，完全具有自力更生的个人主义的美国传统，他们同样以自己的勇敢和智慧建设了美国，是开发和建设美国的开拓者。

此外，赵健秀在《甘加丁之路》中还利用了《三国演义》中桃园三结义的著名情节。尤利西斯·关、本尼迪克特·汉和迪戈·张年幼时在华文学校模仿“桃园三结义”，发誓结为兄弟。虽然他们结义是出于对华文老师马先生的恼恨，而且含有嘲笑的意味，但在赵健秀看来，他们吸收了中国传统文化中的英雄传统，这种传统是抵制美国社会对美国华裔种族歧视的有力武器。对自身文化身份的困惑一直困扰着尤利西斯，这种困惑使他几乎迷失了自己。垂死的马先生为他指引了方向。在医院里，马先生塞给尤利西斯一个用纸裹着的关公泥像，纸上用中文写着“孙子”。赵健秀利用这一情节试图表明：所有的美国华裔都是关公的子孙后代，所有的美国华裔都像关公一样勇敢无畏。《甘加丁之路》中多处借用《三国演义》和其他表现英雄人物的中国经典作品，赵健秀旨在以此说明美国华裔身上具有中国传统文化中的英雄气概，华裔的形象有别于被美国主流社会歪曲的形象。美国华裔自信和勇敢的真正本性足以揭穿美国白人主流社会对美国华裔的种族主义的想象，替代美国主流文化中美国华裔的负面形象。

赵健秀坚持维护美国华裔真正的本质，提倡华裔的英雄传统，并坚决认为这种英雄传统是反击美国白人心目中华裔刻板形象的有效策略。在赵健秀看来，虽然消除美国华裔刻板形象的道路艰难而漫长，但只要美国华裔坚持自己的民族性，坚决反对同化，美国华裔完全可以越过唐人街和种族主义刻板形象的思想隔离区，迈向充满希望的未来。

第二节　美国华裔男性气概的建构

她似女般书写，但松动性别之概念；她如华裔美国人般言说，但质疑种族之定义。①

——苏勒

---

① 转引自张小虹：《独角戏：猴行者中的性别越界》，载何文敏主编《第四届美国文学与思想研讨会论文选集：文学篇》，台北：中国台湾研究院欧美研究所，1995 年版，第 295 页。

如果说赵健秀通过利用中国传统文化中的英雄传统、提倡将华人英雄传统作为基本的手段、消解美国主流文化中华裔的刻板形象等方式捍卫了美国华裔的族裔感性，汤亭亭同样贡献了忠于自己族裔的文学作品，这就是她继处女作《女勇士》之后于1980年出版的第二部作品《中国佬》。汤亭亭在《中国佬》中借家族四代男性在美国奋斗的家族史的书写，挖掘出了一直被美国主流社会埋没的华人史，把家族传记转变为美国华裔的集体史诗，在美国历史的裂缝和断裂处重新塑造了具有男性气概的华裔形象，使遭遇种族歧视、被美国主流文化扭曲的美国华裔重获"新声"①。

《中国佬》一书的命名本身即体现了汤亭亭通过写作挑战美国主流社会的权威而重新建构美国华裔形象的意旨。根据汤亭亭1977年的说法，她原拟将该书命名为 *Gold Mountain Man*（《金山男人》），这一命名带有明显的地方色彩、种族色彩、性别色彩和历史含义。② 在单德兴主访的《汤亭亭访谈录》中，汤亭亭指出她最初中意的书名是 *Gold Mountain Heroes*（《金山英雄》），这一命名与前一命名并非完全不同，但指明了在金山的先驱们不只是"男人"，而且是"英雄"，其中的赞颂之意显而易见。对这一命名过程的了解使我们不难理解为什么在该书的扉页及六个长章节前均有一个刻有"金山勇士"的中文图章。这一图章是对金山勇士表示"尊重与颂扬的图记"，是汤亭亭对家族男性事迹的"铭刻与礼赞"，是对"在美国的华人的普遍铭记与礼赞"。③ 许多译者根据这一中文图章，将该书译为《金山勇士》。实际上，在该书要出版的那一年，有许多出版的书名中都有"金"字或"山"字，汤亭亭和编辑最后决定将该书命名为 *China Men*。这种做法可谓是另造新词，而这一命名带来了许多更为复杂的问题，中文译者面临难以将其中译的困境。Men 是"人"或"男人"的意思，因此可以将 China Men 译为"中国人"或"中国男人"。然而中国人或中国男人遍及世界各地，个人所处

---

① 张敬珏语。发声对于美国华裔具有特殊的意义。美国主流社会正是通过强制华人保持沉默的手段使华人在美国白人的历史中销声匿迹。详见《张敬珏访谈录》第181—182页及张敬珏《说故事：汤亭亭〈金山勇士〉中的对抗记忆》一文中有关"沉默"的论述，载单德兴、何文敬主编《文化属性与华裔美国文学》，台北：中国台湾研究院欧美研究所，1994年版。

② 单德兴：《追寻认同：汤亭亭的个案研究》，载单德兴《铭刻与再现：华裔美国文学与文化论集》，台北：麦田出版社，2000年版，第169页。

③ 单德兴：《追寻认同：汤亭亭的个案研究》，载单德兴《铭刻与再现：华裔美国文学与文化论集》，台北：麦田出版社，2000年版，第169、170页。

的境况各不相同，难以表述作者笔下受到轻侮、遭受种族歧视的在美华人的境遇。如果将其译为“华人”或“华裔美国人”，这种带有中立性质的描述也难以呈现该词在美国历史和文化中所带有的贬义。汤亭亭本人倾向于将 Men 翻译成“佬”①。张敬珏在 1993 年第一届华裔美国文学研讨会中指出，译为“中国佬”或“华仔”多少可以传达出美国主流社会对华人的轻侮。

China Men 不可避免地会令英文读者联想到具有种族歧视意味的轻蔑用语 Chinamen，那么汤亭亭这位为在美华人争取权利的华裔作家为什么听从出版商的建议，接受这样的命名呢？这是因为 China Men 在汤亭亭那里不是只有充满种族歧视和轻蔑这一种释义。一方面，汤亭亭不刻意回避、抹杀 Chinamen 一词带有的历史和文化的侮辱性联想，希望美国华人能正确认识他们在美国的种族现实；另一方面，汤亭亭通过她的写作再现了华人在修建美国铁路、建设美国过程中的丰功伟绩，赋予 China Men 一词新的含义：China Men 是在美国主流文化中遭到种族歧视的对象，他们同时也是建设美国的先驱，是勇敢、智慧的英雄，是美国重大成就的编年史中应该书写的一页。汤亭亭赋予 China Men 这一脱胎于旧词、旧意、旧意识形态的词以新的历史和文化的联想，汤亭亭本人“相当肯定自己所创的‘China Men’所具有的特殊美国历史及文化意义”②。

有关《中国佬》的文类属性问题一直困扰着批评家们。汤亭亭本人认为她所创作的《中国佬》是小说，但美国主流出版社却将该书以非小说类出版。美国国会图书馆出版品编目资料中将《中国佬》列为历史与传记的类别。批评家们也常常将其归类为非小说，认为它是家庭史或民族志。《中国佬》文类的不确定性使其具有跨文类的特质，这种跨文类的属性也增加了读者的阅读困惑，难以划清虚构与事实的界限。汤亭亭虽然以家族四代男性的真实事迹为依据，却有意凸现其作品的虚构性。汤亭亭在全书的开始便宣布，她所讲的父亲的故事完全是猜测的：“我要告诉你我从你的沉默不语和少之又少的言语中猜想出来的

---

① 单德兴：《汤亭亭访谈录》，载何文敬、单德兴主编《再现政治与华裔美国文学》，台北：中国台湾研究院欧美研究所，1996 年版，第 214 页。

② 单德兴：《追寻认同：汤亭亭的个案研究》，载单德兴《铭刻与再现：华裔美国文学与文化论集》，台北：麦田出版社，2000 年版，第 174 页。

事，如果我把你的故事猜错了，你只要讲出真的故事就行了。”[①]汤亭亭以写作回应父亲的沉默，以想象和猜测的方式再现沉默的父亲永远不会说出来的过去。正是借这种想象的方式，她使有关曾祖父、祖父、父亲的故事得以重现，使被美国主流社会抹杀的有关华人的历史得以呈现、得以被言说。张敬珏认为，汤亭亭的想象性重构逾越传统史学家的方法，不是“忠实的记录”历史，而是“预言式的回顾”，“这种回顾和现今的关怀纵横纠葛，使得编年史家裹足不前的历史漏洞反而有助于汤亭亭这位创作者抛弃由来已久的权威，创造出一个更美丽的新世界”[②]。

《中国佬》的文本结构也体现了汤亭亭逾越传统、富于创新、抛弃权威的观念。《中国佬》共有十八个长短不一的章节，其中最长的章节“来自中国的父亲”长达63页，而最短的章节“再论死亡”只有1页。十八个章节中有六个长章节，且每个长章节前印有“金山勇士”的中文图章，讲述曾祖父/外曾祖父、祖父、父亲、弟弟四代家族男子的故事；六个长章节中穿插十二个短章节，其内容涉及来自中国和西方的神话、民间传说、历史、文学、个人遭遇等。有读者将每个长章节前的短章节看作中国古典文学中的“楔子”[③]，在结构和主体上发挥引入正文的作用。根据这种理解，全书被分为六个部分，每个部分由一个长章节和一两个短章节组成，末尾两个短章节为尾声。然而，该书英文版目录的编排却排除了这种中国传统的阅读方式。《中国佬》的文本结构逾越了传统中国和西方文学的界限，使主体部分有关家族四代男性故事的六个长章节与其他有关民间传说、神话故事、文学典故、历史资料、甚至法律事件的十二个短章节相互呼应，增强了所述故事的张力。汤亭亭有意打破文类与文类之间、虚构与现实之间的界限，充分体现了汤亭亭颠覆统一叙事的观念。正如张敬珏所言，“尊重古老的传统、文类的纯净、东西的对立，这些对汤亭亭来说尤其难以接受，因为她有意违反传统的界

---

① Maxine Hong Kingston, *China Men*, New York: Vintage International, 1989: 15.

② 张敬珏:《说故事:汤亭亭〈金山勇士〉中的对抗记忆》，单德兴，译，载单德兴、何文敬主编《文化属性与华裔美国文学》，台北:中国台湾研究院欧美研究所，1994年版，第26页。

③ 详见单德兴在《说故事与弱势自我之建构》一文中的解释，载单德兴《铭刻与再现:华裔美国文学与文化论集》，台北:麦田出版社，2000年版，第130页。

限”①。

汤亭亭的《中国佬》并不仅仅只是表达对“中国佬”的同情，汤亭亭旨在通过“对抗记忆”②，挑战美国主流社会对“历史”的说法，引领读者对历史、对一成不变的观念重新思考，“把历史当成依据多重的叙事，而不是依据统一、连贯的说法”③，以此争回美国华裔的过去、建构美国华裔的男性气概、消除美国华裔的刻板形象。张敬珏将汤亭亭挑战传统史学权威并投射其世界观的手法统称为“说故事”的叙事策略。这种“说故事”的叙事策略包括“重写古老的故事，呈现有关过去的自相矛盾的版本，混合幻想及现实”④。汤亭亭认为：“一般人认定在人生或想象中发生的事件；有人说故事；有人把故事写下来。说故事版本很多，一直在变；书写的版本和翻译的版本则少一些……故事随着每次的讲述而改变，每个说故事的人赋予故事他自己的声音和精神。故事来回于文化之间、语言之间，来回于说故事与文本之间。”⑤汤亭亭“说故事”的叙事策略使她的文本融进了神话、传说、民间故事、历史、文学、口述文本和书写文本，以致想象和现实混杂，呈现出多重声音的复杂文本。张敬珏认为，“说故事让她能够交织口述传统与文学传统，容纳多重叙事和角度，扯裂中国人及美国白人的权威”⑥。对汤亭亭而言，每次讲述的故事都会有所改变、增添，而用一定的形式写下来的故事就会使故事僵化，灭绝其常变的精神。汤亭亭讲述的多种版本的故事无疑搅乱了被认为是固定不变的事物，而以想象的细节揭示和谐统一的事物中的异质性，扯裂被官方所接受、批准的历史的连续性；以想象的方式重新阐释、重新创造，在历史的裂缝和断裂处，建构美国华裔的男性气概，

---

① 张敬珏：《说故事：汤亭亭〈金山勇士〉中的对抗记忆》，载单德兴、何文敬主编《文化属性与华裔美国文学》，台北：中国台湾研究院欧美研究所，1994年版，第34页。

② 福柯认为，记忆是为传统的历史和知识所用，具有真理的地位；对抗记忆则抵抗官方对于历史延续性的说法。见张敬珏：《说故事：汤亭亭〈金山勇士〉中的对抗记忆》，载单德兴、何文敬主编《文化属性与华裔美国文学》，台北：中国台湾研究院欧美研究所，1994年版，第26页。

③ 张敬珏：《说故事：汤亭亭〈金山勇士〉中的对抗记忆》，载单德兴、何文敬主编《文化属性与华裔美国文学》，台北：中国台湾研究院欧美研究所，1994年版，第27页。

④ 张敬珏：《说故事：汤亭亭〈金山勇士〉中的对抗记忆》，载单德兴、何文敬主编《文化属性与华裔美国文学》，台北：中国台湾研究院欧美研究所，1994年版，第27页。

⑤ 单德兴：《文字女战士：汤亭亭访谈录》，载单德兴《对话与交流：当代中外作家、批评家访谈录》，台北：麦田出版社，2001年版，第129页。

⑥ 张敬珏：《说故事：汤亭亭〈金山勇士〉中的对抗记忆》，载单德兴、何文敬主编《文化属性与华裔美国文学》，台北：中国台湾研究院欧美研究所，1994年版，第27页。

建构被美国主流意识形态掩盖的美国华裔的历史。

《中国佬》的第一章“论发现”讲了一个寻找金山的华人探险者唐敖去寻找金山时被女儿国俘虏,耳垂被刺穿、双脚被裹小、胡须被拔光、脸被涂抹胭脂、被迫吃下女人的食物,被野蛮地变成了女人的故事。该故事取材于18世纪的中国古典小说《镜花缘》。[①] 汤亭亭对《镜花缘》进行了改写,在结尾处指出这个女儿国出现在武后执政期间,而地点却在北美,以此将中国的故事移植到北美,将华人和美国联系起来。汤亭亭把中国的故事移植到北美,这种叙事策略是她喜爱的策略之一,她重新改写的故事常常是把“中国故事转变为美国华裔的寓言”,“把西方经典重写成中国传奇”[②]。文中的唐敖象征着在美国(金山)的华人男性。女儿国的一个老妇人在唐敖第一次讲话时便威胁唐敖,只要唐敖讲话就把他的嘴缝起来。两个老妇人虽然没有把他的嘴缝起来,却用针穿透了他的耳垂。这两个情节预示了华人在美国不能说也不能听的境遇及被消音的现实。“我们在全书中看到不能说话的华人男子及声音被关闭在美国史外以致不为人所闻的华人男女。唐敖在异域承受的苦刑象征了中国佬在美国遭遇的迫害,那些中国佬在美国所蒙受的特殊种族歧视经常是一种对他们男子气概的侮辱。”[③]唐敖在异域被迫服侍女儿国女王,被野蛮地变成一位沉默的东方臣妾,象征并预示着中国佬在美国社会的境遇:他们在各种不同的意义上被去势、被剥削、被女性化,被迫进入无力的、沉默的“女性”主体位置,从事女性化的工作。继异教徒中国佬、阴险的傅满洲之后,对美国华裔最侮辱和最深刻的刻板形象就是将美国华裔女性化,这种将作为弱势族裔的美国华裔女性化的刻板形象直到今天依然存在。正是华人所遭遇的这种迫害和侮辱成为汤亭亭创作的原动力,借写作建构被美国主流历史和文化抹杀的华人史,建构美国华裔的男性气概,替被消音、被歧视、被美国历史抹杀

---

① 中国清代长篇小说《镜花缘》是李汝珍(1763—1830)的代表作。全书100回,以秀才唐敖、林之洋、多九公三人出海游历各国及唐敖之女小山寻父的故事为线索,描写了几十个国家的独特风光、奇风异俗、奇人异事。作者基于《山海经》等书的材料,发挥了丰富的想象力,使这部小说容量庞大、结构独特、思想新颖。作品肯定女子在社会中的重要位置,让“女儿国”中的男人穿裙治家、女人穿靴治国,显示出追求男女平等的心愿。

② 张敬珏:《说故事:汤亭亭〈金山勇士〉中的对抗记忆》,载单德兴、何文敬主编《文化属性与华裔美国文学》,台北:中国台湾研究院欧美研究所,1994年版,第29页。

③ 张敬珏:《说故事:汤亭亭〈金山勇士〉中的对抗记忆》,载单德兴、何文敬主编《文化属性与华裔美国文学》,台北:中国台湾研究院欧美研究所,1994年版,第29页。

的华人言说。因此,“论发现”既预示了全书的主题,也预示了全书所采用的“说故事”的叙事策略。

汤亭亭采用“说故事”的叙事策略,讲述汤家四代男性在美国遭受欺凌却努力奋斗的生命历程,他们的生命轨迹正是一个半世纪以来的华人移民的生命轨迹。因此,汤亭亭书写的家族史实质上是美国华裔的集体史诗,汤亭亭有关曾祖父、祖父、父亲和弟弟的家族故事都可以当作华人海外飘零的史诗来阅读。汤亭亭在第二章“关于父亲”讲了几个孩子认错父亲的故事。几个孩子站在家门口,等待下班回家的父亲,从街角处匆匆走过来的男子使孩子们以为是父亲回来了,但来人却说“你们弄错了,我不是你们的父亲”(6)。后来,当孩子们自己的父亲回来时,他们再度跑上前去迎接。标题中的“父亲”是以复数形式出现的,而不是将自己的父亲称作“我的父亲”,预示着这个孩子认错父亲的荒谬故事富含深意。此外,书中的六个长章节①的标题使用英文的定冠词 the ,而不是物主代词某人的,如 The Father From China(中国来的父亲)和 The Great Grandfather of the Sandalwood Mountains(檀香山的曾祖父)。汤亭亭承认她常常将个人和集体合并,特别是定冠词 the 的使用。汤亭亭说:“我把我的祖父、父亲、弟弟给全人类,因此我们全都相关。把我个人的祖父称为‘the grandfather’赋予他神话的形貌,仿佛全人类只有一个祖父。”②因此,故事中的父亲不是某个人的父亲,可能是所有美国华裔的父亲。汤亭亭借这个故事将个人扩展至群体,进入美国华裔群体的书写,将家族的传记书写为美国华裔的集体史实。汤亭亭这种将个人/个别扩及群体的书写策略也体现在“沼泽地里的野人”一章的书写中。1975 年 8 月,佛罗里达州居民在沼泽地里发现的“野人”原来是一个家在中国台湾的中国人。美国当局曾两次帮助他回到中国,他竟然上吊自杀也不肯回到中国。故事的结尾处,汤亭亭写道:“在我们这儿的沼泽地里也有一个野人,只不过他是个黑人。”(223)这个故事一方面言说了华人在美国强烈的反华情绪期间既不被美国人认同也不被中国人接受,另一方面指出华人在美国的境遇和以奴隶身份被运至美国的黑人的境遇并无不同,并将对华裔的书写扩及在美国

① 书中的六个长章节分别指第三章、第五章、第八章、第十一章、第十四章和第十六章。

② 单德兴:《以法为文,以文立法:汤亭亭〈金山勇士〉中的〈法律〉》,载单德兴《铭刻与再现:华裔美国文学与文化论集》,注释 38,台北:麦田出版社,2000 年版,第 115 页。

同样受到歧视和迫害的其他弱势族裔。这显然有助于美国华裔联合其他受到白人压迫的弱势族裔,形成强大的反抗力量,最终获得一定意义上的种族平等。

对汤亭亭来说,书写家族史就是在书写美国华裔的集体史诗。19世纪中叶,来自广东最贫困的四邑地区的曾祖父迫于天灾人祸远赴重洋谋生。来到夏威夷种植园的曾祖父获悉那里的严苛规定:干活的时候不许讲话,要保持缄默。对于嗜说成瘾的曾祖父来说,这条保持缄默的禁令使他抱怨不如去当和尚。他诉苦道:"早知道要发誓保持沉默,我早就削发为僧了。显然我们都已发过誓要保持贞节,这一窝子全是公鸡。"(100)张敬珏认为,曾祖父的这种说法把沉默和实质上的阉割联系在一起。① 曾祖父不屈从于白人要求"中国佬"保持沉默的苛令,他即便遭到鞭打也不断地想办法反抗:他用歌声评说世事、表达心愿,用咳嗽来发泄对白人鬼子的愤恨。曾祖父生病醒来后,认定自己应该用说话来治病。一天傍晚,为了缓和自己和多病的同胞被消音的痛苦,曾祖父讲了一个故事:中国有位国王渴望有个儿子,儿子降生的时候却被发现长了一对猫耳朵,国王下令严守秘密,不让臣民知道此事。终于有一天,国王再也无法把这个秘密藏在心里,他在地上挖了一个洞,对着洞口喊出了秘密。后来那块土地上长满了青草,青草在风中诉说了那个秘密。"中国佬"从这个故事获得灵感,在地上挖了一个洞,把对家人的思念、在异国的辛酸苦楚全都倾诉在这个洞里,然后用泥土把他们的话埋起来。"中国佬"的叫喊声震慑了白人鬼子。此后,曾祖父干活时总是有说有唱,一再违抗白人要求"中国佬"保持沉默的苛令。因此,"中国佬"绝不是被动的、女性化的,他们面对美国种族主义的迫害所进行的反抗不仅体现了他们的智慧,也同时体现了他们的男性气概。

张敬珏认为曾祖父这个"中国故事"中的反抗情节其实来自奥维德的《变形记》(*Metamorphoses*)及乔叟的《坎特伯雷故事集》(*The Canterbury Tales*)中巴斯妇人(Wife of Bath)所说的故事。《变形记》中麦达斯国王因拙于聆听而受到处罚,他的耳朵被变成了驴耳朵。知道这个秘密的理发师无法保持沉默,向在地上挖的洞吐露秘密,洞边滋长的芦苇年终时已完全成熟,在风中重复理发师的话,麦达斯长了驴耳朵

---

① 张敬珏:《说故事:汤亭亭〈金山勇士〉中的对抗记忆》,载单德兴、何文敬主编《文化属性与华裔美国文学》,台北:中国台湾研究院欧美研究所,1994年版,第30页。

的秘密流传开来。在乔叟的《坎特伯雷故事集》中,巴斯妇人重述了这个故事,所不同的是巴斯妇人的故事中泄露秘密的是王后。在曾祖父讲的这个故事中,国王渴望有个儿子,而"中国佬"也同样强烈期待有自己的后代。在美国的"中国佬"的生存现实是:他们一方面远离家乡和亲人,另一方面受到美国法律的排斥而无法结婚生子。汤亭亭将奥维德和乔叟的故事改写为中国民间故事,将美国华裔的遭遇和西方文学传统中具有悠久历史的文学文本建立联系,这种书写方法强化了她的创作主题和策略。再者,就曾祖父将沉默和实质上的阉割联系起来的意义而言,"中国佬"喊话的洞穴也可以用隐喻的方式来阅读。此外,奥维德故事的结尾和曾祖父故事的结尾呼应:"新的绿苗将破土而出,两年后甘蔗吐出金穗时,风将会讲述怎样的动人故事啊!"(118),这个结尾隐喻"中国佬"无法言说的秘密终有一天会破土而出,让世人知道。

汤亭亭将檀香山曾祖父的故事和杜子春、莫伊的故事并置。"论死亡"讲述的是杜子春因不能保持沉默,使道士不能练就长生不老药,所以人类注定不能长生不死。"再论死亡"中,智多星莫伊去偷夜神海娜的心(让人长生不死之物),一只鸟看到莫伊从海娜身体里伸出来的扭动的双脚,禁不住大笑,笑声惊醒海娜,立即合上了身体之门,莫伊于是死了。这两个故事都在说明说话/发声会导致死亡。而对于夏威夷的曾祖父们来说,说话却可以治病。汤亭亭将三个故事放在一起,批驳了主流社会要求华人保持沉默的规约。

祖父来到美国后成为修筑美国中央太平洋铁路的工人。建造横贯美国的铁路是美国华裔集体记忆中不可或缺的部分。然而,美国华裔用生命、血汗和智慧建设美国铁路的伟大贡献直到汤亭亭创作《中国佬》时才开始被认识和研究。汤亭亭再度将家人的生平故事融入美国华裔的集体记忆,通过想象再现了祖父和当时的华人在美国修建铁路的英雄事迹。华工们在修建铁路过程中所表现出来的英勇和智慧充分展现了美国华裔的英雄气概。当铺设铁路遇到悬崖和陡峭的沟壑时,华工们不仅填沟壑、架桥梁,而且爬到隧道或架桥梁的工地上方,用柳条篮子把人吊下去,用火药来炸山,常常会有"中国佬"因闪避不及而坠下山谷或被火药炸死。为了提高修建铁路的效率,白人洋鬼子发明了种种比赛:谁可以铺轨最快或者可以搬走最重的岩石,谁就可以得到金币。"中国佬"和威尔士人竞赛、和爱尔兰人竞赛、和印第安人及黑人竞赛,但最终获胜的总是“中国佬”。“中国佬”的获胜不仅是因为他们需要钱,更重要的是因为他们的智慧、勇敢和良好的集体意识。

在极为艰苦、恶劣的工作环境中,受到苛刻待遇的华人先驱用生命铺就的这条铁路使沿东海岸发展的美国成为一个真正的大陆国家。修这条铁路到底死了多少华工在美国的历史上没有任何记载,就连华人先驱修建这条铁路的事实也没有在美国的历史上留下任何记载。对于这条常常在美国的历史中被叙述为19世纪人类最伟大的功绩、人类历史上最伟大的功绩、只有美国人才能创造这个奇迹的铁路,对于这条饱含了华人先驱的血和汗的铁路,记载历史的当权者却完全将修建铁路的华人先驱排除在外。“当白人洋鬼子们摆好姿势拍照时,中国佬们散去了,继续留在这儿很危险,对中国人的驱逐已经开始了。在拍摄的铁路纪念照片中没有任何一张有阿公。”(145)在美国修建铁路的华人在美国史上的销声匿迹“证明了当权者以其自认合适的方式来记录历史”[①]。汤亭亭以想象的方式再现了华人修建美国铁路的历史功绩,不仅建构了那段不被美国历史记载的华裔在美国的历史,更颠覆了白人主流社会对美国华裔的刻板想象,尽显美国华裔的英勇和智慧。

在横贯美国大陆的铁路竣工后,华人遭到驱逐和屠杀。汤亭亭逐一列出“中国佬”逃亡的方向和职业,逐一列出美国对华人进行的屠杀:洛杉矶大屠杀、石泉大屠杀、丹佛惨案、罗克斯普林斯大屠杀……与此相呼应,汤亭亭在“法律”一章按时间顺序以实录的方式呈现了一个多世纪以来美国政府对华人的歧视及针对华人的惨无人道的法令和行动。[②] 对美国华裔的歧视使华裔被迫处于被动的、女性化的位置,而排华法,尤其是1924年的《移民法案》,阻止华人从中国带妻子到美国,不准华人男子同白人女子结婚,不仅使美国华裔遭遇减族甚至种族灭绝,更造成了美国华裔事实上的阉割和女性化。汤亭亭把想象的华人先驱的故事与美国的法律并置,一方面让记录下来的美国法律见证没有在美国历史中记录的一个多世纪以来华人遭驱逐和屠杀的事实;另一方面,把处于中心的、权威的美国法律与处于边缘的华人富于想象的

---

① 张敬珏:《说故事:汤亭亭〈金山勇士〉中的对抗记忆》,载单德兴、何文敬主编《文化属性与华裔美国文学》,台北:中国台湾研究院欧美研究所,1994年版,第28页。

② 汤亭亭在《中国佬》的“法律”一章列及从1868年至1978年美国颁布的针对华人的主要法律/法规。

故事并置,去除了美国法律的中心地位,颠覆了美国法律的权威。单德兴指出,汤亭亭"以法律为文学"不仅提供了一个大的历史框架,使汤亭亭可以书写一个多世纪之久的家族故事,也"使得原先不甚生动、甚至被抹杀的历史成为有血有泪、感人肺腑的族裔经验与记忆"①。就文学所产生的效应而言,单德兴认为:"汤亭亭以白纸黑字重新铭刻这些歧视华人移民的法令及历史事迹,把一条条恶法、一件件劣迹与四代家族故事和来自中西传统的故事并置,这种创作方式所产生的效应绝非单纯的年表或历史本身所能比拟。借着书写四代家人及相同处境的同族裔移民,作者超越了一般所熟悉的文学与法律的范畴,进入了美国华裔的集体记忆。汤亭亭的这种重新铭刻的行为的确称得上是'收复/追讨之举'。"②

汤亭亭在全书中多次提供自相矛盾的版本。汤亭亭对父亲的生年及父亲以何种方式进入美国提供了几种自相矛盾的版本。就生年而言,汤亭亭指出她的父亲出生于兔年,可能是1891年,或者是1903年,又或者是1915年。作者提供三个可能的生年,有意在时间上表现得暧昧不清。仔细分析1891—1915年前后发生的事,作者的用意是十分明显的。1891—1915年前后有如下事件发生:1882年美国国会通过了第一个《排华法案》,规定10年内禁止中国劳工,包括技术工人和非技术工人,进入美国;1892年《吉里法案》将1882年的《排华法案》的有效期又延长10年;1904年《排华法案》被无限期延长;1910年天使岛上的移民营开放(该移民营1940年关闭)。虽然父亲的生年不能确定,但是可以确定的是推测准确的生年时也再现了这段历史。还可以肯定的是父亲在第一个《排华法案》后出生,《排华法案》使华人被禁止进入美国的期限从10年延至20年再延至无期。所以不管父亲出生在1891年、1903年还是1915年,华人的境遇并无不同。

此外,对于父亲进入美国的方式,汤亭亭也提供了几种自相矛盾的版本。第一个版本是父亲经由古巴以合法旅行的方式进入纽约。第二个版本是父亲躲藏在板条箱中,非法进入美国。对这段非法偷渡进行

① 单德兴:《以法为文,以文立法:汤亭亭〈金山勇士〉中的〈法律〉》,载单德兴《铭刻与再现:华裔美国文学与文化论集》,台北:麦田出版社,2000年版,第115页。

② 单德兴:《以法为文,以文立法:汤亭亭〈金山勇士〉中的〈法律〉》,载单德兴《铭刻与再现:华裔美国文学与文化论集》,台北:麦田出版社,2000年版,第100页。

详尽的描述后，汤亭亭却以否定作结："当然我的父亲是不可能那样来的，他是以合法的途径来到美国的"（53）。第三个版本是父亲长期羁留在天使岛的移民营，最后通过了美国人的审查，以合法的方式进入美国，并描述了在天使岛移民营的生活和移民营墙壁上的题诗。汤亭亭对父亲进入美国的方式提供了几个不同的版本，这种叙事策略不仅呈现了华人进入美国的不同入境方式和不同经验感受，而且再现了美国历史上对华人的歧视和迫害，使对父亲个人生平的描述进入了华人群体经历的书写，成为华人的集体记忆。

汤亭亭将父亲在美国的故事与屈原的故事并置，隐喻华人与屈原一样的境遇：受磨难、遭疏离。屈原死后，人们每年在他的祭日那天在江面上举行龙舟比赛，寻找他的灵魂，把粽子投入江水。同样，千千万万华人先驱虽然死了，他们的灵魂没有死，他们的智慧与勇敢不能被抹杀。屈原的故事被众多的人所知，不仅仅是中国人，甚至包括朝鲜人、日本人、越南人、马来西亚人及美国人，所以华人先驱的英勇事迹和那段被抹杀的历史也终会被世人所知。父亲在美国的土地上种丝瓜、葫芦，也种等到多年后才能结果的、由种子长成的枇杷树和桃树。这一方面表明了华人心态由"落叶归根"到"落地生根"的转变，另一方面指出华人建设了美国这片土地，他们有权利在这里生根，成为美国的一部分，他们绝不是被美国种族主义者肆意歪曲的女性化的"他者"。

汤亭亭的两个弟弟作为美国人出战越南，而这并没有使他们免于在军中成为种族诽谤的对象。弟弟从越战中得到的"好处"就是："政府已经证明他的家人是真正的美国人，不是靠不住的美国人，而是超级美国人，异乎寻常的可靠——是通过安全调查的美国人。海军和联邦调查局已经审查过他的母亲和父亲，他们都没有被驱逐出境。"（299）到此四代人的家庭传奇落幕了，他们终于被承认是"合法的"美国人，不会随意遭到驱逐。

汤亭亭在《中国佬》的创作中采用了很多创新手法：敢于创造新词汇，赋予脱胎于旧意识形态的词以新的积极意义；进行跨文类书写，整合传记与诗学；逾越传统的文本结构安排，在长章节中插入短章节；将中国和西方的神话、民间传说、文学、历史融入家族故事的书写，采用改写中国的传奇故事和西方的文学经典、呈现有关过去的自相矛盾的版本、抵抗事实和想象的对立等叙事策略，将书写家族史和书写美国华裔的历史融为一体；颠覆了历史的权威和真理的地位及历史是延续、无缝隙的观念，在历史的裂缝和断裂处重新塑造了具有男性气概的美国华裔。再者，汤亭亭的《中国佬》不仅重塑了美国华裔的男性气概，使遭遇种族歧视、被美国主流文化扭曲的美国华裔重获新生，它更带给人们思想和观念的转变，引发人们对历史、对权威观念的重新思考，并“借着杂糅事实和幻想引进了一个新世界，这个世界的基础是互补，而不是宰制”①。

第三节　性的再现与美国华裔男性身份建构

性是理解、表达和建构人的种族身份的最基本的条件之一。②

——黄秀玲

美国历史学家琼·斯科特认为，社会性别是诸多社会关系中的一个成分，是表达权力关系的基本途径，是权力形成的源头和主要途径，同时也是维护权力永久的方式；社会性别同权力的观念和权力的构成联系在一起，是权力分配的主要参照。③“社会性别”一词的使用强调一个完整的关系体系，因此社会性别身份的研究包括性的研究，但并不直接受制于性。社会性别研究拓展了女性主义研究的范围，将男性、性文化和性行为纳入性别研究的理论思维和研究范围。

人们表达自己的一个很重要的途径是通过性来表达的。象征强势文明的西方主流社会凭借其权力的支配地位常常将弱势种族性别化。在把种族性别化的问题上，对性的再表现是关键的一环。作为美国社会的边缘人和弱势族裔，美国华裔完全被美国主流社会剥夺了权力，在政治上和文化上处于无权的状态。美国主流文化对美国华裔的再现中将华裔美国男性描述为没有任何性能力，而华裔女性则是除了性能力以外什么也没有。这种描述凸显了白人男性的阳刚之气，强化华裔男

---

① 张敬珏：《说故事：汤亭亭〈金山勇士〉中的对抗记忆》，载单德兴、何文敬主编《文化属性与华裔美国文学》，台北：中国台湾研究院欧美研究所，1994年版，第37页。

② Sau-ling Cynthia Wong, Ethnicizing gender: An exploration of sexuality as sign in Chinese immigrant literature, in Shirley Geok-Lin Lim and Amy Ling (eds.), *Reading the Literature of Asian America*, Philadelphia: Temple University Press, 1992.

③ 琼·W.斯科特：《性别：历史分析中一个有效范畴》，载李银河主编《妇女：最漫长的革命》，北京：生活·读书·新知三联书店，1997年版，第168—170页。

性的弱势和女性化。白人为了维护其永久的权力，对美国华裔进行无情的“去势”，使美国华裔永远处于被动和弱势的地位。种族与性别、性的隐喻和权力关联使美国华裔对性的自我再现成为建构其男性气概的重要而有效的途径。因此，华裔美国文学中有关性的再现是华裔美国文学研究的一个重要方面。

朱路易的《吃一碗茶》(1961)是被亚裔美国文学评论家和作家公认的一部划时代的作品。赵健秀等人在《哎呀！亚裔美国作家选集》的绪论中称赞其是第一部不具异国情调的华裔美国小说，并认为这部以华埠为背景的小说颇能代表华裔美国社会。华裔学者金伊莲将这部小说视为亚裔美国文学传统的基石。《大哎呀！华裔和日裔美国文学选集》的编辑们确认《吃一碗茶》是四部“没有跟在白人基督徒后面亦步亦趋，将华裔美国人幻想为香格里拉人”①的华裔美国作家作品中的一部。

对赵健秀及其同人来说，《吃一碗茶》的价值和意义在于朱路易拒绝屈从于美国白人读者的接受模式，拒绝将中国文化和美国华裔的文化表现为具有异国情调的文化，从一个生活在纽约华人社区的局内人而不是美国上层社会的局外人的角度真实客观地记述了纽约华人单身汉社群的内在情境。朱路易1915年出生于中国广东台山，9岁时移民美国，在美国完成中学教育并在纽约大学获得硕士学位。毕业后他曾经在纽约市政府负责福利的部门工作，担任过华人慈善社团的行政秘书，在纽约华人社区主持电台节目，并在纽约的华人社区享有较高的声望。这些经历使朱路易对他所描写的纽约华人社区了如指掌。他以长篇小说的形式从内部描写了纽约唐人街，从构成华人社区的餐馆侍者、理发师、洗衣工的角度呈现了20世纪40年代末、50年代初的纽约华埠的单身汉社会，并通过记述纽约唐人街从单身汉社区向年轻夫妇的家庭社区的转变过程，预告了华人将从单身汉社会转变为美国华裔家庭社会。

在美国主流社会文化里，无论是被视为性变态狂、把纯洁的白人女性引诱进鸦片烟窟或洗衣店玷污的早期华人男性，还是后来被再现为性无能或同性恋的华人男性，美国主流文化中的华人男性从来不是正

① 赛勒斯·R.K.帕特尔:《六十年代的遗产》，载萨克文·伯科维奇《剑桥美国文学史：散文作品1940—1990年》，孙宏，等译，北京：中央编译出版社，2005年版，第667页。

面的、正常的形象。朱路易的《吃一碗茶》对此进行了回应。朱路易不怕自报家丑，甚至不惜揭发华人的丑行和陋习，以惊人的写实手法呈现纽约华埠复杂的家庭、亲属和社会关系。此自报家丑之举描写的畸形的华人单身汉社会使这部小说看似一部伤风败俗的色情小说，而对操纵、主宰这一切的背后"隐性的异己"①的揭示，终于使造成几代华人单身汉的美国种族主义的种族灭绝法律和政策不能再在幕后隐没。对华人进行排斥和迫害的种族政治致使几代华人没有正常的家庭，并且永远地被剥夺了华人男性应该拥有的丈夫身份和父亲身份的权利。基于对种族灭绝的法律和政策的揭露，通过对畸形的华人单身汉社会的再现，尤其是其性畸形的再现，朱路易的《吃一碗茶》不再是满足白人种族主义幻想的、拍白人马屁的投诚之作，而是美国华裔争取自我再现迈出的艰难一步，是向美国白人强势控制表述华人的权力的挑战。

《吃一碗茶》讲述的是老一代华人王华基（Wang Wah Gay）和他的儿子宾来（Ben Loy）的故事。代表老一代华人的王华基十几岁时和同乡李光（Lee Gong）同船来到美国，在唐人街的中国餐馆里当了几十年的侍者，晚年经营一个名叫"进财"（Money Come）的麻将俱乐部，和其他像他一样孤单寂寞的华人单身汉们聚在一起打麻将。从严格的法律意义上讲，王华基并不是光棍，他在中国有合法的妻子。他在1923年回中国结婚，待妻子怀孕后回到美国，此后的25年里他再也没有回过老家，再也没有和妻子见过面。每当他收到太太刘氏的来信，他都不禁要重温过去，对自己把太太一个人留在村里自责不已。一个人独处时，他总是想知道自己此生还能不能与25年未见的刘氏团圆。和王华基同船来美国的李光先在纽约多家洗衣店打工，后来自己在布隆克斯经营洗衣店。他于1928年回中国与翁氏结婚，只身返回美国后得知女儿出生的消息。1940年前后他卖掉了洗衣店，打算回广东新会乡下和太太翁氏共度余年，但日本侵华战争粉碎了他的梦想。1945年中日战争结束后，中国的局势使他不得不继续滞留美国，成为进财俱乐部的常客，永远无法和妻子翁氏团圆。

1924年美国国会通过《移民法案》，禁止华人的妻子或单身中国女子进入美国，也不准华人和白人女子结婚。这种种族歧视、种族灭绝性

---

① 何文敬：《延续与断裂：朱路易〈吃一碗茶〉里的文化属性》，载单德兴、何文敬主编《文化属性与华裔美国文学》，台北：中国台湾研究院欧美研究所，1994年版，第96页。

的政治和法律使绝大多数的已婚华人都是夫妻远隔重洋，有妻子和儿女却被剥夺了过正常的家庭生活的权利。这些被迫只身在美国、把妻子留在中国的“已婚光棍”（marricd bachclors）①和那些未婚的华人光棍一样成为没有女人的华埠的单身汉，找妓女、买春药的畸形生活代替了他们的正常家庭生活。此外，由于不平等的就业机会，华人男性不得不从事厨师、侍者、洗衣工和其他一些传统上被认为是女人干的工作，在放逐中屈辱地服务于白人。政治上和文化上的无权使“无性”的华人、做女人工作的华人被不断地推向边缘的、女性化的位置。被去势的华人同时又被主流社会隔绝，除了白人妓女、警察和查验证件的移民官员外，没有白人出没于华人社区，他们成为被隔离的一群边缘人，被永远地封闭在华人社区内而无法进入美国主流社会。除了工作谋生之外，聊天、访友、看戏、观赏中国电影、喝茶、看报纸、赌马、打麻将、嫖妓便是他们的全部生活。女人是他们白天闲聊的主要话题，常常是三句话不离女人；夜晚的孤独寂寞吞噬着他们，他们只能沉湎于过去，而眼前和未来都是一片漆黑，没有光明。

如果王华基和李光代表了华埠的单身汉，那么他们的下一代则是华埠社会结构变迁的开始——从华人单身汉社会转变为美国华裔家庭社会。王华基的儿子宾来于 1941 年 17 岁时从广东新会老家来到纽约，上学一年后由父亲安排在家族最有影响力的人物王竹庭（Wang Chuck Ting）经营的餐馆里工作，和老一代的华人一样从事传统上被认为是女人做的工作。同样，与父亲和李光回广东娶亲以完成传宗接代、接续香火一样，宾来承袭了中国父权社会的传统观念，24 岁的宾来在父亲的安排下、母亲的催促下返乡相亲。宾来相亲的对象是李光 18 岁的女儿美爱（Mei Oi），李光的妻子翁氏每次来信都叮嘱他为女儿找个金山客丈夫。宾来和美爱的婚事对王华基和李光而言是为人父母所必须应尽的义务。和双方的妻子催促儿女结婚不同，王华基和李光是大半生孤独寂寞地滞留在美国的单身汉，他们比任何人都渴望有正常的家庭生活。他们自己无法实现这一梦想，所以他们迫切希望看到他们的下一代有个正常的家庭，同时也希望他们能够完成继续香火、传宗接代的祖训。他们也相信，孙辈的出生不仅可以安慰他们在美国所度过

---

① Elaine H. Kim, Portraits of Chinatown, in *Asian American Literature: An Introduction to the Writings and Their Social Context*, Philadelphia: Temple University Press, 1982: 97.

的孤独艰难的岁月，而且祖父的身份可以弥补他们作为父亲身份的缺席。可以说，没有任何人比华人单身汉更渴望有他们的下一代。所以，两位父亲商量好后，很快便分别写信告诉家乡的妻子，安排两个年轻人见面，希望他们可以早日完婚。

宾来原本不太情愿结婚，但父亲王华基不仅愿意出钱为他操办婚事，而且同意他将新婚妻子带回美国，这使宾来有了结婚的念头。王华基起初在心底希望未来的儿媳能留在老家照顾他的妻子，使妻子能在临终前有个人陪伴，以弥补他对妻子的亏欠，使妻子在剩下的日子里可以有儿媳妇安慰她一生的孤独和磨难，也可以使他没有尽到丈夫责任的罪过得到赦免，而美爱可以等待婆婆过世之后再来美国和丈夫团聚。但王华基不愿看到自己的儿子重蹈自己的不幸。李光也同样希望能够减轻自己没有尽到丈夫和父亲责任的负罪感。所以两位老人还是决定让宾来婚后将美爱带回美国，而不是像他们一样和妻子远隔重洋。同样返乡相亲的宾来与父亲是不同的，因为他很幸运地可以将新娘带回美国，因为此时《排华法案》已经被废止，并且随后颁布了一项新法律，规定在非限额基础上允许美国公民的中国籍新娘进入美国。回乡相亲的宾来对年轻貌美而且受过中等教育的美爱十分满意，而宾来不仅是美爱理想中要嫁的金山客，而且宾来长相英俊且在美国有正当的职业。于是，双方相亲中意后，很快就举办了婚礼，随后回到纽约。婚后的小夫妻度过了短暂的甜蜜时光，但很快宾来因为年少时的荒唐而失去了性能力。两个月后，一个褐发褐眼的妓女的突如其来的电话铃声吵醒了刚刚结婚不久的宾来和美爱。妓女的出现揭开了宾来荒唐的过去，也给这个刚刚成立的家庭带来了灾难和考验。

原来，1942 年冬天的一个下大雪的夜里，由于天气不好，餐馆没有客人，便提前打烊。难得的闲暇突然到来，使整日劳作的钦源(Chin Yuen)倍感无聊而又渴望寻找刺激和快乐，于是 18 岁的宾来在年长他的室友钦源的怂恿下一起从斯坦顿前往纽约嫖娼。宾来之所以同意一起前往，是由于他害怕独自一人待在只有两张床的宿舍里面对四壁的空墙。对孤独和寂寞的恐惧使刚刚成人的宾来走上了老一代华人的老路，承袭了华埠单身汉只能和妓女过性生活的生活模式。找妓女在中国的家乡是一定会受到谴责的不良道德行为，对长期远离家庭和女人而留居美国的华人来说却是自然的、不可避免的、可以接受的行为。在这个与外界隔离、饱受白人敌视和歧视的世界里，在这个没有女人、不能做丈夫和父亲、没有根的世界里，孤独寂寞的华人，出卖体力屈辱地生存的华人，就这样生活在要么无性、要么性畸形的单身汉社群里。除了餐馆、洗衣房、杂货店的工作，所剩的只是孤独、寂寞和卑微，所以一代又一代的华人都很快继承这种召妓的生活模式。年少的宾来在性生活上不知节制，一到轮休的日子就去纽约的兰辛旅馆找女人，几个月后他和钦源合租一套公寓，就不断有妓女直接到公寓来。荒唐无度的生活终于导致宾来新婚不久就丧失了性功能。

宾来的性无能也许是由于年少无知，但缺乏父亲的正确引导和正常的父爱不能不是其中更为深刻的原因。来美国不久的宾来被父亲王华基安排在远离纽约的斯坦顿的餐馆里工作，并暗示宾来在没有急事的情况下不要到纽约的进财俱乐部来。王华基之所以这样做，一方面是因为他想让儿子远离大城市的诱惑，另一方面是因为他知道自己不能正确地引导儿子。直到儿子长大成人来到纽约和他见面，25 年来从未回过中国、从未见过儿子、更从未履行过父亲责任的他根本不知道如何和儿子相处。他更清楚地认识到，年轻时时常光顾妓院而今又开设了赌场的他根本没有给儿子树立什么好的榜样。一个开赌场的父亲又何以向儿子传授中国的智慧和美德。因此，他情愿让儿子远离自己，远离他所开设的赌场，以免对他造成不良影响。父亲的做法似乎没有错，但年纪尚轻的宾来没有父亲的关爱和引导，不仅完全靠出卖体力的餐馆工作令他疲惫，远离亲人的他饱尝父辈的孤独和寂寞，于是艰辛生活的压抑、孤独寂寞的恐惧终于在和妓女的寻欢作乐中得以宣泄。

宾来的性无能在小说中是一个重要的隐喻。何文敬认为，“朱路易用这个隐喻来批判美国主流社会的权力架构与种族政治”[①]。金伊莲也指出，宾来的性无能象征华人社群的光棍在美国社会的失势，而造成这种局面的罪魁正是美国对华人减族的法律和政策的压迫。[②]宾来的性无能揭示了美国华裔单身汉社会的不育现象。对逐渐老去的王华基和像他一样的华人来说，象征接续香火的孙子不仅可以提高自己的社会地位、弥补和改善与妻子的关系、给他们孤独的晚年以安慰，更重要的

---

① 何文敬：《延续与断裂：朱路易〈吃一碗茶〉里的文化属性》，载单德兴、何文敬主编《文化属性与华裔美国文学》，台北：中国台湾研究院欧美研究所，1994 年版，第 96 页。

② Elaine H. Kim, Portraits of Chinatown, in *Asian American Literature: An Introduction to the Writings and Their Social Context*, Philadelphia: Temple University Press, 1982: 119.

是他们投注了毕生希望的儿子终于可以使他们拥有祖父的身份，使他们空虚的生活有了意义，就连和妻子的通信也可以有新的内容，妻子则会骄傲地向亲戚们宣布他们的儿子有了后代。然而宾来的性无能破碎了他们的全部希望。

因为父亲虚假的书信和在家乡的道听途说，在广东新会由母亲翁氏抚养长大的美爱对父亲所居住的全世界最大、最美丽的城市美国纽约充满了向往。和宾来结婚后，她对自己的未来充满了希望，眼前展现的是一片美好的前景。美爱的母亲也深信自己的女儿一定比自己幸福，至少她的女儿可以每天从早到晚看到自己的丈夫。然而，来到纽约华人社区的美爱看到的是一群堕落的、垂死的、没有女人的单身汉，长年住在地牢一样阴暗的地下室里，终日赌博并以女人为谈资和笑料。她逐渐认识到，纽约根本没有家乡那种和谐、亲切和归属感，这里是一个找不到归属感的空虚、寂寞而又充满敌意的地方。丈夫宾来每天出去工作直到深夜，她每天只能独自守在家里忍受孤寂。雪上加霜的是，宾来刚刚结婚就失去了性能力，而美爱对宾来婚前的荒唐毫不知情，因此她误以为自己的丈夫不再爱她了。梦想破灭、忍受孤独寂寞和丈夫的冷落、涉世未深的美爱终于没有经受住花言巧语、厚颜无耻的光棍阿宋（Ah Song）的引诱，与阿宋发生奸情并怀孕。

从中国来到纽约华埠的美爱是一个在中国接受过中等教育的女性，嫁到华埠的她不仅感受到理想与现实之间的强大反差，也使她从华埠的外部深入华埠的内部，不再是在华埠之外想象华埠的局外人。《吃一碗茶》从中国来的美爱的视角揭示了华埠内在的真实情境。首先，受到美国种族主义排华的法律和政策的迫害，华人生活在没有女人、没有家庭、没有子女的畸形的单身汉社会里，不仅不能成为真正的男人、丈夫和父亲，没有女人也造成在美华人人口的急剧下降，使他们成为没有家庭、没有根的客居美国的单身汉，面临被减族甚至被种族灭绝的危险。再者，种族歧视和一定程度上的种族隔离使华人被封闭在华人社区里，从事繁重的体力劳动，餐馆工作的侍者一般都会从上午 11 点工作至次日凌晨 1 点，洗衣店里的工人每天都要工作 17 个小时以上，华人每天的工作时间至少是白人的两倍，而且大多数华人都过着非常贫困的生活。因为贫困，他们无法返乡，只能用自欺欺人的谎言欺骗远在家乡的亲人，把他们居住的美国描述为富裕的“金山”，他们也因此无人倾诉苦闷，更得不到家人的理解和关爱。非正常的家庭生活、贫困恶劣的生存环境、孤独绝望的心灵使赌博、嫖妓、吸食鸦片成为他们可以聊以慰藉的生活，这种生活也增强了他们只是暂时留居美国、终有一天要回到中国的心理。华埠的真实情境是悲惨绝望的，正是白人的种族歧视造成了华人的“堕落”，正是白人的种族灭绝造成了华人的“性无能”，造成几代华人和无数家庭的悲剧。朱路易一生都对华人单身汉社会的生活充满了理解和关注，他对华人单身汉生活的真实记述有力地批驳了白人对华人种族歧视的想象，揭示了美国白人种族主义者自认文明、理性、进取、具有阳刚之气而将弱势族裔的男性视为原始、堕落、反常和消极的女性化“他者”的殖民主义思想。这部大胆地描写性的小说正是从种族和性、性别的视角深刻揭示了华人被去势的深刻缘由。

美爱的出现也对唐人街的华人单身汉社会产生了很大的破坏性。首先，美爱的出现揭示了上一代移民的伪善与自我欺骗及他们的痛苦和绝望的生活状态。再者，美爱的丑闻也揭示了美国种族主义政策一手建构的华人单身汉社会里家庭、亲朋及社会关系的畸形和扭曲。在华埠的单身汉社会里，父子/女、夫妻的关系往往只是抽象的概念。丈夫和远隔重洋的妻子只是金钱和书信的往来，丈夫对妻子只有愧疚和谎言，妻子对丈夫只有责备和守望。父亲对子女没有关爱和教导，有的只是相互之间的称谓和相互间的退避。王华基因为无法教导宾来，又怕儿子知道自己的过去，所以将宾来送往另外一个城镇，而宾来的大部分时间都是在远离父亲的关爱和教导下度过的。在唐人街这个不育的单身汉社会里，父子之间的关系绝不是中国人坚守的父慈子孝。父子之间除了血缘的维系外，没有相互间的理解和关爱。就父女关系而言，美爱与父亲李光之间也缺少沟通和对话。父亲对于美爱不过是乡下的母亲所保留的一些旧照片上的父亲，她也从来没有得到过父亲的任何教诲和鼓励。在机场和父亲初次见面时，她审视着站在眼前的陌生的父亲，试图寻找他和旧照片上的父亲的相似之处。与阿宋通奸的丑闻被父亲知道后，面对父亲的审问，她不敢把这种丢脸的事情向陌生的父亲坦白。她多么希望她的父亲是一辈子一直和她生活在一起的父亲，这样她就可以和父亲沟通，就可以得到父亲的引导和安慰。在这个男人的世界里，她更找不到可以求助、可以获得安慰的女人。因此，对宾来和美爱来说，他们的父亲对各自的面子和名声看得要比他们重要得多，他们从父亲那里获得的只是责备和辱骂，因为他们不仅没有光宗耀祖反而令家族蒙羞。

在这个没有女人、没有家庭的单身汉社会里，男人无法过正常的家庭生活，朋友之间的关系也被扭曲、腐化。同在一张桌上赌博的朋友却对朋友的妻子或女儿怀有色情的念头。阿宋是王华基进财俱乐部的常客，王华基待他亲如兄弟，而正是这个兄弟勾引了他的儿媳妇。宾来多年的朋友钦源，这个带宾来光顾纽约妓院、被宾来认为唯一能够吐露心声的忠实挚友，也同样对美爱有非分之想。在这个没有女人的光棍社会，对家庭生活、对正常的性生活的向往和渴望使朋友和兄弟的情谊都变得一文不值，有的只是对女人、对性的掠夺和贪占。种族主义政策制造了华人社会的性的畸形和人性的扭曲。

20 世纪 40 年代的华埠大体上仍然由老一辈男性移民当权，这些当权的华人男性在单身汉社会里充当家长或大哥的角色。他们在华埠单身汉社会里有着举足轻重的作用：他们一方面帮助华人解决华人内部的纠纷，另一方面出面维护华人的权利，免予受到不公正的美国法律的制裁，使华人免于受到更大的迫害。《吃一碗茶》中王氏宗亲会会长王竹庭也是平安堂全美堂主，几十年来为华人排难解纷无数，在华人社会享有很高的声望和影响力。美爱红杏出墙的传闻就是他先听说后再提醒堂弟王华基留意的。王华基不幸卷入丑闻事件令王竹庭大为不满，他极力设法制止传闻在唐人街的扩散，以使王氏家族蒙羞。为了报复，王华基割下了阿宋的一只耳朵，阿宋随后向警方提出诉讼，状告王华基殴打并企图杀人。而王竹庭竟通过宗亲会和平安堂将王华基和阿宋之间的冲突摆平，维护了令华人看重的家族声誉。结果不仅迫使阿宋向美国警方撤回起诉，并受到被驱逐出纽约华人社区 5 年的处罚，而王华基则免于法律的制裁。华人社会的这一内部事件无须通过美国法律和美国警方就可以解决，这足见家族和堂会的影响力了。所以，如此令美国警方和美国法律倍感无力而又无法插手的华人组织自然被渲染为窝藏了犯罪和罪恶的堕落场所。那么除了华人的妓院、烟馆和赌场之外，美国舆论界所大肆渲染的罪恶场所就是大大小小的堂会了。从阿宋因诱奸美爱而被驱逐出纽约华人社区的惩罚来看，华人的堂会在华人社会具有很大的影响力。受到种族歧视而又社会地位卑下的华人为了在充满敌视和倍受冷漠的白人社会获得保护，依据地缘关系和宗亲关系建构了宗亲会、堂会等组织。所以，白人所谓的罪恶之所其实是受到美国法律和政策歧视和压迫的华人在无法获得权利的美国社会唯一可以获得帮助、理解和同情的地方。当然这种封闭的社群也使重视宗亲、以义气和私权替代法律等中国封建社会的不良现象在华人社会泛滥。但对于没有家庭的华人单身汉来说，华人的这种组织则是他们缺失的家庭生活的替代，在美国停留得越久，就对它们越依赖。

对宾来来说，他的妻子美爱使他有一种拥有、获得的感觉。丈夫与妻子的关系使他获得了男性的尊严，他不再是华埠里没有女人的单身汉。他的身份发生了转变，他是一个男人、一个女人的丈夫，有一天他会成为父亲，他和美爱会在美国成立自己的家庭，会让他的父亲感到骄傲。而相形之下，自己的性无能使他既无法面对自己的妻子，也无法满足父亲抱孙子的愿望及唐人街里单身汉们渴望见到下一代的渴望。美爱的怀孕使他挣扎在怀疑与接受之间。丑闻平息之后，王华基、雷公、宾来和美爱全部离开纽约。离开了父亲的宾来在旧金山华埠和美爱开始了新的生活，并在一位中医大夫的医治下治好了疾病。中医大夫给宾来开的药是大碗苦茶，这一碗苦茶意味着：宾来要在美国取得立足之地、恢复他的性能力和男性身份、获得父亲和丈夫的身份，他就必须面对现实、吞下美国白人敌对社会分给华人单身汉的苦药，就必须接受自己和美爱所犯的错误、接受美爱的私生子。

美爱的到来撕去了老一代华人单身汉自欺欺人的虚伪面具。孩子的出生，即使是私生子、是“非法的开端”，也使新一代的美国华裔获得了“力量和延续”[①]。华人单身汉社会由此结束，并开始向美国华裔家庭社会转变，美国华裔没有女人的畸形生活开始向正常的家庭生活转变。小说的结尾预示着团圆和再生，宾来和美爱打算邀请双方的父亲来给他们的第二孩子过满月，王华基和李光终于获得了祖父的身份。小说的结局也意味着，华人要想真正走出华埠，在美国获得平等的权利和广泛的身份认同，还有很长的路程和很多艰难，因为虽然小说中的男女主角最后远赴西岸的旧金山华埠获得了新生[②]，但以他们的能力和背景还只能是在华埠讨生活，还是未能脱离华人社会。

朱路易的《吃一碗茶》自 1961 年问世之后没有得到美国主流社会的重视，甚至是遭遇了冷落和恶评。直到 1970 年去世，他都没有获得诸如黄玉雪、刘裔昌、黎锦扬等人的声望。这部朱路易一生唯一的小说在 20 世纪 70 年代被美国华裔学者尤其是赵建秀等人挖掘出来，但时至今日对这部小说

---

① 何文敬：《延续与断裂：朱路易〈吃一碗茶〉里的文化属性》，载单德兴、何文敬主编《文化属性与华裔美国文学》，台北：中国台湾研究院欧美研究所，1994 年版，第 108 页。

② 在旧金山，宾来不仅恢复了性能力、有了自己的孩子，他还得到了新的工作、新的公寓、新的夫妻关系和新的朋友。

的评论文章仍不多见。《吃一碗茶》深刻揭露了导致华人单身汉社群性畸形的美国法律和政策，批驳了白人主流文化中将华人描述为性无能的女性化“他者”的种族政治，这样一部具有抗争和挑战意义的亚裔美国文学基石之作却受到如此冷落。对此，金伊莲指出：“盎格鲁-美国作家有关唐人街华人古怪、具有异国情调的刻板描写以及有关唐人街华人罪恶、堕落的耸人听闻的幻想之作却赢得了相对的注目，这真是一种讽刺。”①

研究者们不断挖掘这部作品的价值和意义。比如，朱路易在这部作品中所使用的唐人街英语，尤其是广州四邑地区的方言，传神地再现了唐人街单身汉的真实生活。“书中屡见不鲜的脏话与咒语不仅凸显男性社群的特色，也反映出这群光棍的刚强习性及低下之社会地位。”②当然更重要的是，《吃一碗茶》从华人单身汉的立场和视角，客观地呈现了20世纪40年代末至50年代初华人单身汉社会的真实状态，不仅批驳和揭露了造成华人性畸形的法律和政策，颠覆了白人关于华人性无能的想象和描述，恢复了美国华裔的男性身份，而且使这部作品具有重要的史实价值，成为美国华裔历史的有力见证。

---

① Elaine H. Kim, Portraits of Chinatown, in *Asian American Literature: An Introduction to the Writings and Their Social Context*, Philadelphia: Temple University Press, 1982: 120.

② 何文敬：《延续与断裂：朱路易〈吃一碗茶〉里的文化属性》，载单德兴、何文敬主编《文化属性与华裔美国文学》，台北：中国台湾研究院欧美研究所，1994年版，第97页。

第五章　美国华裔女性主体的建构

第一节　主流文化凝视下的美国华裔女性自我的建构

美国发展了我个人的批评性思维，我获得了客观地看问题的观点。我爱中国文化，因此我对我的这个中国文化传统总是很敏感的。①

作为少数民族的一分子不等于低劣，除非你愿意如此。相反，你要使它成为你著名的标志。②

——黄玉雪

黄玉雪的自传体小说《华女阿五》(1950)讲述的是她作为一个华裔女子通过勤奋努力终于在美国取得成功的故事。在美国出生的第二代华裔作家的小说中，《华女阿五》是最早在美国拥有大量读者的小说，被认为是华裔美国文学开山作之一及亚裔/华裔美国文学、社会、历史研究者的必读作品之一。1982年，金伊莲在其开疆辟土之作《亚裔美国文学及其社会脉络》中指出，《华女阿五》直到当时"仍然被作为亚裔美国文学的最佳范例而广泛用于加州的中学文学课堂，在1976年美国公共电视和广播有关美国弱势族裔的纪录片中，黄玉雪被选为最能代表亚裔美国人的人"③。《泰晤士报文学副刊》评价《华女阿五》是"有强烈吸引力的记叙文，不仅因为

---

① 张子清：《美国华人移民的历史见证——黄玉雪访谈录》，载黄玉雪《华女阿五》，张龙海，译，南京：译林出版社，2004年版，第240页。

② 这是1993年黄玉雪应邀到米尔斯学院做题为"运用你的多样性"(Exercising Your Diversity)的毕业典礼演讲时的一句名言。转引自莫娜·珀尔斯：《采访黄玉雪》，载黄玉雪《华女阿五》，张龙海，译，南京：译林出版社，2004年版，第251页。

③ Elaine H. Kim, Sacrifice for success: Second-generation self-portrait, in *Asian American Literature: An Introduction to the Writings and Their Social Context*, Philadelphia: Temple University Press, 1982: 60.

每一页充满勇气和幽默，而且因为它揭示了一个典型的华人家庭成员如何适应美国环境、投入美国的社会生活中去而不失却他们引以为豪的文化传统的精髓”①。美国2000年出版的文选《加利福尼亚文学》中节选了《华女阿五》，黄玉雪与马克·吐温、杰克·伦敦、约翰·斯坦贝克、菲茨杰拉德等美国著名的大作家荣列在一起。几十本著作引用并节选了《华女阿五》，到1995年为止，《华女阿五》已经被再版五次。此外，黄玉雪对亚裔/华裔美国作家（尤其是女性作家）影响深远。著名华裔作家汤亭亭称黄玉雪为“华裔美国文学之母”，肯定黄玉雪为华裔女性树立的自力更生的良好榜样，并直言黄玉雪的《华女阿五》使她受到振奋和鼓励，让她看到了自己成为作家的可能性，给她的人生带来重大的影响。

1951年，黄玉雪受到美国国务院的资助，《华女阿五》被翻译成包括日语、汉语、乌尔都语、孟加拉语、泰米尔语、泰语、缅甸语等亚洲多国的文字和地方语言出版。1952年，《华女阿五》在香港连载引起轰动的同时也令香港人对该书的真实性大为怀疑，认为《华女阿五》是美国捏造的宣传之作。二战后，美国不断受到来自发展中国家关于美国进行种族歧视的强烈指控，作为有色人种的黄玉雪在美国获得成功的故事无疑可以帮助美国进行正面的宣传，于是美国国务院利用“领袖和专家”的资助项目，资助黄玉雪作为取得成功的美国华裔去亚洲演讲四个月。美国的“领袖和专家”资助项目通常只派送法官或著名社会人士去国外演讲，黄玉雪作为迄今为止唯一获得此“殊荣”的华裔，受到了来自各界的负面评价。她的亚洲之行被认为是被美国政府利用，宣传美国的文化神话：只要努力奋斗，移民家庭也可以实现“美国梦”。

相对于黄玉雪在美国白人中受到的诸多赞赏，黄玉雪受到了许多亚裔批评家的批评。首先，金伊莲认为，黄玉雪和刘裔昌一样是被美国接纳了的中国派，他们企图声称美国是自己的国家，她的《华女阿五》将自己获得的成功归因于个人勤奋努力的同时，赞扬了美国社会所提供的机遇，而认为少数族裔把遇到的困难归咎于社会环境的行为是出于自身的懒惰，这等于帮助美国宣传了少数族裔不能在美国取得成功应该归咎于少数族裔自

---

① 转引自莫娜·珀尔斯：《采访黄玉雪》，载黄玉雪《华女阿五》，张龙海，译，南京：译林出版社，2004年版，第251页。

己。[①]再者，作为一个华裔女性作家，黄玉雪对美国"机遇"的赞誉使她的作品被斥责为"毫无批判地接受美国文化优越论的著作"[②]，而她本人也被赵健秀认为是"一个精明的女生意人"，而不是"一个严肃的或非常敏锐的作家"[③]，并认为她和汤亭亭、谭恩美等人一样是严重"白化"的美国华裔，接受白人的价值观、与白人同化，灭绝黄种人的族性。此外，《华女阿五》的自传体也受到赵健秀的批评。赵建秀鄙视华裔作家的自传体小说，认为自传是"基督教的文学武器"，是"白人文化法西斯的产品"，使人"屈服于白人的权威，让自己沦为宗教帝国主义下的殖民"[④]。赛勒斯·R. K. 帕特尔也怀有同样的观点，他曾经指出 20 世纪 40 年代亚裔美国人发表的自传作品[⑤]强化了中国人实际上是可以被同化的这样一种观念。[⑥]

《华女阿五》在美国白人社会和美国亚裔群体内部获得了褒贬不一的评价，这不仅增强了这部作品的传奇色彩，更使这部作品具有强大的阐释张力，招引各方学者评说不断。

《华女阿五》是一个美国式的"成功故事"，虽然美国人靠自己奋斗成功的经典叙述早在美国文学的奠基作品之一的《本杰明·富兰克林自传》中就已展现了这类记叙体的伟大范例，但是黄玉雪记述的这个美国式的"成功故事"却存在诸多需要探讨的问题：第一，作为华裔女性，如何面对来自家庭内部的中国文化和外部世界的美国文化？第二，故事的主人公黄玉雪是美国华裔，而且是女性，作为弱势族裔的女性何以在白人男性控制的

---

① Elaine H. Kim, Sacrifice for success: Second-generation self-portrait, in *Asian American Literature: An Introduction to the Writings and Their Social Context*, Philadelphia: Temple University Press, 1982:60.

② 引自杰夫·特威切尔-沃斯对黄玉雪《华女阿五》所作的序，张子清，译，载《华女阿五》，张龙海，译，南京：译林出版社，2004 年版，第 1 页。

③ Chin Frank, et al., eds., *Aiiieeeee! An Anthology of Asian-American Writers*, Washington, D. C.: Howard University Press, 1974:xxx.

④ 张琼惠：《从"我是谁"到"谁是我"：华美自传文学再现》，载何文敬、单德兴主编《再现政治与华裔美国文学》，台北：中国台湾研究院欧美研究所，1996 年版，第 71—72 页。

⑤ 20 世纪 40 年代的亚裔美国人发表的自传主要指刘裔昌的《父亲与光荣的后代》和黄玉雪的《华女阿五》。黄玉雪从 1948 年开始写《华女阿五》，该书 1950 年出版。所以《华女阿五》应该是 20 世纪 40 年代的产物。也有人认为《华女阿五》的出版年代是 1945 年，其原因在于：黄玉雪在 1945 年曾有两篇关于父亲和哥哥的文章刊登在《共同基础》(*Common Ground*)上。因为这两篇文章，黄玉雪引起了哈泼(Harper)出版社的编辑劳伦斯(Elizabeth Lawrence)的注意，导致劳伦斯、黄玉雪为时 5 年的约稿合约。但实际上《华女阿五》的内容与上述两篇文章的内容不同，因此《华女阿五》的出版时间应该是 1950 年。

⑥ 赛勒斯·R. K. 帕特尔：《新兴文学》，载萨克文·伯科维奇主编《剑桥美国文学史：散文作品 1940—1990 年》，孙宏，等译，北京：中央编译出版社，2005 年版，第 664 页。

主流社会获得成功？第三，黄玉雪创作这个“成功故事”的目的是什么，其意义或价值是什么？第四，如何解释和评价《华女阿五》受到的褒奖和贬损？

正如黄玉雪所言，《华女阿五》创作的历史语境是美国民权运动前20年的情况。“排华法案在二次世界大战结束的前两年才被终止，那时的政治气候与现在的完全不同。种族多元化的观念在我写这本书的30多年之后才有的……今天的现实不是20世纪40年代的现实，不是40年代美国国民的精神状态。”[①]所以，无论是以往的亚裔批评家还是后来的批评者都不应该脱离历史和时代，不应该完全使用今天的尺子去衡量我们所陌生的过去，对作品客观的分析才具有说服力。

《华女阿五》在第二次世界大战结束之后出版，其书写的历史背景正值中美关系因二次大战时的联盟而获得改善的时期。虽然美国与中国结成了战时政治联盟，但政治联盟并不意味着可以消除美国长久以来对华人根深蒂固的种族刻板印象。因此，因战时的伙伴关系而对中国人印象的某种改善并没有使华裔被美国白人主流社会的多数人真正接受，美国华裔仍然是处在白人凝视之下的异己。不过，对中国人印象的某种改变使美国主流社会对华埠产生了新的兴趣，但是这种兴趣仍然是出于美国白人对具有异国情调的华人的习俗和食物的好奇。《华女阿五》对中国的饮食文化、中国庆祝传统节日及结婚、生子、葬礼等仪式的详细描写极大地满足了白人读者的阅读欲望。因此，《华女阿五》在当时受到了欢迎，部分原因在于其顺应了白人读者群的需求。对此，黄玉雪在访谈录中也坦言她在50年前创作时心中有的是白人读者，《华女阿五》受到美国华裔的热烈反响却是她的意外惊喜。[②]《华女阿五》在美国流行的另外一个原因无疑是因为它符合了美国白人宣传的“美国梦”的神话。

对“美国梦”的现身说法、对白人读者阅读需求的满足却不足以否定《华女阿五》的意义和价值。20世纪50年代以前，华裔妇女在美国工作和生活尤其艰难，她们不仅要和华裔内部的男子至上论斗争，而且要与白人的种族优越论斗争。华女阿五却能摆脱父亲及家庭的控制和中国传统文

---

① 张子清：《美国华人移民的历史见证——黄玉雪访谈录》，载黄玉雪《华女阿五》，张龙海，译，南京：译林出版社，2004年版，第241—242页。

② 张子清：《美国华人移民的历史见证——黄玉雪访谈录》，载黄玉雪《华女阿五》，张龙海，译，南京：译林出版社，2004年版，第234页。

化的束缚,在美国社会中以个人的努力追求女性的独立。在没有从美国华裔女性的视角发表过任何作品的年代里,在20世纪第二次女权主义浪潮来临之前,黄玉雪的“成功故事”发出了华裔女性寻求独立自主的极少数声音。而作为一个弱势族裔女性,黄玉雪没有选择出走或是固守自己的族裔空间,而是努力追寻中国式教养和美国式教育之间的平衡点,在教育和事业上追求独立自主,在美国主流社会建立一个华人女性的独立人格。黄玉雪在初版序言的开始便提到了父母常对她提起的一句中国古谚:饮水思源。随后她指出自己以第三人称撰写此书也是基于中国的传统,因为即便是用英文来写作,“对任何一个在中国礼节氛围中长大的人来说,一本由华人用‘我’写成的书似乎很不谦逊,令人无法忍受”①。所以,黄玉雪在开篇便践行了她所学到的中国式教养,表明了她对中国文化的态度。在1989年版的导语中,黄玉雪指出中国文化既是她力量的源泉也是她的长处。在张子清主访的访谈录中,黄玉雪提到她走遍了世界各地、接触过不同民族的各个层次的人,她的中国风度对她来说是最合适的。② 此外,她不仅劝说东南亚各国的华裔青年不要丢掉中国风度和几千年来的中国文化,而且在自己子女的教育中也强调中国文化中诸如谦虚礼让、自力更生、诚实可靠、声音适中的行为举止及热爱学习、尊重自然、服务他人、节制适中、知足常乐等具有积极意义的价值观念。但中国文化中严格的家庭等级制、要求绝对服从、漠视个人和自我及重男轻女、男尊女卑的观念却使她和父母(主要是父亲)发生了冲突。黄玉雪在全书的开始部分便指出:

> 在玉雪五岁之前,她几乎都在中国人之间生活,因为她的活动范围仅限于家里。生活虽然无忧无虑,但墨守成规;虽然庄重严肃,却也适得其乐。她所碰到的几个问题都是些中国小女孩的行为举止是否得当的问题。
>
> 年龄这么小,她已经懂得纪律的意义,尽管不明白其必要性。小女孩绝对不许质疑父母的话,除非她想挨揍。她不许直呼长者的名字……只有父母和父母辈的叔叔、阿姨才能直呼他们的名字……总而言之,小女孩对长者随便不得,即使递东西时也要用双手,以示尊敬。

① 黄玉雪:《华女阿五》,张龙海,译,南京:译林出版社,2004年版,“初版序言”,第1页。

② 张子清:《美国华人移民的历史见证——黄玉雪访谈录》,载黄玉雪《华女阿五》,张龙海,译,南京:译林出版社,2004年版,第246页。

> 小女孩生活中的主要词语是尊敬与长幼次序等，自己的想法却无关紧要，因为她没有说出来……
>
> 尽管父母很疼她，但是她还得小心谨慎，稍有不慎，马上招来严厉的惩罚。教育与鞭打几乎是同义词……
>
> ……鞭打所带来的羞辱远远大于所带来的疼痛。
>
> 因此，她对生活迷惑不解，因为没有人向她解释。只有通过惩罚，她才懂得什么是正确的、什么是错误的。①

但是，在这个长幼有序、忽视个人、父母绝对权威的家庭里，黄玉雪也感受到了父母的爱。父亲不仅亲自教她中国历史和书法，而且很开明地让她接受教育。黄玉雪也曾为自己身为父亲的第五个女儿感到幸福和自豪，也对父亲保持着爱戴和尊敬。

黄玉雪的父亲是一个矛盾的人物，他既是一个重视基督教戒律的基督徒②，又坚持尊崇儒家的正统观念，保持中国人标准的思维方式。一方面，基督教信仰使他有力地摈弃儒家传统的某些方面，如要求中国妇女裹小脚、禁止妇女外出工作、禁止女孩上学等；另一方面，他固守重男轻女的思想，让子女传承中国传统的同时也要求他们遵循父母的教导、绝对服从父母师长的权威，漠视子女的个人和自我。黄父也努力将基督教戒律和儒家礼节通过融合言传到子女身上。父亲开明的思想使黄玉雪不必裹小脚，还可以有机会接受教育。黄玉雪六岁时，父亲让她到一家美国公立学校读书，她的活动范围开始超越家庭这一界限。她在这里不仅第一次通过制作黄油的活动获得个人创造的喜悦，而且第一次意识到中国的行为方式和美国的行为方式的不同。同样是受到伤害，父母给她的是物质补偿（一顿好吃的饭菜），白人老师给她的是精神抚慰（抚摸和拥抱）。这种比较在幼小的黄玉雪心理留下了很深的烙印，她写道：

> 她现在已经意识到美国"外国人"的行为方式不仅和中国的有广义上的差别，而且有实质的差别。这些实质上的差别会影响人的行为。玉雪开始比较美国行为方式和父母的行为方式。这种比较使她

---

① 黄玉雪：《华女阿五》，张龙海，译，南京：译林出版社，2004 年版，第 1—3 页。

② 在由单德兴主访的访谈录中，黄玉雪提到他的父亲是来到美国之后改信基督教的，在中国他并不是一个基督徒。黄父成为基督徒的原因是由于他初来美国时在教会学习英文期间生病，在无照顾的情况下得到一位传教士的医治，出于感激成为基督徒。因此，相较之下，在中国耳濡目染的儒家思想对他的影响仍然是根深蒂固的。正是对基督教的忠诚和对儒家思想的信守构成了他的矛盾。

感到很不自在。①

黄父让女儿读书的做法虽然不同于一般的华人家庭,但他让女儿读书是在践行孔子“修身齐家治国平天下”的儒家思想。在黄父看来,许多华人都鼠目寸光,因为他们认为花钱让迟早要嫁人的女儿读书不值得。而他认为,“既然儿子和儿子教育至关重要,我们就需要聪明的母亲。如果人人都不让女儿接受教育,我们怎么可以为儿子找到聪明的母亲呢? 如果我们的家庭教养不好,中国怎么可以成为强国呢?”②父亲的重男轻女思想不仅从母亲生儿子时的格外隆重和喜悦中体现,就连黄玉雪接受教育的原因也是为日后做一个儿子的好母亲。虽然父亲认为教育是通往自由之路,他也希望黄玉雪能够抓住在美国受教育的机会,但因为在他看来黄玉雪只需要做一个好母亲,所以她没有必要上大学。当黄玉雪向父亲提出要上大学时,父亲却字斟句酌地告诉她:“你现在应该清楚,儿子可以传宗接代,永远使用黄家的姓。因此,当父母的财力有限时,儿子优先于女儿接受教育。使用黄姓的儿子会前往祖先的墓地上香、拜祭,永远记住他们的祖先,而女儿结婚后就离家为她们的婆家生儿育女,为别姓人家传续烟火。”③因为黄玉雪是女儿,因为她不能接续黄家的香火,所以要想超出华人女孩或美国女孩的平均水平,父亲告诉她,如果她有才能,她要靠自己支付大学的费用。她一直非常信任的父亲所说的话令她感到从来没有过的痛苦。身为一个华裔女孩,她要说“生为女孩非我所愿,作为女孩,我也许不想仅仅为养儿育女而结婚! 也许我的权利不仅仅是养儿育女! 我既是女性,也是一个个人! 难道中国人认为女人就没有感情和思想吗?”④作为华裔她要遵守祖先创造的传统,但她不希望这些传统成为她进一步发展的阻碍。

黄玉雪开始到白人家里干活,她要靠自己独立完成大学的学业。在白人家里工作及和越来越多的白人接触,她感受到白人家庭自由宽松的氛围,注意到白人父母对孩子的尊重和赞扬、对孩子表达个人情感和创造力的鼓励和欢迎。而她的家庭不仅缺乏父母对孩子的鼓励和赞扬、缺乏情感表达的自由,而且在家庭中要受到种种限制和惩罚。在她看来,这是对比鲜明的两种完全不同的世界。她在白人世界接触到的价值观念和来自父

① 黄玉雪:《华女阿五》,张龙海,译,南京:译林出版社,2004 年版,第 18—19 页。
② 黄玉雪:《华女阿五》,张龙海,译,南京:译林出版社,2004 年版,第 13 页。
③ 黄玉雪:《华女阿五》,张龙海,译,南京:译林出版社,2004 年版,第 98 页。
④ 黄玉雪:《华女阿五》,张龙海,译,南京:译林出版社,2004 年版,第 99 页。

母的儒家价值观念发生了冲突。社会学课堂上社会学老师说的话最终使她的思想发生了彻底的改变,她开始质疑父母用中国的标准和观念教育在美国生活的女儿是否错了。她终于鼓起勇气转述了社会学老师的话,希望父母能够接触现代思想而改变行为方式,希望父母认识到每个孩子都是一个个体,父母不能要求孩子无条件地顺从,父母应该尽量地去了解他们孩子,因为孩子也有自己的权利。

白人家庭对情感、创造力和个体的尊重深刻地影响了黄玉雪,她强烈地渴望摆脱华人家庭和华人社会的种种禁锢,希望无论是男人还是女人、无论是年长者还是年幼者都能平等相待。她在努力追寻自我的同时也向往着自由和平等,而这对于一个生活在社会底层的弱势族裔女性又是何其艰难。她清楚地认识到,她无法轻易抛弃她的华人文化而用外国的思想取而代之,而且她也很快发现白人思想中的种种不足之处。在没有书籍也没有人指导和帮助的情况下,她努力在两种文化的拉力中保持平衡,采取儒家的中庸之道。她积极进取、力求独立、坚持个性,变得自信、明智。她通过自己的努力,获得加利福尼亚专科学校最优秀的女生的奖励,在毕业典礼上发言,赢得掌声,为父母增光,终于使他们肯定她、接受她,理解和宽恕她为寻找自己的生活模式所做出的努力。在白人朋友及白人老师的帮助和资助下,她进入米尔斯学院,在那里不断挖掘自己的潜能,培养了对音乐和制陶艺术的兴趣。对独立自我的不断追寻使她不仅能够在白人社会的工作中表现杰出,获得主持自由号舰下水仪式的特权,为整个家族、甚至整个唐人街增光,也使父亲第一次以真诚敬重的姿态向女儿伸手祝贺,她终于获得父亲的承认。即便在唐人街制卖陶器受到唐人街华人种种众议的时候,父亲也给予她默默的支持。对于这样一个努力在美国社会寻找自己的位置并终于找到了自我的华人女儿,黄父终于认识到重男轻女的观念对中国女性的伤害,认识到应该尊重女性的自由和个性。父亲最后说道:"在美国这里,允许妇女有其自由和个性,但愿我的女儿拥有这种机会。我希望有朝一日我可以宣布,通过自己的努力,我已经洗刷我们家女性原先所遭受的种种耻辱。"①

黄玉雪认为中国文化重视家庭、漠视个体,而美国文化凸现个性和自我。作为一个出生在美国的华裔,她一直努力在美国主流文化中建立独立的自我,而作为弱势族裔的女性,在美国主流文化中建立自我并非易事。

---

① 黄玉雪:《华女阿五》,张龙海,译,南京:译林出版社,2004 年版,第 227 页。

在白人男性的主流社会中，她不仅受限于女性的身份，而且受制于白人对华人的种族歧视。尽管在她23岁以前的成长过程中曾经受到许多白人的帮助，但她仍然感受到了主流社会对华人的偏见和歧视。上七年级时，白人男孩理查德目含恶意地骂她“中国鬼”“凭票取衣”[①]的“中国佬”。黄玉雪认为，这个白人男孩不仅成绩无法和她比，而且他的家庭教养也是一团糟。她的中国教养使她避开了白人男孩的挑衅，中国人容忍的独特意识也使她懂得“人们毕竟生下来各不相同，因此不应该对别人指手画脚，因为人人皆有其长处”[②]。中国灿烂的文化使她漠视来自白人的种族歧视。她认为生性愚蠢、冷漠的外国人不懂得尊重别人的“面子”和观点，而“世人皆知，中国拥有优秀灿烂的文化。她的祖先创造了伟大的艺术遗产，发明了对世界文明产生重要影响的东西——指南针、火药、造纸术，和其他许多重要发明”[③]。年幼的黄玉雪就已经知道如何善用中国文化的积极部分为自己赢得面对白人的不卑不亢的信心和勇气。长大以后，就业办公室人员建议她到华人的公司里找工作，提醒她作为华裔在美国会受到种族偏见。因为是华裔而不能和白人进行平等竞争的种族偏见使她愤怒，她认为身为华裔她有许多有利因素，她的生活有着极为丰富的文化内涵，她下定决心坚持自己的追求、坚持自己的信条，努力克服种族偏见的障碍，一定要在美国人的公司里找到自己的位置。结果，她不仅在美国公司找到了工作[④]，而且用自己的勤奋和才智证明她的中国血统和女性身份没有成为她的障碍，并因在旷工问题的征文比赛中获胜，为家族和整个唐人街增了光。黄玉雪通过在中美两种文化之间找到平衡点，汲取中国人的勤奋和智慧，利用美国人重视个体和独立自我的精神，在白人男性的主流社会中找到了自我，挣脱种族歧视和性别歧视带给她的限制。

尽管黄玉雪个人通过自己的努力克服了种族和性别的障碍，但她清楚

---

① “凭票取衣”指在华人经营的洗衣店里，送洗衣物的人领取一张票，到时凭票领取洗好的衣物。受制于白人的种族歧视，华人只能从事低人一等的洗衣业。被主流社会隔离、忙于谋生的华人几乎没有机会学到英语，他们只能从亲戚那里学到简单的英语，进行简单的交流，通常只是到唐人街的方向或从1到10的数字。因此，对前来领取衣物的白人，华人只会说“No tickee, no washee, no shirtee.”后来，白人常借此来贬低华人糟糕的英语，鄙视华人低下的地位。

② 黄玉雪：《华女阿五》，张龙海，译，南京：译林出版社，2004年版，第61页。

③ 黄玉雪：《华女阿五》，张龙海，译，南京：译林出版社，2004年版，第61页。

④ 黄玉雪虽然个人努力追求自我，善用两种文化中的积极部分建立自己在美国白人男性社会的独立人格，但不能忽略历史因素和战争原因。比如，黄玉雪1942年大学毕业后能够在白人的红十字会和造船厂里找到工作，客观上也因为当时战争正在进行，许多男人被送上战场，后方缺乏人力。

地知道，只要白人对中国文化存有错误的观念，华裔反对种族偏见的战斗就不会停止。黄玉雪在访谈录中指出："我意识到种族偏见，正是种族偏见促使我写书。我感到偏见产生于无知。"①所以，黄玉雪进行文学创作的目的是强烈地希望西方世界能够更好地了解中国文化，了解华人所做的贡献，从而能够认可华人的成就。自传《华女阿五》就是她个人为增进美国白人对华人的理解所做出的努力。于是在《华女阿五》中，黄玉雪详细地描写典型的美国华人社会的方方面面，包括华人的家庭观念、华人遵守的礼节、传统节日、结婚生子、殡葬仪式、中医中药及中国饮食，尤其是对各式中国菜的调料和配方等方面进行较为详细描写。黄玉雪以此向美国主流社会展现华人的文化，旨在揭开异国情调的神秘面纱，让白人认识到每个民族都有自己的文化，每种文化都有其积极和消极的方面。在受到白人文化教育之后，她能够重新认识和发现华埠：认真负责、充满自豪感的鞋匠，对世间万物都有自己的思考而且富有哲理思想的钟表店业主，表情善良、举止谦恭、具有职业道德的药铺店主，展现了完全不同于白人想象的华人社会和华人形象。

对一个人的评价不能脱离历史和时代因素。黄玉雪对中国饮食的详尽描写被认为是满足白人读者阅读需求、迎合白人读者的行为。金依莲指出，倡导亚裔美国人拥有亚洲文化和美国文化的独特结合观念的黄玉雪希望每个美国华裔都能像她一样在两种文化中获得"个人的平衡"，并希望吸纳两种文化的最优秀部分，可是这种最优秀文化的组合最终却是将思想、社会关系、创造性思维、脑力劳动、生活方式等西方文明的方方面面与中国的饮食和节日组合在一起，而饮食和节日远不是中国文明的最关键、最重要的部分。②这种指控当然在《华女阿五》一书中是真实存在的，但这种表象背后却有其深刻的原因。首先，这本自传不过是一个 26 岁的女性记述她 23 岁以前的经历，她接受了一定的西方教育，对西方文化的认知远远超过她在家庭中通过经营制衣厂的父亲和母亲所获得的中国文化，而且她所接触的中国文化仅仅是在日常生活中耳濡目染的中国文化，除了饮食、节日、仪式外，还能稍稍洞悉中国的儒家思想已实属不易，又怎能要求她抬出

---

① 张子清：《美国华人移民的历史见证——黄玉雪访谈录》，载黄玉雪《华女阿五》，张龙海，译，南京：译林出版社，2004 年版，第 233 页。

② Elaine H. Kim, Sacrifice for success: Second-generation self-portrait, in *Asian American Literature: An Introduction to the Writings and Their Social Context*, Philadelphia: Temple University Press, 1982:71.

中国博大精深的思想文化和西方文明抗衡呢？再者，中国饮食受西方人喜爱是众所周知的，黄玉雪以中国被认可的饮食文化为切入口，详尽介绍、解释中国的礼节等方面，减少美国人因为无知而产生的对中国人的偏见，并促使美国人认可华人的贡献和成就，这似乎也不失为一种智慧和贡献。

之所以黄玉雪引起了争议，另外一个原因是，《华女阿五》在出版时被编辑删除了一些黄玉雪自认为是个人化的东西，最后印出的自传只是原稿的三分之一。编辑取舍的过程实际上是对文本进行再表现的过程，可以说主流社会对主体表述的话语权进行了控制。而黄玉雪本人对这样大幅度的删减并未表示任何不满，她认为只要他们没有捏造，书中的每件事都是真的就行了。这种态度无疑是任由白人主宰而没有自我的行为，而这和她一直追求独立的自我是相矛盾的。但从当时的情境来看，相对于第一代华人的完全被消音，第二代华人在美国主流社会仍然是没有发言权的，直到20世纪60年代民权运动之后，美国华裔才逐渐得以发声，所以在从来没有从华裔女性视角发表过任何作品的40年代，这部作品得以以真实的而不是被主流社会捏造的面貌出现，已经是一次重大突破了。正如张子清所言，“在四十年代，美国没有多元文化的气候和土壤，黄玉雪竟然单枪匹马，成功地闯入美国文化和文学的禁地，我们对她还要求什么呢？”①所以，应该认为黄玉雪同意删减其中的大部分内容不失为一种“以退为进”的策略，某种程度上达成了黄玉雪让美国人了解中国文化的目的。

黄玉雪在美国主流社会中努力建立一个女性自我，也向我们提供了一种在两种文化中生活的态度。黄玉雪采取的态度就是平衡两种文化，努力汲取和吸纳两种文化的长处。这两种文化使她具有双重身份，双重身份带来的双重视野、双重传承使她感到她的人生更加丰富，她希望自己能够在这两种身份中坦然出入。在对子女的教育中，她也沿袭着这种态度和方式，她希望她的每个孩子都是“文明的、建设性的、创造性的、保守的不妥协者”②。

需要指出的是，对于以单身汉为主的华人社会来说，黄玉雪不仅父母

---

① 张子清:《华裔美国文学之母:充满传奇色彩的黄玉雪》,载《当代外国文学》,2003年第3期。

② 单德兴:《不是华人异乡客:黄玉雪访谈录》,载单德兴《对话与交流:当代中外作家、批评家访谈录》,台北:麦田出版社,2001年版,第117页。黄玉雪在访谈中对此做出了解释。“文明的”意味着要具有社交礼节;“建设性的”是指要为社会效力,成为贡献社会的一分子;“创造性的”是指要做某些新事;“保守的”意味着要珍惜传统;“不妥协者”意味着只有不妥协才能将事物进行新的组合,使世界产生新的事物。

都在美国，而且家里拥有小型制衣厂和八九个孩子，这与当时华埠的一般情形相差很大。正如单德兴所指出的那样，“若将黄玉雪笔下所呈现的旧金山华埠当成当时的通貌也很值得商榷”[1]。但是，如果我们持有的是一种客观的态度，我们会赞同张子清的说法：“如果我们不带偏见，深入了解她一生在文学与艺术上的奋斗及对待社会和人生的态度，就会发现她是一个值得美国华裔和中国人骄傲的文学家和艺术家。”[2]我们也会认为虽然不可否认主流社会参与了《华女阿五》的主体自我再现，一定程度上把握了表述主体的话语权，但这部自传从某种意义上“提供了对于华埠的修订式版本(revisionary version)”[3]，一定程度上增进了美国人对中国文化的了解，弥补了美国社会和历史中对中国认知的空白，促进了两种文化之间的相互沟通与了解；作为较早努力增进美国对中国了解的自传体小说的作家和美国华裔作家的先驱者之一，黄玉雪始终应该在亚裔美国文学领域占有一席之地。我们也会客观地思考美国白人批评家杰夫·特威切尔-沃斯对《华女阿五》所做的评价：“半个世纪以后，我们再来评价《华女阿五》，把它看作一部历史著作，它表达了对美国的理想化，而当下的华裔美国作家对此却难以苟同。该书注重在迥异的文化之中看到具有积极意义的相同方面，旨在促进美国白人主流社会对华人的理解和同情，向白人表明华人如何适应美国主流社会的价值观念。当前美国社会的倾向是坚持民族多样化和个性多样化，而不主张原来的大熔炉理论。如今我们要更复杂地看待中美文化，无论是中国还是美国，我们要仔细分析它是不是仍然代表《华女阿五》所描写的单一文化价值观念。”[4]

---

① 单德兴：《想象故国：华裔美国文学里的中国形象》，载单德兴《铭刻与再现：华裔美国文学与文化论集》，台北：麦田出版社，2000 年版，第 185 页。

② 张子清：《华裔美国文学之母：充满传奇色彩的黄玉雪》，载《当代外国文学》，2003 年第 3 期。

③ 单德兴：《想象故国：华裔美国文学里的中国形象》，载单德兴《铭刻与再现：华裔美国文学与文化论集》，台北：麦田出版社，2000 年版，第 184 页。

④ 引自杰夫·特威切尔-沃斯对黄玉雪《华女阿五》所作的序，张子清，译，载《华女阿五》，张龙海，译，南京：译林出版社，2004 年版，第 6 页。

第二节　“女勇士”与美国华裔女性主体建构

独处之时，我并不察觉自身的种族或自身的性别，此二者皆需经由社会脉络而加以定义。①

——汤亭亭

汤亭亭无疑是自20世纪70年代后期以来美国华裔作家群中最令人瞩目、最具影响力的人物，被认为是亚裔美国文学的领军人物和代表人物。其作品《女勇士》（1976）、《中国佬》（1980）和《孙行者》（1989）在美国获得了各类文学奖项，受到美国主流学界的重视和关注。《女勇士》不仅被译为中文、瑞典文、法文、荷兰文和意大利文，而且成为美国大学甚至高中文学课堂中最常用的文学教材，汤亭亭也被认为是当今在世的美国作家中作品在大学被讲授最多的一位。②根据汤亭亭本人及其访谈者的说法，汤亭亭的作品不仅成为文学研究领域的重要文本，也成为美国研究、人类学、民族学、历史学、妇女研究、黑人研究等领域的重要研究对象。③汤亭亭的作品不仅被用作文学教材，也被频繁地收录美国主流文学选集：在艾略特（Emory Elliot）主编的具有深远影响的《哥伦比亚版美国文学史》④（1988）中多处提到汤亭亭的作品；劳特（Paul Lauter）主编的《希斯美国文学选集》（1990）也将《女勇士》中“白虎山学道”一章收录其中；在伯科维奇（Sacvan Bercovitch）主编的《剑桥美国文学史》（1999）第七卷中也探讨了汤亭亭的作品和创作思想。亚裔/华裔美国作家的作品也因此第一次闯入一直被白人男性掌控的主流文学领地。林涧指出，“在多元文化研究、跨国文化研究以及后现代和后殖民理论中，汤亭亭依然是所有性别和种族的学者、教师

---

① 转引自张小虹：《独角戏：<猴行者>中的性别越界》，载何文敬主编《第四届美国文学与思想研讨会论文选集：文学篇》，台北：中国台湾研究院欧美研究所，1995年版，第295页。

② 见单德兴：《追寻认同：汤亭亭的个案研究》，载单德兴《铭刻与再现：华裔美国文学与文化论集》，台北：麦田出版社，2000年版，第157页。

③ 见单德兴：《追寻认同：汤亭亭的个案研究》，载单德兴《铭刻与再现：华裔美国文学与文化论集》，台北：麦田出版社，2000年版，第158页。

④ 《哥伦比亚版美国文学史》被认为是自史毕乐主编的《美国文学史》（Robert E. Spiller, *Literary History of the United States*, 1948）以来近40年来最具代表性的美国文学史，荣获1989年美国国家书奖（National Book Award）。该书得到后现代主义的启发，呈现多元的美国文学史观。

最感兴趣的、有影响的、具有启发性的研究对象”①。日裔诗人加勒特·洪果(Garrett Hongo)认为《女勇士》所取得的文学成就在亚裔美国文学史上是空前的,“《女勇士》打破了关于女子属性和华裔美国女子属性的极度沉默,在出于对民间传说、家史和个人沉思所想象出来的历史和神话的‘他者’之中重新排列了民族和性别的位置”②。张子清认为,汤亭亭是最具实力的“女性主义作家”,她“不但为被消音了的无名女子争得发言权,而且使女子成为道德的楷模、冲锋陷阵无往而不胜的勇士和英雄”③,甚至“可以毫不夸张地说,华裔文学近年来在美国声誉日隆,与汤亭亭取得的文学成就密不可分”④。

汤亭亭在通俗的文学市场和严肃的文学研究领域受到瞩目,这当然与20世纪后半期美国黑人民权运动所引发的种族平等和性别平等的诉求密切相关,受到女权主义运动的有力支持,汤亭亭的《女勇士》对种族平等和性别平等的追求抓住了时代精神。再者,20世纪70年代开始涌现的多元文化主义思想使美国承认并接纳多元文化,汤亭亭的作品适逢接纳多元文化的契机。但也有学者认为,汤亭亭的作品被选入经典,是凭借了少数族裔的标签、作为少数族裔的代表被象征性地点缀于重新编写的美国文学史中,而不是凭借其作品本身所具有的文学价值。单德兴虽然没有否定汤亭亭作品的文学价值,但他认为汤亭亭成功的一个重要因素在于“身为作家的汤亭亭善于利用个人特殊的双文化背景(bicultural background),以主流社会的语言(英文)来运用/据用、转化、改编、重组甚或扭曲主要是听自母亲的、具有异域色彩的‘故事’……换言之,相对于美国白人男性霸权的主流社会及文学典律,汤亭亭的作品提供了异域、异族、异性、异文化的色彩”⑤。此外,汤亭亭也受到赵健秀最严厉的批判。赵健秀辛辣地批评汤亭亭在《女勇士》中选择了对女权的要求而不是对种族地位的要求,还指责汤

① 林涧:《华裔作家在美国文坛的地位及归类》,戴从容,译,载《复旦大学学报:社科版》,2003年第5期。

② 转引自张子清:《与亚裔美国文学共生共荣的华裔美国文学(总序)》,载汤亭亭《中国佬》,肖锁章,译,南京:译林出版社,2000年版,第10页。

③ 张子清:《与亚裔美国文学共生共荣的华裔美国文学(总序)》,载汤亭亭《中国佬》,肖锁章,译,南京:译林出版社,2000年版,第11页。

④ 张子清:《华裔美国文学(总序)》,载汤亭亭《女勇士》,李剑波,陆承毅,译,桂林:漓江出版社,1998年版,第4页。

⑤ 单德兴:《追寻认同:汤亭亭的个案研究》,载单德兴《铭刻与再现:华裔美国文学与文化论集》,台北:麦田出版社,2000年版,第158—159页。

亭亭背叛中国文化，迎合西方贬低中国男子气概的那些刻板模式；汤亭亭改写的“花木兰”的故事是为了讨好白人而对中国文化遗产进行的亵渎，并认为汤亭亭、谭恩美、黄哲伦等备受美国主流文化推崇的华裔作家的写作是美国主流文化长期熏陶下的“东方话语”的反映，他们以个人的经验写作扭曲了中国和美国华裔的历史并强化了美国主流社会对华裔的概念化形象。中国学者赵文书认为：“以汤亭亭的《女勇士》为代表的华美女性主义文本中基本上没有反抗种族歧视的内容，而且对性别歧视的批判局限于中国社会和中国文化对女性的压迫，对美国主流社会中的性别歧视却语焉不详。这样的女性主义虽然出自第三世界的少数族裔之手，但采用的是第一世界的主流女性主义立场，与东方主义形成了共谋，实际上是一种女性主义东方主义。”①

汤亭亭的《女勇士》之所以受到赵健秀严厉批判，除了汤亭亭对“花木兰”等中国传统故事的改编外，另一个重要原因是美国文坛接受汤亭亭作品的方式，即出版商将《女勇士》定为非小说/传记出版，把《女勇士》作为基督教传统下的女子的自传来接受。赵健秀认为，如果《女勇士》被当作小说出版，他会对之加以赞扬，但作为自传出版，他就不能置之不理了。因为他认为自传是基督徒的文学形式，是基督教的文学武器，华人的自传作品等于是屈服于白人的权威。张琼惠指出：“自传之所以成为批评的标的，原因在于自传本身隐含着一种使命：自传是事实的再现，自传里写的都是真实的事情。大部分弱势族裔作家的作品常被当作文化指南来阅读，或是一般读者往往预设弱势族裔作家只擅长写本身独有的族裔经验。因此，弱势族裔作家常被迫写一部以族裔文化为卖点的作品，为自己在文坛上谋求一席之地。但讽刺的是，读者若想从这些弱势族裔作家的作品中采购文化，能让他/她看上眼的，往往只是那些已经由宣传媒体灌输到他/她脑子里的刻板印象。”②这也是为什么汤亭亭的白人编辑坚持将汤亭亭构思为小说的作品以自传的形式推向美国的文学市场。《女勇士》的自传归类致使许多美国评论家拿《女勇士》与他们心目中异国情调的、不可思议的神秘东方的刻板模式相比。对此汤亭亭在《女勇士》发表后曾撰写文章指出，为她撰写书评的评论家对她的赞扬没有赞对地方，她认为他们不熟悉渗透《女勇士》

---

① 赵文书：《华美文学与女性主义东方主义》，载《当代外国文学》，2003 年第 3 期。

② 张琼惠：《从‘我是谁’到‘谁是我’：华美自传文学再现》，载何文敬、单德兴主编《再现政治与华裔美国文学》，台北：中国台湾研究院欧美研究所，1996 年版，第 72 页。

一书中的许多历史、文化和社会背景，导致她的作品被美国批评家误读。[①] 关于为什么主流文坛坚持将《女勇士》归类为自传作品，林涧在其《华裔作家在美国文坛的地位及归类》一文中指出，美国文学批评传统中存在性别和体裁归类上的等级之分：悲剧被认为是高级体裁，喜剧是低级体裁；长篇小说是主要体裁，短篇故事是次要体裁；女性文学是家庭小说或感伤文学，奴隶的故事是没有任何艺术性的自传；艺术性小说或先锋派文学属于“高级”的现代派，少数民族作家的作品属于下等社会的读物；后现代小说是以欧洲为宗主的、精英派的男性体裁，“讲故事”（talk story）则是源于部落文化的口头历史，神父的话则是逻各斯和清规戒律。[②] 在这样的传统中，汤亭亭的作品只能被归类为自传了。除了种族和性别的原因外，经济法则也在操纵着文学市场的文学归类，美国读者所能接受的华裔作家的作品只能是具有异国情调的自传，这符合他们头脑中有关东方的幻想。《女勇士》因为以非小说类作品出版而赢得了非小说类的全国书评奖。对此，林涧指出，如果《女勇士》以小说类作品的名义出版，是否会得奖就是一个疑问了。汤亭亭原本构思为小说的作品被以非小说类体裁出版，这种被迫的情境也充分体现了弱势族裔作家、尤其是弱势族裔女性作家在美国主流文学和文化中的无权状态。

汤亭亭的第二部作品《中国佬》仍被归为非小说类作品出版，也因此获得全美最佳图书奖。《女勇士》和《中国佬》虽然以非小说类出版，汤亭亭却能够“以退为进”，在非小说类的作品中融进虚构的成分，打破虚构与非虚构的界限，混合虚构与非虚构的形式，具有跨文类书写的特质。汤亭亭从不坚持文类的纯净，这不仅使她作品的文类属性问题成为批评家们探讨的焦点，也引发主流学界对自传文学传统以及跨文类问题的思考，打破传统的归类观念。此种华裔女性的“低级”自传竟出乎所料地不仅在女权主义批评界引起强大反响，而且成为美国学院建制的文学课堂讨论的经典、倍受评论界重视的文学作品，汤亭亭也因此闯入美国主流文学领域并逐渐

---

① 针对美国评论家对《女勇士》中许多历史、文化和社会背景的模糊不清，汤亭亭指出：使作品明白易懂、能被接受并不意味着要放慢故事的进程、在作品中加入一些无聊的讲解。那些能够帮助理解作品的背景知识是可以在百科全书、历史学、社会学、人类学和神话中找到的。她语出尖锐地指出“我不是在撰写历史或者社会学著作，而是在写一部像普鲁斯特的名篇那样的‘回忆录’……有些读者应该读一些背景资料”。见萨克文·伯科维奇：《剑桥美国文学史：散文作品 1940—1990 年》，孙宏，等译，北京：中央编译出版社，2005 年版，第 576 页。

② 林涧：《华裔作家在美国文坛的地位及归类》，戴从容，译，载《复旦大学学报：社科版》，2003 年第 5 期。

在美国主流文坛站稳脚跟。1989 年,汤亭亭的《孙行者》终于被出版商以长篇小说类的“高级”题材出版,并以其作品中体现的后现代派美学进入向来由主流男性作家所霸占的后现代派小说领域。汤亭亭认为,她的写作探讨了一种以前没有进行过足够描述的文化,她的写作方式促使美国华裔的作品“被当成文学作品严肃以待,而不只是当成人类学、娱乐之作、异国情趣”①;她的读者可以是“任何人”,因为她是在为现在的和将来的所有人写作,世世代代的人都将是她的读者大众。②

对《女勇士》种族歧视和性别歧视性质的体裁归类不仅忽视了《女勇士》女权主义的叙事立场,也很大程度上造成了对《女勇士》的误读。美国评论界将《女勇士》误读为一个华裔女子对中国家长制、父权制及美国国内华裔男性的反抗。林涧指出:“在有关亚洲女性的固定模式中,美国媒体最偏爱的形象便是倍受中国父权制‘龙’的压迫而唯命是从的‘奴隶’和‘小老婆’。这种固定的模式向来是为主流社会的社会经济利益及其反华、排华的军事和政治目的服务的。”③《女勇士》初版的封面采用了一个被巨龙缠身的东方魔女形象,而出版商竟然以这种形象把《女勇士》作为自传推向文学市场,白人读者如何解读《女勇士》由此可见一斑。所以,以赵健秀为代表的美国华裔对《女勇士》的批评不是针对《女勇士》作品本身,而是抗议美国主流媒体对《女勇士》的归类和主流文坛对《女勇士》的评论。

汤亭亭最初将《女勇士》的初稿命名为《金山女人》,旨在塑造在加利福尼亚的美国华人移民女性的英勇形象,但熟谙美国文学市场和中美关系史的编辑查尔斯·艾略特却建议汤亭亭将原来的标题改为易于被美国读者接受的、神秘的、带有异国情调的、类似东方龙女的标题:《女勇士:一个生活在群鬼间的女孩的童年回忆》(*The Woman Warrior: Memories of a Girlhood Among Ghosts*),此具有耸人听闻意味的标题完全掩盖了汤亭亭的女权主义叙事立场,极易将读者引向对这部作品的误读。对这个经白人之手被篡改的标题,林涧尖锐地讽刺道:“考虑到此后这个标题在女权主义批评界所引起的压倒一切的反响,以及此后女权主义作品对这个标题的广泛

① 单德兴:《文字女战士:汤亭亭访谈录》,载单德兴《对话与交流:当代中外作家、批评家访谈录》,台北:麦田出版社,2001 年版,第 137 页。

② 萨克文·伯科维奇:《剑桥美国文学史:散文作品 1940—1990 年》,孙宏,等译,北京:中央编译出版社,2005 年版,第 575 页。

③ 林涧:《华裔作家在美国文坛的地位及归类》,戴从容,译,载《复旦大学学报:社科版》,2003 年第 5 期。

使用，公正地说，艾略特的这个标题实在是非常精彩。”[①]鉴于标题中的“鬼”使用的是复数，而且汤亭亭在书中提到美国各式各样的鬼[②]，所以副标题中的“鬼”不仅指的是西方读者期待的中国“鬼”。如果中国的“鬼”指的是经由母亲传递给汤亭亭的代表中国传统的精神和人物，那么各式各样的美国的“鬼”则代表的是美国白人主流社会，因此一个生活在中国“鬼”和美国“鬼”中间的女孩势必要“游移/游离”[③]于中美两种文化之间，势必要面对以前重男轻女时中国传统及美国白人男性主流社会的种族歧视和性别歧视，换言之，要面对来自两种文化霸权的性别歧视和种族歧视。单德兴指出，“这种游移/游离状态具现了她身为美国华裔女子的处境，以及在一连串事件中摸索、建立自我的努力”[④]。美国批评家屈夫认为，尽管美国普通读者把《女勇士》当作具有异国情调的“中国”的书来阅读，但是“汤亭亭本人强调了一个明显的事实：她是美国人，因此这是一本美国书。出现在书中的与中国有关的故事是汤亭亭母亲和其他华人告诉她的故事，再经过她年轻的心灵的重述和润色而产生的。所以，这本书写的不是关于中国人的故事，而是美籍华人的故事。”[⑤]作为在美国出生的华人后代，汤亭亭既不可能完全接受由母亲传递给她的对她来说来自遥远世界的中国传统，也不能轻易适应以白人为主流的美国社会，因此无论是中国“鬼”还是美国“鬼”对她来说都不能代表她自己，她要在这两类“鬼”之间努力寻找和创造她个人意义上的自己。从这种意义上说，这个经白人之手被篡改的耸人听闻的标题竟意外地传达了汤亭亭的创作意旨。所以，屈夫建议我们最好接受该书副标题的暗示。

正如《女勇士》的副标题所暗示的那样，《女勇士》记述的是一个华裔

---

① 林涧：《华裔作家在美国文坛的地位及归类》，戴从容，译，载《复旦大学学报：社科版》，2003 年第 5 期。

② 汤亭亭在书中写道：“不过美国也到处是各式各样的机器，各式各样的鬼——的士鬼、公车鬼、警察鬼、开枪鬼、查电表鬼、剪树鬼、卖杂货鬼。曾几何时，世界上充满了鬼，我都透不过气来，我都无法迈步，总是摇摇晃晃地绕过那些白人鬼和他们的汽车。也有黑人鬼，不过他们的眼睛是睁开的，笑容满面，比白人鬼要清晰可亲些。”见汤亭亭：《女勇士》，李剑波，陆承毅，译，桂林：漓江出版社，1998 年版，第 88 页。

③ 单德兴：《想象故国：华裔美国文学里的中国形象》，载单德兴《铭刻与再现：华裔美国文学与文化论集》，台北：麦田出版社，2000 年版，第 194 页。

④ 单德兴：《想象故国：华裔美国文学里的中国形象》，载单德兴《铭刻与再现：华裔美国文学与文化论集》，台北：麦田出版社，2000 年版，第 194 页。

⑤ 屈夫对《女勇士》一书撰写的“译序”，载汤亭亭《女勇士》，李剑波，陆承毅，译，桂林：漓江出版社，1998 年版，第 8 页。

女子如何在中国封建父权传统和美国主流社会的双重宰制下以坚强的勇气和决心努力寻求自我。全书共计五章，分别是“无名女子”“白虎山学道”“乡村医生”[①]“西宫门外”“羌笛野曲”。英文版原文每章中以特别大写的英文单词的首字母和空行作为中国部分与美国部分的区分。如果说中国的故事着重于汤亭亭的想象，那么美国部分的故事则着重于汤亭亭在美国成长的实际经历。贯穿这两部分的是汤亭亭作为从小游移/游离于想象与现实、中国传统和美国社会之间的华裔美国人，始终探寻对自我的认知，即到底什么是华裔美国人、作为华裔美国人意味着什么的深刻内涵。

全书始于母亲口述姑姑有辱家门的故事：姑姑在姑父赴美之后受诱惑或胁迫以致怀孕并最终携婴儿投井自杀。母亲的这个故事目的在于警戒处于青春期的女儿严守贞节以免有辱家门，和无名姑姑一样遭遇被除名的惩罚。为了防止家丑外扬，母亲要求女儿不得将她所讲的话告诉任何人。一般的认识中，女性通常是男性作家的小说中被描写、被呈现的客体，汤亭亭却违反母亲“不许说”的禁令，以母亲讲述的无名姑姑的故事为素材和创作动力/动机书写原本只是口耳相传的故事，这种主动的书写行为“明显具有追求自我认同、突破传统压制的践行效用”[②]。汤亭亭写道：“旧中国的女人没有选择。”[③]姑姑没有选择婚姻的自由，她的婚礼不过是为了让赴美的男人能够回乡负责而突击举办的一个婚礼，她的丈夫在新婚几天后就启程到美国去了，她也许会像大多数的金山客的妻子一样终身等候丈夫归来。她也无权选择不失去贞节，因为令她失贞的男人是命令她和他睡觉的，或许还对她进行了恐吓，而她只能顺从，因为旧中国的女人顺从惯了，另一个男人和她的丈夫相比，区别毕竟不算很大，他们俩都是他下命令、她服从。[④]被男人恐吓、威胁而失去贞节的她不仅遭生孩子的罪，而且要受到村民们的指责和袭击，或许发动袭击的正是那个令她失去贞节的男人，而

---

① 英文 shaman 一词意为“僧人，巫医”。李剑波和陆承毅二人将第三章 Shaman 译为“乡村医生”。单德兴认为，“乡村医生”的译法较为平淡。单德兴则采用吴企平的译法，将之译为“道姑”。单德兴提及其论文《说故事与弱势自我之建构：汤亭亭与席尔柯的故事》审查人之一根据汤亭亭在该章刻画的英兰是一个勇敢的女中豪杰形象，认为译为“医僧”更形象。见单德兴：《说故事与弱势自我之建构：汤亭亭与席尔柯的故事》，载单德兴《铭刻与再现：华裔美国文学与文化论集》，台北：麦田出版社，2000 年版，第 127 页。

② 单德兴：《说故事与弱势自我之建构：汤亭亭与席尔柯的故事》，载单德兴《铭刻与再现：华裔美国文学与文化论集》，台北：麦田出版社，2000 年版，第 144 页。

③ 汤亭亭：《女勇士》，李剑波，陆承毅，译，桂林：漓江出版社，1998 年版，第 5 页。

④ 汤亭亭：《女勇士》，李剑波，陆承毅，译，桂林：漓江出版社，1998 年版，第 5 页。

她竟到死都保全了他的名声，一直保持沉默，没有说出那个男人的名字。或许姑姑并不是出于被迫，而是有一段不平凡的爱情，那么竟然敢把自己的头发梳得与众不同、竟然敢背着乡亲们有自己隐秘的私生活、竟然敢有与众不同的自我的她也一定会受到乡亲们的惩罚。无论是受到胁迫还是拥有“危险的”自我，失去贞节的女人都是有罪过的，从来没有选择的权力的女人最后勇敢地选择了死亡，以死亡和男尊女卑的封建社会文化传统进行对抗。在中国的传统中，女子的贞节至关重要，姑姑的不贞行为遭到村民们群体围攻的惩罚。但在汤亭亭看来，对姑姑“真正的惩罚不是村民们的突然袭击，而是全家人故意要把她忘掉”[①]。姑姑的不贞行为使她终至在家族中缺席，而令她失贞的男人却没有受到任何惩罚。女性的无权和受压制终于激发汤亭亭违反母亲“不许说”的禁令，成为家族中第一个肯为姑姑破费纸张的人，以书写“报道/报复”[②]女性所受到的歧视和压制，她的报复不是砍脑袋、挖心肝，她只是要进行“报道”，以此“自报家丑”的违抗行为打破女性的沉默、挣脱中国传统社会对女性的桎梏，从而建立女性独立的自我。

汤亭亭在“白虎山学道”的一开始便发出了具有女权主义意味的、挑战性的宣言：“当我们中国姑娘听大人讲故事的时候，我们了解到长大了不过当当别人的妻子或用人，那真是我们的失败。我们可以当巾帼英雄、女剑客。”[③]汤亭亭从母亲讲的中国故事中得到启发，想象自己成为花木兰式的女英雄，进而把自己要成为巾帼英雄的愿望投射到这位女英雄身上，并在投射的同时对中国传统中的花木兰进行了创造性地转化。首先，将原有《木兰辞》中强调尽忠尽孝的主旨转换为抗议男性社会之不公的女性主义的神话建构。其次，将岳母刺字的故事和花木兰的故事进行合并，铭刻者由“母刻子”转变为“父刻女”，铭文由忠君报国变为报复父权社会对女性的压制与歧视。对此，汤亭亭解释道：“我要表现女人的力量，用男子的力量去增加女子的力量。如果女子知道男子汉大英雄有故事，那她就必须有

① 汤亭亭：《女勇士》，李剑波，陆承毅，译，桂林：漓江出版社，1998 年版，第 14 页。

② 单德兴指出，汤亭亭根据中文的“报”字大做文章，故意把“报道”和“报复”混为一谈，以借文字报道罪行的方式达到报复的目的，即以“报道来报复”（“The reporting is the vengeance—not the beheading, not the gutting, but the words.” Maxine Hong Kingston, *The Woman Warrior*, New York: Vintage, 1989: 53.）。见单德兴：《华裔美国文学里的中国形象》，载单德兴《铭刻与再现：华裔美国文学与文化论集》，台北：麦田出版社，2000 年版，第 193 页。

③ 汤亭亭：《女勇士》，李剑波，陆承毅，译，桂林：漓江出版社，1998 年版，第 16 页。

自己去借用男子汉的能力和理想，这样她才变得强大。为此我把男子故事和女子故事融合在一起了。"[①]再者，汤亭亭增加了花木兰被鸟儿召唤进山修炼、师从一对神仙夫妇习武的经过，以及花木兰从军遇到丈夫并在军营中生子的情节及她在战神关公的帮助下砍了皇帝的头、杀了恶霸而终于报仇的结局。汤亭亭对花木兰故事转化有意凸显武功、性爱、复仇等内容。张敬珏认为，"既然军事的、性的、文字的力量传统上都是男人的特权，因此这个幻想使汤亭亭能以不同于流俗、传统的方式来肯定自己"[②]。

汤亭亭视花木兰为极少数超脱传统中国性别观念束缚的女性，幻想自己能够成为女勇士花木兰。可是在现实的生活中，作为在美国出生的华裔女子，她不仅要面对来自白人主流社会的种族歧视，而且要面对一定程度上依然留有父权社会价值观念的华人社会里的性别歧视。她虽然没有成为幻想中花木兰一样的女勇士，但面对来自两种文化霸权的性别歧视和种族歧视时，她不是逆来顺受的旧中国女性，而是从花木兰身上获得了反抗力量的华裔女性。听到父母和华侨邻居说"养女好比养牛鹂鸟"，她就会"满地打滚，高声哭叫，一句话也说不出来，想止也止不住"[③]。在听到他们说"女孩子就是爱使坏""养女等于白填""宁养呆鹅不养女仔"之类的话时，她会哭个不停；母亲恐吓她说再哭就揍她一顿，并会骂她是"坏丫头"，她常常会高声反抗说"我不是坏丫头。我不是坏丫头"。[④]重男轻女的观念使汤家父母因为没有男孩而在华人面前倍感惭愧，弟弟出生后就开始享受种种优待，汤亭亭对此质问道："我生出来的时候，你们也用鸡蛋在我的脸上滚过吗？""也给我过满月吗？""是不是也弄了那么多彩灯？""也把我的照片寄给奶奶了吗？""为什么没寄？""就是因为我是女的？这就是原因？""为什么不叫我学英语？""我在学校里挨揍你高兴，是不是？"[⑤]于是，重男轻女的大伯死了，她感到高兴；对于女孩胳膊肘朝外拐，门门功课都得A不是为了父母而是给未来公婆家带来好处的说法，她的反抗就是再也不拿A，也不打算嫁人，要向父母和那些爱管事的邻居们证明女孩不是胳膊肘朝

---

① 张子清：《东西方神话的移植和变形：美国当代著名华裔小说家汤亭亭谈创作》，载汤亭亭《女勇士》，李剑波，陆承毅，译，桂林：漓江出版社，1998年版，第193页。

② 单德兴：《钩沉与破寂：张敬珏访谈录》，载单德兴《对话与交流：当代中外作家、批评家访谈录》，台北：麦田出版社，2001年版，第214页。

③ 汤亭亭：《女勇士》，李剑波，陆承毅，译，桂林：漓江出版社，1998年版，第42页。

④ 汤亭亭：《女勇士》，李剑波，陆承毅，译，桂林：漓江出版社，1998年版，第42页。

⑤ 汤亭亭：《女勇士》，李剑波，陆承毅，译，桂林：漓江出版社，1998年版，第42页。

外拐的；她不会自称“奴家”，因为她认为那是在诋毁自己；她宁愿去伐木也不愿干女人干的洗碗做饭一类的活。美术用品商店的白人老板叫她“黄鬼”，她会小声嘟囔进行反抗，因为她不喜欢被歧视地叫作“黄鬼”。在一家土地开发公司工作时，她拒绝给对种族平等大会和有色人种协会组织的罢工表示不屑的老板打请柬，尽管她的反抗不够坚决，但她还是发出了反抗的声音，这表明她已经逐渐开始确立自己作为一个华裔女性的女性意识。

汤亭亭的母亲勇兰年轻时干练坚毅，勇敢地追求自我发展，敢于突破社会给她划定的界限，在丈夫赴美淘金后，她进学堂学医，勇敢地大闹“鬼屋”，成为一名乡村医生后更四处奔走行医救人，是一个不遵循传统、有着强烈的女权主义色彩的勇敢女性。移居美国后，虽然勇兰依然充满自尊与自信，并能在恶劣的异域环境中尽其所能地发挥自我、影响并教育子女，但在接受美国教育的女儿心目中，她的中国式经验在美国环境中是行不通的，而且她的一些举止言行会让女儿觉得不可接受、不可理喻，甚至觉得羞愧、难堪[①]，因此在女儿的心目中，在美国的这位中国母亲只是一个普通人而绝不是英雄。和所有移民家庭一样，汤亭亭和母亲之间充满矛盾：一方面她佩服母亲的勇敢和自信（主要是年轻时候的母亲）并从母亲所讲述的故事（尤其是花木兰的故事）中获得力量，帮助她面对并通过个人成长过程中的诸多考验和挑战；另一方面，她对母亲的言行举止有诸多的不满[②]，甚至感到难以忍受，尤其母亲那些陈旧落伍、迷信保守的观念更令她感到疏离和厌恶，这些观念和行为成为她反抗的对象。

真正促使汤亭亭从沉默中走出来、进行坚决反抗的是姨母月兰的经历。姨母月兰保有中国传统女性的含蓄退让、谦虚隐忍，缺乏勇气和自我认知，软弱的她不仅遭到丈夫的遗弃，失去了妻子的身份和权利，也无法适应美国的生活，最终精神失常，死在疯人院里。姨母的经历使她认识到，一个人没有了自我可能会导致发疯。母亲认为，疯子和正常人的区别在于，正常人讲的故事会不断有新花样，而疯子总是翻来覆去地重复一段故事，而她认为：“讲不讲话是正常人与疯子的区别所在。疯子从来不会解释自

---

① 比如，女儿根据美国的行为准则，认为母亲在公共图书馆和电话里大嚷大叫是很不雅的。又如，母亲对药店的伙计将送给病人的药错送到她家一事不依不饶，认为是对她家的诅咒，她不仅要求女儿让药店的人承认自己的罪孽、索要糖果作为补偿，而且让女儿托着臭烘烘的香炉绕着柜台走，时而端向药师，时而晃向顾客，还往药师身上泼狗血，这种种行为都让女儿不能接受甚至难以忍受。

② 母亲令女儿不满的言行中最明显的就是母亲要求女儿“不许说”的禁令，而这条禁令反而激发了她进行创作。

己的行为。有许多这样的疯姑娘和疯女人。"[①]每家都得有个疯女人，而她就是她家的疯女人。在女性主义批评中，疯女意象被视为一种复杂的女性文学策略，被认为是女性自我的化身或复写，是一种文化范畴而非生理现象。吉尔伯特和格巴在《阁楼中的疯女人》中指出，女性作家小说中的疯女意象就是叛逆的作家本身，它含载着女性作家本人的焦虑与愤怒及女性作家自身所独有的破碎感觉和自卑情结。[②] 女性作家把自己的愤怒和不安投射到疯女意象中，这种愤怒和焦虑隐含着女性主体意识的暗涌，表明她们要在自我分裂中试图冲破父权的压制。汤亭亭的疯女意象的书写表明她本人决定不再沉默，努力追寻她作为一个华裔女性的自我。

在一次强迫和她一样沉默不语的华裔女孩谈话以后，她病倒在床上18个月。但在这之后，她开始说话，开始解释自己的行为和想法。"也许正是因为我的舌筋被割活泛了，我在心里想出了大约200件事想对母亲讲，那样她就会真正了解我，我的喉咙也不会憋得痛了。"[③]她相信，只要母亲真正了解她，母亲乃至世界都会喜欢她，她就永远不会孤立了。在和母亲因为一个智力迟钝的华人男孩发生争吵的那一次，她终于把压在心中的话如火山爆发般地全部发泄出来：

> 我可能又丑又笨，可有一条，我反映不迟钝。我的大脑没问题。你们知道洋鬼子老师是怎么说我的吗？他们说我很聪明，我能获得奖学金，我能上大学。我已经申请了。我聪明，样样都能干。我知道怎样考试得A。他们说只要我努力就可以当科学家、数学家。我能自己谋生计，自己照顾自己……我做洋鬼子的事情甚至比洋鬼子做得还好。并不是所有的人都认为我是废物。我不想去当女仆或主妇……我要离开这里。再在这里住下去我受不了。我说话古怪是你们的错。我幼儿园不及格，唯一的原因是你们不能教我英语，你们给了我零智商。现在人们都说我聪明了。在学校里我能做好一切……我要离开这里。上了大学我可以交我喜欢的人做朋友……我要上大学，我不再去华人学校了。我要在美国学校里争取个职务……我也不想再听你们的故事了，没有一点逻辑，把我搞得糊里糊涂。你们讲故事的时候

---

① 汤亭亭：《女勇士》，李剑波，陆承毅，译，桂林：漓江出版社，1998年版，第169页。

② 见林幸谦对"疯女"和"疯狂复本"的解释。林幸谦：《女性主体的祭奠》，桂林：广西师范大学出版社，2003年版，第302页。

③ 汤亭亭：《女勇士》，李剑波，陆承毅，译，桂林：漓江出版社，1998年版，第180页。

骗人,你们讲完了故事从不说:‘这是真事。’或者‘这只是编造的故事。’我真假难辨。我甚至不知道你们的真名实姓,不知道哪个是真名哪个是假名。哈!你们不能不让我讲话。你们曾想割我的舌头,那也无济于事。①

她要离开家,她要按照自己的逻辑去看外边的世界。她懂得一切神秘的事物都有待解释,再没有什么鬼怪。虽然对于自己的身份和传统仍然有许多疑问,但她会通过查书来弄懂一些事情。她要获得独立,但她的独立不是要和母亲断绝,她要按自己的方式和母亲共讲一个故事,母亲讲故事的前半部分,她讲故事的后半部分;她和母亲讲的故事既是两个独立的部分,又是一个彼此连接的整体。作为一个美国华裔,她的身上融进的是两种文化,但她既不想受到中国封建传统中男尊女卑观念的束缚,也不想受到白人主流文化的歧视。她的身份就是一个兼具两种文化的美国华裔。她和她身上的两种文化就如同蔡琰和她的歌:被流放、压抑以致沉默的蔡琰终于在自己的歌声中找到了自我。她的歌声是两种不同文化的融合,在她歌唱中国和中国亲人的汉语歌声中,匈奴人也能听懂其中的悲愤和感伤,他们甚至觉得歌声中有匈奴词句,唱的是他们漂泊不定的生活。

汤亭亭从女性主义立场出发,利用并创造性地转化中国的传统文化资源,为在美国的华裔女性代言,把美国华裔女性塑造成具有女性意识的勇敢女性,解构了美国主流文化中对华裔女性的丑化和侮辱。

第三节　记忆与美国华裔女性主体建构

在漂泊离散之中,女人仍旧选择性地依恋‘家乡’的文化与传统,也因之而获得力量……她们以复杂、策略性的方式或接续、或斩断,或忘记、或记忆(与过去的联系)。因此,这些漂泊离散女人的生命经验也包括(必须)协调相互矛盾世界的痛苦艰难。②

——克利佛

谭恩美的第一本小说《喜福会》(1989)一经出版即在评论界和商业界

① 汤亭亭:《女勇士》,李剑波,陆承毅,译,桂林:漓江出版社,1998年版,第184—185页。

② 转引自冯品佳:《乡关何处?:〈桑青与桃红〉中的离散想象与跨国迁徙》,载《中外文学》第三十四卷,第四期。

获得巨大成功。《喜福会》连续九个月被列入《纽约时报》畅销小说排行榜榜首，首版精装本销售达27.5万册，一共印刷了27次，美国各大出版社争先购买平装版本的版权，意大利、法国、日本、瑞典、以色列等国家纷纷购买了该书的境外版版权。此外，该书不仅获得"全美图书奖""全美图书评论界奖"以及1990年年度"海湾区书评最佳小说奖"等奖项，而且在评论界受到许多正面的评价。美国最权威的书评杂志《出版周刊》认为该小说非常感人、极富有诗意和惊人的想象力。《新闻周刊》称谭恩美是当代讲故事的高手，具有罕见的才华，能触及人们的心灵。瑞典学者莫娜·珀尔斯指出，谭恩美在瑞典读者中的知名度要比汤亭亭高，瑞典评论家（多数是女评论家）从一开始就高度评价《喜福会》，《喜福会》所受到的好评超出了一般对一个作家的处女作的评论。[①] 美国华裔作家李健孙认为："美国出版工业对新华裔美国作者的兴趣，一般地讲，当然要归功于汤亭亭，特殊地讲，要归功于谭恩美。谭恩美神奇的作品震动了美国社会精神的意识之弦，创造了既有永久历史意义又具有广泛商业成功的一种文学作品。"[②]

《喜福会》在出版后经常被选入文学选集或被选进教材，谭恩美也曾一度被推选为亚裔美国人的发言人，逐渐在主流文学典律中占有一席之地。对此，黄秀玲认为，美国学院中的课程多元化已经形成了一种诉求，因此学院课程中要适当输入具有多元文化性质的、最好是女性主义倾向的教材，谭恩美的《喜福会》正好符合上述要求。[③] 林涧指出："美国文坛在重新选择经典著作时，常会出现一种冷嘲热讽的倾向，认为汤亭亭和谭恩美这样的华裔作家之所以得到评论界的好评，作品被选为经典，未必是因为她们的作品本身具有很高的文学价值，而是因为她们身上的种族和性别标签。她们无非是凭了少数民族的身份，作为少数族类的代表而被接受的所谓'象征性的点缀'。"[④]同样，谭恩美和汤亭亭这类受到主流文学市场和女性研究关注的作家，并没有在亚裔美国文学领域受到同样的欢迎，她们常遭到自己族群内部或种族研究领域的男性评论家们的抗议和批评，认为她们

---

① 张子清：《与亚裔美国文学共生共荣的华裔美国文学（总序）》，载赵建秀《甘加丁之路》，赵文书，译，南京：译林出版社，2004年版，第13—14页。

② 张子清：《善待别人，尊重别人的生存权——李健孙访谈录》，载李健孙《荣誉与责任》，王光林，等译，南京：译林出版社，2004年版，第575—576页。

③ 黄秀玲：《"糖姐"：试论谭恩美现象》，载虞建华主编《英美文学研究论丛》第三辑，上海：上海外语教育出版社，2002年版，第152页。

④ 林涧：《华裔作家在美国文坛的地位及归类》，戴从容，译，载《复旦大学学报：社科版》，2003年第5期。

没有真实地表现她们的文化和身份，指责她们为了在主流文学市场取得成功，不惜出卖自己的文化和传统，扮演某种可耻的固定角色来取悦主流文化的东方主义幻想。赵健秀认为谭恩美是个“伪作家，伪华人”[①]，并认为“《喜福会》中的中国文化是伪造的，根本就不存在那样的中国文化。从第一页起，她就开始伪造中国文化，没人会喜欢那种中国文化，更谈不到那样做了。她在一个伪中国童话中，刻画了一个伪华裔母亲。”[②]

《喜福会》出版后被改编成配有插图的儿童文学和电影，成为具有不同呈现方式的文化成品。单德兴认为，“这种特殊的‘谭恩美现象’值得纳入更宽广的文化研究范畴内讨论，以便‘读出’及‘读入’更多不同的意义”[③]。黄秀玲认为谭恩美的《喜福会》和《灶神之妻》(1991)取得成功的关键在于这两本小说都以母女关系为主题，这一主题使谭恩美的作品被置于以母系为主的话语传统中，而此传统不仅是女性主义的一部分，而且在过去的10—15年在美国越来越受重视，所以“在讨论谭恩美作品时有一点是显而易见的：其成功不仅是女性主义运动的产物，也是这运动持久不衰的见证”[④]。《喜福会》除了可以从女性主义的视角进行解读外，还可以从“记忆政治”的视角进行解读。谭恩美在许多场合提到她创作《喜福会》的动因源自母亲病重后她不断反思自己究竟对母亲了解多少、记得多少，因此《喜福会》的创作是为了保存记忆，保存对母亲的记忆及与母亲密切相关的对中国的记忆。对此，谭恩美在全书扉页的题词中即指明她的创作是一部献给母亲及母亲的母亲的记忆之作。单德兴指出，谭恩美的这部保存记忆之作表明了记忆对她的意义，在谭恩美看来，“记忆不是恰巧记住，而是重活、重构”[⑤]。

谭恩美的华裔背景使她不可避免地被标上少数族裔作家的标签。对此，谭恩美多次强调少数族裔作家的作品应该被视作文学作品而不是族裔

---

① 徐颖果：《“我不是为灭绝中国文化而写作的”——美籍华裔作家赵健秀访谈录》，载《中华读书报》，2004年3月3日。

② 徐颖果：《“我不是为灭绝中国文化而写作的”——美籍华裔作家赵健秀访谈录》，载《中华读书报》，2004年3月3日。

③ 单德兴：《想象故国：华裔美国文学里的中国形象》，载单德兴《铭刻与再现：华裔美国文学与文化论集》，台北：麦田出版社，2000年版，第196页。

④ 黄秀玲：《“糖姐”：试论谭恩美现象》，载虞建华主编《英美文学研究论丛》第三辑，上海：上海外语教育出版社，2002年版，第139页。

⑤ 单德兴：《想象故国：华裔美国文学里的中国形象》，载单德兴《铭刻与再现：华裔美国文学与文化论集》，台北：麦田出版社，2000年版，第199页。

文化的记录，并申明美国亚裔问题尤其是美国华裔的生活并不是她创作的主要驱动力，她书写的不仅仅是移民经验和文化而是家庭和亲缘关系。亨特利(Huntley,1998)认为，尽管谭恩美的小说确实描写人们普遍关注的亲缘关系、家庭关系及自我和身份问题，但作为第二代美国华裔，谭恩美的小说也是对她所感兴趣、所熟悉的有关她的移民父母和她自己生活中的文化、地理和历史边界问题的想象之作，所以谭恩美通过文学创作为移民社会发言，反映移民社会的传统、文化结构，阐明移民社会的价值和所关注的问题。[①] 在美国强势文化的压抑下，作为少数族裔、女性的移民母亲在美国主流社会丧失了自己的声音和自我言说的权力，丧失了主体地位而被沦为工具性客体。就让失语的移民母亲获得发言权的意义而言，谭恩美的这部"记忆"之作挑战了导致移民女性无声的强权政治，是一种抵抗行为、一种宣扬自我主体性的手段。《喜福会》通过中国移民母亲对自己在中国的过去记忆，让受美国东方主义意识形态压迫而失语的母亲发出了自己的声音，不仅反抗了主流文化的压迫，重构了女性自我的主体性，也因此消除了中国移民母亲和美国女儿之间的隔阂，帮助华裔女儿珍视自我价值、勇敢面对婚姻问题及生活中的困境，使母亲和女儿成为一个延续的生命体的两个部分，而不是彼此冲突和矛盾的两个世界的人。

《喜福会》以类似《十日谈》和《坎特伯雷故事集》的叙事结构，讲述七个女性叙事者以"喜福会"为中心的十六个相互交替轮换而又彼此缠结的故事。七个叙事者讲述的十六个故事表述的是四个中国移民母亲对中国过往的记忆及她们与美国女儿之间错综复杂的关系。将七个叙事者表述的四对中国移民母亲和美国女儿[②]的十六个故事连接在一起而又使之具有连贯性和一致性的是宿愿的女儿吴晶妹。小说开篇，吴晶妹的母亲宿愿已经去世两个月，于是在十六篇四组故事中，两组有关美国女儿的八个故事，两组有关中国移民母亲的八个故事，母亲宿愿的故事也是由吴晶妹讲述的，吴晶妹的讲述使四对中国移民母亲和美国女儿的故事彼此关联，为故事提供了背景和生发的语境。四组故事中的首尾两组故事由三位母亲及代替母亲的吴晶妹讲述，中间两组故事由四个美国女儿讲述，女儿的故事被首尾有关母亲的故事所包围。每组故事之前都由有如前奏般的斜体排

---

① E. D. Huntley, *Amy Tan: A Critical Companion*, Westport: Greenwood Press, 1998: 38–39.

② 四对中国移民母亲和美国女儿分别是宿愿/吴晶妹、苏安梅/乔丹·苏·罗斯、钟林冬/钟韦弗利和圣克莱尔·映映/圣克莱尔·琳娜。

印的短文开启，而且每篇短文都与其后的四个故事相关。小说由七个叙事者讲述各自的故事（吴晶妹讲述自己和母亲的故事），单德兴认为，“也就是这种‘各说各话’的结构，允许作者更能充分地呈现出中国母亲与美国女儿两代之间纠葛不清的矛盾”[1]。

“喜福会”是吴晶妹的母亲宿愿在中国抗战期间组织的每周一次以打麻将为娱乐的聚会。在战争期间四个饱尝失去亲人、失去家园痛苦的女人为了逃离战争带来的痛苦，每周轮流做东操办聚会，她们希望每个星期的聚会都像过新年一样，每个星期都能交好运，都能忘记过去的烦恼和不幸，因为唯有希望是她们的快乐。辗转来到美国的宿愿和渐渐结识的苏安梅、钟林冬、圣克莱尔·映映等人在美国再次组织起“喜福会”。《喜福会》开篇和结尾的故事都由吴晶妹讲述，故事开篇宿愿已经去世，这使吴晶妹得以有机会坐在麻将桌的东方替代母亲的位置。然而坐在母亲位置的吴晶妹在母亲去世后才逐渐意识到她根本无法替代母亲的位置，因为她和母亲根本不了解对方，她们一直以来都是在猜测彼此的想法，她也开始理解母亲生前所说的话：“你对我一无所知，你怎么能像我呢？”[2]“喜福会”的阿姨们力劝吴晶妹回中国与母亲失散的两个女儿见面时，吴晶妹说：“我能说什么呢？我能告诉她们母亲的什么呢？我什么也不知道。她只是我的母亲。”[3]她的这些话吓坏了“喜福会”的阿姨们，她们从吴晶妹的身上看到了自己女儿的影子，她们同吴晶妹一样对自己的母亲一无所知。正是宿愿的死及吴晶妹对逝去的母亲的一无所知终于使“喜福会”的中国母亲打破沉默，找到了向女儿言说自我的力量和勇气，言说因为和女儿缺乏和谐融洽的痛苦和失望；女儿们也因此开始言说令她们挣扎和困惑的问题，言说她们无法向母亲言说的痛苦和沮丧。

第一组故事开篇前的寓言故事承载了重要的象征意义。一位中国母亲带着一只由鸭子变成的天鹅漂洋过海，逃出20世纪早期内战纷乱的中国来到美国。对这位中国母亲来说，这只天鹅承载了她的希望和梦想，她希望在美国生一个女儿，她希望她的女儿能够讲地道的英语，不再像她一样含辛茹苦，不会被别人瞧不起，也不会依据她丈夫打嗝响不响来判定她

---

① 单德兴：《想象故国：华裔美国文学里的中国形象》，载单德兴《铭刻与再现：华裔美国文学与文化论集》，台北：麦田出版社，2000年版，第197页。

② 谭恩美：《喜福会》，田青，译，沈阳：春风文艺出版社，1992年版，第12页。

③ 谭恩美：《喜福会》，田青，译，沈阳：春风文艺出版社，1992年版，第25页。

的价值。她要把这只天鹅送给她的女儿,她也相信她的女儿会理解她的这番苦心。可是为了获得签证,她不得不任移民局官员从她的怀里夺走她的天鹅,但她留下了一枚珍贵的天鹅羽毛。多年过去了,这位中国母亲的女儿果真操一口地道的英语,而她也变成了老妇人,但许久以来她一直惦记着那枚羽毛,她要送给女儿那枚不值几文钱但寄托着她全部希望和憧憬的羽毛,“她等呀等,年复一年,直等到哪一天她也能用纯正的美国英语告诉女儿这一切”①。这枚富含文化意蕴的羽毛象征着母亲对女儿的深厚情谊和美好希望,她希望她千辛万苦的失根之旅能够使女儿获得无限的机会,过上自由美好的生活。然而现实的情境是,没有经历任何生活苦难、能讲地道英语的美国女儿令她们感到陌生;无论她们多么渴望、多么努力地学习英语,她们的洋泾浜英语使她们难以甚至是不可能和女儿进行沟通。在代表强势和先进的美国文化中,当时中国和中国文化标示的是弱势和落后,在强势文化的歧视和压抑下,这些对女儿心怀美好梦想的中国母亲丧失了自己的声音及言说的权力和机会,她们永远无法向女儿讲述那个天鹅羽毛的故事,永远无法将那枚珍贵的羽毛交给女儿,更不能与女儿分享她们在中国的苦难生活经历,只能独自吞咽女儿们无法理解的痛苦和悲伤。这则寓言故事揭示了整个小说探寻的问题:对美国女儿充满殷切期望的中国移民母亲沿袭旧时中国的价值观念,使她们与接受西方教育的美国女儿之间产生不同价值观念的冲突,这种矛盾和冲突又因为语言的隔阂长久以来一直不能释怀,但母亲们一直在耐心地等待她们能用地道的美国英语与女儿交流的那一天,与女儿分享她们的生命体验和她们的痛苦与悲伤。

对女儿寄托无限希望的中国母亲希望她们的美国女儿能够完美地结合美国的环境和中国人的性格,但她们怎么也没想到这两样是难以融会在一起的。尽管女儿们从母亲那里学会了怎样在美国环境下生存,但无法从母亲那里学会中国人的性格,她们永远不知道“怎么样孝敬父母,听从母命;怎么样才能不表露声色,把想法隐藏在内心深处,在暗中掌握优势;为什么容易的事情不值得追求;怎样了解自己的价值,并且发挥出来,别把它当成不值钱的戒指四处炫耀;为什么中国思想是最完美的”②。在中国母亲看来,她们的美国女儿只有皮肤和头发是中国人的,内在的一切都是美国造的。而在女儿们眼中,她们的母亲总是对她们期望过高、对她们的批评

① 谭恩美:《喜福会》,田青,译,沈阳:春风文艺出版社,1992 年版,第 3 页。
② 谭恩美:《喜福会》,田青,译,沈阳:春风文艺出版社,1992 年版,第 233 页。

指责多于鼓励和信任，她们永远无法满足母亲们的期待，她们无法接受母亲们表达爱的方式，更无法接受母亲们一些旧式的中国想法和风俗习惯。母女两代人不同的文化价值观终于导致母女之间深刻的矛盾和冲突，甚至造成双方的困扰和伤害。语言的隔阂也成为母女之间消除矛盾和困扰的障碍，女儿们耻笑母亲们结结巴巴的英语，对母亲们所讲的汉语感到不耐烦，不愿意去理解母亲们的想法和意图。母亲们承受着不能言说、不能与女儿分享生命体验的痛苦，女儿们承受着被母亲强制、没有自我的痛苦。

不同性质的文化之间不可避免地会产生矛盾和冲突。“文化差异和文化碰撞是异质文化之间得以沟通和转化的过程。因此，文化的定位既非完全是要使弱势文化被强势文化所吞没，也不是弱势文化要变成一个新的强势文化，而是通过互相的对话、交谈和商讨，使文化权力在双方中达到一种均衡的发展和认同，并对双方加以制约和协调。”①吴晶妹的母亲宿愿的去世终于使其他三位中国母亲冲破记忆的闸门，而此时她们的美国女儿已经长大成人，她们也正面临婚姻的危机和生活的困境，讲洋泾浜英语的中国母亲终于获得了与讲纯正美国英语的美国女儿交流的契机。中国母亲对她们中国往事的记忆不仅是移民母亲自我的重构和重生，更是母女之间跨文化的交流。女儿们在母亲的中国记忆中寻找到女性的反抗精神，在女性生命体验的交流中获得了自我重构的力量和解决生活和婚姻问题的勇气，也正是母亲的中国记忆最终使母女矛盾释怀。

宿愿的故事是由女儿吴晶妹转述的。对母亲的回忆使吴晶妹深刻地理解了母亲身上最宝贵的品质：永远充满希望，这正是母亲的名字“宿愿”所传达的意义。母亲在当时战乱的中国、充满种族歧视的美国分别组织了“喜福会”，充分体现母亲在痛苦和悲伤中依然对生活充满希望。在美国受到歧视、压制以致失语的母亲仍然对未来充满希望：“美国是妈妈的全部希望所在。她在中国失去了一切……但她对过去从不惋惜，这里有许多办法可以使日子越过越好。”②母亲以为白人老师打扫房间为代价为女儿争得学习钢琴的机会，希望把女儿培养成最优秀的人。根本不了解母亲的吴晶妹在母亲去世后终于踏上中国的寻根之旅。在去与素未谋面的姐姐见面的途中，吴晶妹从父亲的故事中“找到了母亲”③，第一次认识母亲和体会到

---

① 王岳川：《后殖民主义与新历史主义文论》，济南：山东教育出版社，1999 年版，第 65 页。

② 谭恩美：《喜福会》，田青，译，沈阳：春风文艺出版社，1992 年版，第 112 页。

③ 谭恩美：《喜福会》，田青，译，沈阳：春风文艺出版社，1992 年版，第 265 页。

母亲心中的"希望"。母亲没有抛弃自己的孩子,相反,母亲在寻找丈夫途中生重病的情况下依然背着两个孩子边走边唱地走了几十里路,在精疲力竭并预感到可能会病死、饿死或死在日本人手里的情况下,母亲毅然留下全部钱财、照片和住址,希望两个孩子能被好心人收养而获得生的希望。来到美国后,母亲也一直没有放弃找到失散的两个女儿的希望,一直不断地多方努力寻找。吴晶妹终于在中国见到了母亲的两个女儿,三个女儿跑到一起,不顾一切地拥抱在一起,终于使母亲的中国部分和美国部分合为一体,达成了母亲的"宿愿"。

圣克莱尔·琳娜的母亲圣克莱尔·映映生长在中国无锡的富有人家,16 岁时走进被家人安排好的第一次婚姻。婚后不久她爱上了自己的丈夫,但在她怀孕后不久,发现自己的丈夫沉溺于女色,将她遗弃。她因为对丈夫的仇恨而将婴儿杀死在腹中,后来独自逃离家庭,十年后在服装店里结识后来的丈夫圣克莱尔·克里夫德。但她从此迷失了自己,丧失了自己的灵魂,成了一个"看不见的幽灵"。来到美国后,许多年来她一直紧闭着嘴,一直保持着沉默,从未说出内心深处的秘密。她隐藏自己的天性,像个影子一样四处跑,没有人能抓到她,就连她的女儿也看不见她,她成了一个完全失去了自我的人。她想让女儿知道:

> 我们迷失了,我和她,既看不见也不能被看见,既听不见也不能被听见,我们不被人知。
>
> 我并不是一下子就丢掉了自己。多年来,我抹着脸要洗去自己的痛苦,就像流水要冲刷掉石碑上的文字。然而,直至今日我还记得我奔跑呼喊的情景,那是不能站着不动。这是我最早的记忆:向月神倾诉内心的希望。但我忘记了我的希望是什么,这些年来,这种记忆仍然深深地压在心底。①

但看到女儿不幸的婚姻时,她记起了自己向月神诉说的心愿:她希望被人找回,找回她迷失的自己。她爱自己的女儿,她和女儿就像一个人,女儿思想中的一部分也正是她思想中的一部分。尽管从女儿出生的那一刻起,女儿就像一条光滑的鱼,从她身边溜走,她就像局外人一样在对岸关注女儿从小到大的生活,但现在看到女儿正面对不幸的婚姻,她要把长久以来压在她心底的记忆告诉女儿,把自己的精神留给女儿,让女儿得救。出

---

① 谭恩美:《喜福会》,田青,译,沈阳:春风文艺出版社,1992 年版,第 51 页。

于母亲对女儿的爱，她终于不再沉默，“我要把我的过去聚集在一起，向前看，我将看到已经发生的事，看到割断我精神的痛苦。我要用双手捧着这创伤，直到它变得强烈、闪光、清晰。那样我就会恢复凶猛，金色的一面，黑色的一面。我要用锋利的痛苦刺进女儿坚韧的皮肤，激发她的老虎气质。她会跟我搏斗，因为这是两只老虎的天性，但我一定会赢，把我的精神传给她，这是母亲爱女儿的方式。”①

乔丹·苏·罗斯是一个没有决断力的人，她结婚后一切听从丈夫，从来没有反对意见。她因为自己的优柔寡断与丈夫之间产生了裂痕，在丈夫决定结束他们15年的婚姻时，她只是无能为力地眼看着自己的婚姻破裂，她宁愿向心理医生倾诉也不愿向母亲求助。母亲苏安梅向罗斯讲述了自己母亲的故事。苏安梅的母亲在丈夫死后被吴庆强奸，被迫做了他的三姨太，不仅尝尽家人的误解和辱骂，也受尽吴家二太太的欺侮和吴庆的蹂躏。在吴庆取消了送给母亲别墅的诺言后，母亲丧失了最后独立的希望，特意选择在春节前两天自杀，因为她死后三天正好是大年初一，是所有的债都必须偿还的日子，迫使吴庆善待自己的孩子。苏安梅的母亲把死亡当作最后的武器，让自己软弱的灵魂死去而留给女儿坚强的灵魂。苏安梅希望通过对自己母亲悲伤痛苦的过去的记忆让女儿坚强起来，让她自己主动做出选择，“不再吞咽自己的眼泪，也不再忍受喜鹊的嘲笑”②。在母亲的鼓励下，罗斯终于做出了自己的决定，决定仍然住在自己的家里，而不是像丈夫安排的那样乖乖离开，她不再生气，也更不再害怕。

钟韦弗利很小的时候就展现了下象棋的天赋，她9岁的时候就已经是全美象棋冠军。她因为母亲钟林冬总是把自己当作在人前炫耀的资本而反抗母亲，并最终放弃下棋。在学习象棋的过程中母亲所教导的施展计谋、不露声色的作风使她感觉自己就像母亲的一颗棋子，她的一切都逃不过母亲的眼睛。她一直认为，“母亲她懂得怎样触动神经。我感受的痛苦比其他任何的不幸更深重，因为她所做的事情总是像电击一样猛烈突然，在我的记忆深处留下无法磨灭的印迹。”③因此，在第一次婚姻失败后，她不敢直接告诉母亲她准备与瑞奇结婚，她害怕母亲玷污她和瑞奇纯真的情感。经过周密的思考，她巧妙地安排了母亲与瑞奇的见面。瑞奇在餐桌上

---

① 谭恩美:《喜福会》，田青，译，沈阳:春风文艺出版社，1992年版，第230—231页。

② 谭恩美:《喜福会》，田青，译，沈阳:春风文艺出版社，1992年版，第220页。

③ 谭恩美:《喜福会》，田青，译，沈阳:春风文艺出版社，1992年版，第151页。

糟糕的表现令她感到绝望。她认为母亲是有意设下圈套让她吃苦,当她怒不可遏地冲回家准备质问母亲时,却发现母亲"就像一个年轻的小女孩,既脆弱坦率,又单纯无邪","她既没有武装,也没有被魔鬼困扰,她看起来是那么软弱无力,好像被击败了"。[①]看着镜中两张极为相像的面孔,母亲向女儿打开尘封已久的记忆,她告诉女儿她怎样摆脱她第一次不幸的婚姻,怎样到美国,怎样与她的父亲结识、结婚、生子,怎样失去了中国面孔而变成了今天的样子。韦弗利不仅看到了真实的母亲,也感受到了母亲对自己的爱。在理发店里,女儿第一次赞美自己的母亲年轻,母女之间的矛盾和冲突在这一刻全部烟消云散,母亲看着自己的女儿,感觉好像第一次见到她。

"喜福会"的四位中国母亲希望获得快乐并忘记烦恼和不幸。然而,对她们而言,忘记烦恼和不幸首先是对不幸的记忆,因为对过去的记忆使她们获得了自我的重生和重构,使她们将坚强、勇敢、永不放弃希望的精神传给了女儿;这既使女儿们获得自我选择、勇敢面对生活困境的力量,也使母女之间通过"记忆"的交流获得心灵和思想的契合。谭恩美曾在《喜福会》出版时以"在美国文学中寻找一个声音"为题进行巡回演讲。在这篇早期的讲演稿中,她提到记忆对她的意义。对这部谭恩美认为是重活、重构、有强烈的记忆之感的保存记忆之作,单德兴指出了它的积极意义。他认为,"置于华裔美国文学的脉络中,这些有关记忆的说法出现在初试啼声者寻求在美国文学中定位的此篇演讲里,也暗示了记忆在华裔美国文学中的作用,以及在记忆的作用下所可能产生的华裔美国文学与主流美国文学的颉颃、互补的效应"[②]。当然,对《喜福会》中"记忆"对华裔美国文学的意义及其对华裔女性主体建构的意义的积极阅读不能否认《喜福会》中含有迎合西方读者口味的方面。母女的故事中,尤其是女儿们的故事中,字里行间流露出美国文化的优越、进步和中国文化的神秘、落后的预设。因此,对每部文学作品进行多面向的阅读和思考,是每位批评者应该持有的客观态度。

---

① 谭恩美:《喜福会》,田青,译,沈阳:春风文艺出版社,1992 年版,第 161 页。

② 单德兴:《想象故国:华裔美国文学里的中国形象》,载单德兴《铭刻与再现:华裔美国文学与文化论集》,台北:麦田出版社,2000 年版,第 199—200 页。

第六章 社会性别身份与美国国家身份建构

第一节 殊途同归：论“赵汤论争”

我们需要的是亚裔美国女性和男性的彼此契入(mutual empathy)，而不是敌对。①

——张敬珏

1976年汤亭亭的《女勇士》发表之后，赵健秀即针对汤亭亭采用自传体文类及对中国文化的“篡改”向汤亭亭发难，挑起二人之间激烈、持久的文学论战。这场文学论战通常被称为“赵汤论争”②，可以说此论争一直伴随着华裔美国文学的发展，几乎成为所有重要的亚裔/华裔文学研究专著和评论必须讨论和面对的问题，是亚裔/华裔文学研究不能绕开的焦点问题。这场论争不仅牵涉了许多亚裔/华裔作家，造就了林英敏、金伊莲、黄秀玲、张敬珏等一批亚裔/华裔美国文学评论家，也一定程度上引起美国主流文学界的关注，成为当代美国文学领域的显著景观。张子清指出，“赵健秀和汤亭亭也许并未意识到他(她)俩的论战在推动亚裔/华裔美国文学的发展、提高其知名度、发挥其影响等方面做出了空前的贡献”③。

早在此论争之前，赵健秀等人即在其编选出版的《哎呀！亚裔美国作家选集》的前言和绪论中透露出强烈的历史感和抗争意识，并在努力树立

① 单德兴：《钩沉与破寂：张敬珏访谈录》，载单德兴《对话与交流：当代中外作家、批评家访谈录》，台北：麦田出版社，2001年版，第213页。

② 这场论争实际上是华裔文学界两大阵营的论争，汤亭亭和赵健秀是这场论争的主要人物，因此将华裔文学界两大阵营的论争化为赵和汤之间的论争。

③ 张子清：《当代华裔美国文学中族裔性的强化与软化——雷祖威访谈录》，载雷祖威《爱的痛苦》，吴宝康，王轶梅，译，南京：译林出版社，2004年版，第209页。

亚裔/华裔美国文学传统的同时提出了着重族裔意识的所谓“亚裔美国感性”(Asian American sensibility)。赵健秀认为,正是白人至上的价值观念使白人利用种族主义政治和霸权文化压抑亚裔及其他种族异己,将亚裔/华裔形塑为种种刻板形象,尤其是将华裔男性呈现为女性化的刻板形象。因此,拒绝接受白人的“种族主义之爱”、拒绝迎合白人口味、坚持亚裔族裔特色的“亚裔美国感性”尤为重要。赵健秀因而根据“亚裔美国感性”的标准对以往的亚裔美国文学作品进行检视。他认为,那些接纳、内化、臣服于白人至上论价值观念的亚裔/华裔人士的文学作品中呈现的是并非真实的亚裔美国感性,甚至是宣传白人观念的工具。据此标准,《哎呀! 亚裔美国作家选集》中将赵健秀、陈耀光、张粲芳、朱路易、林华里和徐忠雄六位华裔作家的作品编入选集,而将刘裔昌、黄玉雪、李金兰(Virginia Lee)、宋李瑞芳(Betty Lee Sung)等人排除在外。

十余年后,赵健秀在《哎呀! 亚裔美国作家选集》的续篇《大哎呀! 美国华裔和日裔文学选集》(1991)中,继6页序言后单独执笔撰写了92页的长文《真真假假华裔作家一起来吧!》,继续延续他对亚裔/华裔美国文学的评判标准。从《哎呀! 亚裔美国作家选集》至今的几十年里,根据亚裔美国感性的标准分辨真假华裔美国作家一直贯穿于赵健秀的评论和创作中。[①]赵健秀不仅在这部选集中将汤亭亭、谭恩美、黄哲伦等著名的美国华裔作家排除在外,更在《真真假假华裔作家一起来吧!》一文中对汤亭亭等人进行口诛笔伐,斥责他们是伪华裔作家。围绕美国亚裔感性的评判标准,赵健秀试图采取“据理力争”的方式,“争取/争夺正当性”和“诠释权”[②],回应多方的质疑并说服读者。赵健秀采用的理据是汤亭亭等人的作品以自传文类出版并篡改、伪造中国文化以迎合白人的口味。对此一在亚裔/华裔美国文学乃至美国主流文学领域中具有重大意义和重大影响的论争,作为评论者的我们应采取客观的立场思考此论争的本质和意义。

首先就自传文类而言,赵健秀认为自传不是东方的文学传统,而是西方基督教的传统。在《这不是自传》(1985)一文中,赵健秀指出自传源于宗教的忏悔和皈依,因此自传是基督教原罪观激起的自卑自怜,充满臣服

---

① 徐颖果在2004年通过电子邮件对赵健秀进行了采访,在最后问及中国学生在研究华裔美国文学时应该关注哪些主旨和主题时,赵健秀的回答仍然是“分辨真伪”。见徐颖果:《“我不是为灭绝中国文化而写作的”——美籍华裔作家赵健秀访谈录》,载《中华读书报》,2004年3月3日。

② 单德兴:《析论汤亭亭的文化认同》,载单德兴、何文敬主编《文化属性与华裔美国文学》,台北:中国台湾研究院欧美研究所,1994年版,第8页。

顺从的奴性。赵健秀在《大哎呀！美国亚裔和日裔文学选集》的序言中进一步指出，美国主流社会的出版商总是以基督徒的自传或自传体小说的形式接受华裔作家的作品①，所有这些作品传达的都是美国白人文化“基督教社会达尔文主义的偏见”②。因为自传隐含着真实或事实再现的预设，一些华裔作家尤其是汤亭亭作品中虚构和想象的部分也常常被白人读者当成事实来阅读，并和他们心目中异国情调的、不可思议的神秘东方的刻板模式相比较，所以主流社会以自传形式推向文学市场的华裔作家的作品不仅导致白人读者和批评家对这些作品的误读，也在某种程度上满足了他们对华人东方主义性质的想象。因此，赵健秀针对自传具有的这种意识形态的内涵对自传的批评是有合理的立场和意义的。此外，赵健秀的批评指向的是主流社会为华裔作家指定的、贻误戕害美国华裔的自传体形式，他赞扬作为小说的《女勇士》，但对作为自传出版的《女勇士》则一定坚持口诛笔伐。对以汤亭亭为代表的一类华裔作家（尤其是女性作家）自传作品的指责使赵健秀常常被女性主义者指责为“厌恶女性者”。林涧指出，评论界关注赵健秀对女人的厌恶，而没有关注他对体裁的批评，尤其是他对自传的批评没有得到主流社会汤亭亭研究者的注意。③ 另一方面，汤亭亭在主流社会鲜有华裔作家的作品，尤其是华裔女性作家的作品出版的情境下接受了自传的形式，但在作品中有意流露出虚构的痕迹，不仅修改了主流社会自传文学的传统，而且以此“以退为进”，在白人主流社会中建构了美国华裔女性的主体意识，在批评中国当时重男轻女、男尊女卑的封建传统的同时，也与美国主流社会的种族歧视对抗。因此，华裔美国文学在美国主流社会的冒现虽然被迫以“低级”的自传体裁进入美国主流社会，但主流评论界不仅开始视其为文学作品，而且赞誉之声远远超过了自传的局限④，汤亭亭“以退为进”的策略可以说为华裔美国文学赢得了胜利。

---

① 赵健秀此处点评刘裔昌的《父亲与光荣的后代》、黄玉雪的《华女阿五》、谭恩美的《喜福会》、汤亭亭的《女勇士》《中国佬》及以小说形式出版的《孙行者》等许多华裔作家的作品。

② Jeffery Paul Chan, Frank Chin, Lawson Fusao Inada and Shawn Wong, eds., *The Big Aiiieeeee! An Anthology of Chinese American and Japanese American Literature*, New York: Meridian, 1990: xiii.

③ 林涧:《华裔作家在美国文坛的地位及归类》，戴从容，译，载《复旦大学学报:社科版》，2003 年第5期。

④ 例如，林涧在《华裔作家在美国文坛的地位及归类》一文中指出，汤亭亭的主题与风格被认为是与詹姆斯·乔伊斯、威廉·福克纳的作品有异曲同工之处，她的才华被认为是与20世纪小说经典中的男性前辈和同代人旗鼓相当。《纽约时报书评》称赞《女勇士》的手法与《一个青年艺术家的画像》类似，《夏威夷观察报》认为该书有福克纳一样的主题和广度，熟悉“新小说”写法的专家认为《女勇士》是小说而不是自传，更有人认为汤亭亭比任何人都有资格教英语写作。

再者，就对中国文化的重写而言，自传体裁的真实性预设令赵健秀等人难以赞同汤亭亭等人作品中对中国传统文化的“篡改”，对作品中是否呈现本真性的中国文化成为“赵汤论争”的重要内容。汤亭亭的两部小说《女勇士》和《中国佬》被美国主流出版商以自传的形式出版，虽然其作品中文类的复杂性引起了评论界对其跨文类特质的讨论兴趣，但错误的归类不仅否定了汤亭亭的创作才华和其作品的文学性，而且导致了华裔族群的阋墙之争。通过赵健秀“亚裔美国人感性”的标准和真伪之辨表现和展开的“赵汤论争”，归结为以汤亭亭为代表的华裔作家尤其是华裔女性作家因为篡改中国文化、迎合白人口味而遭到挞伐。因此，是否坚持本真的或正统的中国文化，成为赵健秀证明汤亭亭等华裔作家是伪华裔作家的依据。为了证明汤亭亭等投白人所好的作家在创作时“篡改”中国文化、扭曲自己的族裔形象，赵健秀在《真真假假华裔作家一起来吧！》一文中以中英文对照的方式呈现“木兰辞”，指出汤亭亭对木兰辞的“篡改”，以此证明自己说法的权威和道地。然而，事实是赵健秀本人对《木兰辞》也有多处误译和误解①。因此，赵健秀的这种做法没有达到证明自己权威与道地的目的。此外，在批评汤亭亭“篡改”中国文化的同时，赵健秀本人也不能摆脱“篡改”中国文化的嫌疑。为了建构华裔美国文学的英雄传统及美国华裔的男性气概，在其文学创作和文学批评中赵健秀也到中国传统文化中寻找资源，利用中国古典名著《三国演义》《水浒传》《西游记》《孙子兵法》甚至是儒家思想与主流文化将华裔男子女性化的刻板形象对抗。赵健秀对中国文化的利用不仅有误译和误解，甚至也有伪造之嫌。比如，他在《真真假假华裔作家一起来吧！》一文中认为孔子是一个历史学家、谋略家和战斗家，孔子的思想一是主张私仇必报，二是要反抗腐败的政府、以报公仇。赵健秀改造了儒家思想的内涵，赋予儒家思想反抗和报仇的内涵，希望以此宣扬华人有仇必报的刚强个性，以驳斥华人被动、顺从的刻板形象。

同样是利用中国文化资源，又是同样“篡改”了中国传统文化，为什么汤亭亭改写中国文化就是迎合白人口味、就是伪华裔作家，而赵健秀就是有亚裔美国感性的华裔作家？张敬珏指出，赵健秀评判真伪华裔作家的标

---

① 参见单德兴在《追寻认同：汤亭亭的个案研究》一文中第159页注释2的解释，载单德兴《铭刻与再现：华裔美国文学与文化论集》，台北：麦田出版社，2000年版。

准和“亚裔美国人的感性”的标准都是很主观的[①];“如果密尔敦(John Milton)因其旁征博引的典故和天衣无缝地结合古典及圣经材料而为人所尊崇敬佩,那么能操控两个更不同的文学传统的作家,就不该被人以‘文化真确’(cultural authenticity)之名而遭到质疑”[②]。张敬珏也提醒我们,《女勇士》《喜福会》《蝴蝶君》中有诉求白人读者的成分,但并不意味着这些作者有意投白人所好。[③]

赵汤二人都改写中国文化,赵健秀认定汤亭亭是伪华裔作家,而他本人却不是。问题的关键似乎并不在于华裔作家在利用中华文化传统资源时是否坚持本真的中国文化,关键是赵汤二人改写中国文化的目的不同。美国种族主义者将华裔男性刻板为女性化的弱势“他者”,重塑美国华裔的男性气概成为赵健秀的使命和最大理想,于是赵健秀长期以来一直在其文学创作和文学批评中致力于建立华裔美国文学的英雄传统,恢复华裔的男性气概,建构华裔男性的主体性,消除主流社会长期以来对美国华裔男性的种族刻板印象。然而,汤亭亭对中国文化的利用和改写主要是为了在美国主流社会建构华裔女性的主体性,并在作品中不仅外劈美国主流文化,而且内劈美国华人社会依然一定程度上留有的中国父权制的文化传统。因此,赵健秀认为以汤亭亭为代表的美国华裔女性作家不仅为了迎合白人口味而扭曲、出卖了自己族裔的形象,他们的作品拒绝把美国华裔男子气概的变迁放在首位,选择了对女权的要求而不是对种族地位的要求。更为严重的是,将美国华人社会描述成男尊女卑的憎恨女人的社会,使原本就已遭受女性化的种族刻板形象的华裔男性的形象雪上加霜。汤亭亭努力建构华裔女性主体,赵健秀致力建构的是华裔男性主体,因而这场论争实

---

① 单德兴:《钩沉与破寂:张敬珏访谈录》,载单德兴《对话与交流:当代中外作家、批评家访谈录》,台北:麦田出版社,2001 年版,第 213 页。

② 张敬珏:《说故事:汤亭亭〈金山勇士〉中的对抗记忆》,单德兴,译,载单德兴、何文敏主编《文化属性与华裔美国文学》,台北:中国台湾研究院欧美研究所,1994 年版,第 34 页。

③ 单德兴:《钩沉与破寂:张敬珏访谈录》,载单德兴《对话与交流:当代中外作家、批评家访谈录》,台北:麦田出版社,2001 年版,第 213 页。

际上成为华裔男性和女性作家在建构各自的主体性过程中产生的性别冲突。[①]张敬珏和金伊莲都曾论述过这场论战中的性别之争。张敬珏认为，性别冲突凸显了华裔美国文学圈内族裔与性别意识形态上的发展症结。

针对赵健秀等人的做法，廖咸浩认为，“在目前父权价值仍然无所不在的情况下，族群属性建立的工作往往被放在男性的身上；男性的种种作为都被认为代表这个族群。而且，华裔在美国历史上被消音的方法就是把男子女性化。所以他们积极想用英雄式的气质来重新建构对抗记忆，是可以理解的”[②]。单德兴也积极肯定赵健秀的作用和贡献，他认为赵健秀多年来在他所从事的创作、编辑和评论工作中一直以对抗者的姿态与美国白人主流社会及其同道抗争，努力建构具有亚裔美国感性的亚裔美国文学传统，虽然方式不免偏激，但作为长期处于弱势族裔地位的代言人来说，实则情有可原。在肯定赵健秀的立场和贡献的同时，单德兴也指出，赵健秀在为华裔男性在中国文化传统中梳理一个英雄传统的过程中“将中国文学传统做了极度简化、窄化、化约式的诠释，并以此作为论断华裔美国文学的标准”[③]，而任何国家和民族的文学都是复杂多样的，“当特别宣扬某一类型的文学时，便有意无意间排斥、压抑、贬低了其他类型的文学”[④]。此外，如果赵健秀有权利按自己的目的和意图对中国文学传统进行诠释，那么汤亭亭也当然有权利诠释和建构中国文学中的女性主义传统。而且，汤亭亭所代表的华裔女性作家不仅要面对弱势族裔普遍面对的种族歧视，而且要面

---

① 中国台湾学者李有成指出，赵健秀所赞誉的作家中包括女性，所批判的作家中也包括男性，因此“对赵健秀而言，道地政治(politics of authenticity)而非性别政治(gender politics)无疑是区分人物、判定真假最重要的界定工具。”见单德兴：《书写亚裔美国文学史：赵健秀的个案研究》，载单德兴《铭刻与再现：华裔美国文学与文化论集》，台北：麦田出版社，2000 年版，第 222 页注释 11。本人坚持认为“赵汤之争”的焦点是建构代表各自性别的主体性的性别冲突。因为赵健秀赞誉一些华裔女性作家是因为她们支持赵健秀建构华裔男性气概的思想，而对一些华裔男性作家的批判不仅是因为他们篡改了中国文化，根本的原因在于他们的作品强化了华裔男性女性化的刻板形象，尽管有时候这并不是他们的初衷。比如，黄哲伦在后记中明确表示《蝴蝶君》的创作是为了“切穿层层的文化和性别的错误感受”(M. Butterfly,100)，但他的戏剧出其所料地让白人观众肯定了亚裔男性是女性化的刻板形象。因此，道地的政治只是表象，道地或真伪的标准只在于是否能够建构华裔男性的男性气概，说到底是建构男性主体性和女性主体性过程中产生的性别冲突。

② 见 1993 年 2 月“文化属性与华裔美国文学座谈会”纪要，载单德兴、何文敬主编《文化属性与华裔美国文学》，台北：中国台湾研究院欧美研究所，1994 年版，第 159 页。

③ 单德兴：《析论汤亭亭的文化认同》，载单德兴、何文敬主编《文化属性与华裔美国文学》，台北：中国台湾研究院欧美研究所，1994 年版，第 9 页。

④ 单德兴：《析论汤亭亭的文化认同》，载单德兴、何文敬主编《文化属性与华裔美国文学》，台北：中国台湾研究院欧美研究所，1994 年版，第 9 页。

对美国华裔社会仍然一定程度上留有的性别歧视，她们要在种族歧视和性别歧视的双重压制下建构弱势族裔女性的自我，她们的境况更加艰难复杂。

赵健秀和汤亭亭都有各自合理的立场。在判断孰是孰非的过程中，华裔男性和女性所遭受的性别歧视和种族歧视成为问题的焦点。无论是赵健秀所代表的华裔作家还是汤亭亭所代表的华裔作家，都回到中国的文学和文化传统中获得资源和力量，在中国文化传统中梳理出英雄传统和女性主义传统，和自己在白人主流文化中所受到的种族歧视和性别歧视抗争。因此，华裔作家在美国建构华裔男性和女性的主体性过程中产生的这场华裔内部的文学论争，真正的根源在于美国种族主义政治和文化霸权，正是美国白人主流社会对美国华裔的歧视造成华裔男性和女性的刻板形象及主体地位丧失。所以，华裔群体内部应该团结一致，正如张敬珏所指出的那样，“我们需要的是亚裔美国女性和男性的彼此契入（mutual empathy），而不是敌对”①。

除了“赵汤论争”在华裔男性和女性二元对立之外，二者对于美国种族主义政治和文化霸权的对抗竟使二人呈现殊途同归的轨迹。赵健秀和汤亭亭各自以不同的方式取代美国白人的东方主义式的论述，颠覆美国白人主流社会对美国华裔的刻板形象，并在主流社会历史进程中随处可见的缝隙和断裂处建构美国华裔的历史。首先，就消除白人主流文化对美国华裔的刻板形象、重塑美国华裔的新形象而言，赵健秀不仅在其两部文学选集的前言中有力地驳斥了美国种族主义者制造的傅满洲、陈查理等带有种族歧视性的华人刻板形象，而且在他的小说《甘加丁之路》中以具有讽刺和夸张性的语言努力消解这些有害的刻板形象，致力于重塑美国华裔的男性气概；汤亭亭以女权主义思想建构勇敢的华裔女性形象，解构美国主流文化中华裔女性是凶狠的泼妇、拘谨柔弱的古代闺秀、伤风败俗的荡妇或是神秘而具有异国情调的色情女等刻板形象，替美国华裔女性言说。再者，汤亭亭和赵健秀都积极找回并重述被美国主流文化淹没的美国华裔的历史，颠覆历史的权威及历史是延续、无缝隙的观念，在历史的裂缝和断裂处重新塑造美国华裔的历史。赵健秀通过《唐老亚》中的主人公——旧金山唐人街 12 岁的华裔小学生唐老亚的梦境，重述被美国主流文化湮没的华人

① 单德兴：《钩沉与破寂：张敬珏访谈录》，载单德兴《对话与交流：当代中外作家、批评家访谈录》，台北：麦田出版社，2001 年版，第 213 页。

建设美国铁路的历史；汤亭亭则在《中国佬》中借家族四代男性在美国奋斗的家族史的书写，也再现了那段被美国主流文化湮没的华人建设美国铁路的历史，把家族传记转变为美国华裔的集体史诗。

对于这场在亚裔/华裔美国文学史上具有重要意义的文学论争，我们需要透过喧哗和骚动的表象辨清它的实质。无论是为美国华裔男性代言的赵健秀，还是为美国华裔女性代言的汤亭亭，正是美国社会对美国华裔的种族歧视使得觉醒的华裔坚决地投身于华裔文化身份的书写；正是由于美国主流社会通过将华裔男性和女性形象刻板化，通过抹杀华裔在美国的历史，从而将华裔永久地排除在美国社会之外，才使得美国华裔坚决地颠覆主流社会强加给他们的刻板形象，努力找回并重建美国华裔的历史，向美国主流社会宣告美国华裔有权拥有美国。赵健秀和汤亭亭作为华裔美国文学和文学传统的先驱和开拓者，他们在各自的文学创作和文学评论中以不同的方式致力于消除美国华裔的刻板形象，并在建构美国华裔新形象的同时努力在主流社会历史进程中建构美国华裔的历史。他们的写作不仅为华裔文学在美国主流文学中争得了一席之地，也为后来的美国华裔作家开辟了道路。

因此，“赵汤论争”不仅是华裔内部建构女性主体身份和男性主体身份过程中的分歧和冲突，更实质的问题是将华裔异己化的种族主义政治。美国主流霸权文化对华裔男性和女性的性别歧视不仅造成了华裔难以消除的种族刻板形象，更利用其种族政治和居于统治地位的霸权文化，通过种族刻板形象将华裔异己化，抹杀美国华裔的历史和文化，从而将华裔从美国历史和文化中永久排除，使他们成为没有历史、文化和国家身份的族群。因此，赵健秀和汤亭亭不仅通过文学论争促进了整个亚裔美国文学界甚至美国主流文学界对华裔文学的关注和思考，其作品中对美国主流历史的质疑及对美国华裔历史的建构对美国华裔国家身份的建构具有开拓性的功劳和意义。

第二节　美国华裔的国家身份建构

亚裔美国人并不是打上种族和文化印记的、没有历史的、移民美国的亚洲人民，而是美国历史的产物，在其形成过程中，他们从一开始就是参与者。①

——阿里夫·德里克

汤亭亭将自己明确定义为“美国西岸的美国华裔”，这一定义方式明确表明汤亭亭自我认定所属的地域、族裔和国籍。汤亭亭也表示不能接受 Chinese-American 这种带有连词符号的“美国人”的表达方式，因为这种表达方式意味着连词符号两端的文化意义“等量齐观”②。她主张去掉中间的连词符号，将 Chinese-American 改为 Chinese American，这样 Chinese 就是形容词，用以修饰中心名词 American，这意味着肯定自己是美国人，而祖先来自中国，这种定义方式兼顾了美国华裔的“历史渊源”和“现实情境”③。汤亭亭不仅认为自己是美国人，而且明确表示她是美国作家，创作的是美国文学，像所有其他美国作家一样，她要写一部伟大的美国小说。与汤亭亭的自我认定相矛盾的是，她的《女勇士》被主流社会出版商以自传类出版，以神秘而具有异国情调的“中国故事”被主流社会接受，被主流社会对美国华裔的“中国性”的文化加以利用。张敬珏在访谈录中指出，“汤亭亭所抱怨的‘文化误读’主要来自东方主义式的假定（orientalist assumptions），把亚裔美国人永远视为异类。有些批评家坚持华裔美国文学代表的是中国文化——而不是华裔美国文化。也有些人把汤亭亭作品中所呈现的传奇误认为正确的中国神话。”④时至 2002 年，雷祖威在访谈录中指出，只要纽约出版业由白人管理，书架上的书由白人上架，报刊主编由白人担当，尽管一再提出异议，像任璧莲和他本人这样的作家都会被标为亚裔美国作家。

---

① 阿里夫·德里克：《跨国资本主义时代的后殖民批评》，王宁，译，北京：北京大学出版社，2004 年版，第 87 页。

② 单德兴：《追寻认同：汤亭亭的个案研究》，载单德兴《铭刻与再现：华裔美国文学与文化论集》，台北：麦田出版社，2000 年版，第 173 页。

③ 单德兴：《追寻认同：汤亭亭的个案研究》，载单德兴《铭刻与再现：华裔美国文学与文化论集》，台北：麦田出版社，2000 年版，第 173 页。

④ 单德兴：《钩沉与破寂：张敬珏访谈录》，载单德兴《对话与交流：当代中外作家、批评家访谈录》，台北：麦田出版社，2001 年版，第 215 页。

“他们从社会学的角度而不是文学的角度解读我们的作品文本……我拥有华裔/亚裔美国作家的称号,因为我是华裔美国人。我在作品里表现华裔美国人的风貌同当下主流文学反映的华裔美国人生活和精神世界截然相反。我这样创作对我而言是最自然的也是最重要的。我一生不能否认这个明显的事实。即使我成功地欺骗了自己,美国广大的社会会对我说:‘你是外国人,华人,亚洲人,与我们不同。’这就把我推到了唐人街或美国文学边缘。”①

以上事实说明,无论是在《排华法案》结束后开始创作的汤亭亭,还是在承认多元文化的20世纪90年代开始创作的雷祖威和任璧莲,出生在美国、拥有美国的教育背景、持有美国证件和具有美国公民身份都没有使美国华裔成为“典型的美国人”,他们身上的“中国性”一直阻碍他们成为真正的“美国人”。从19世纪中期的华人到今天他们的后代已有七代人生活在美国,美国华裔的历史深深根植于美国的历史之中,华工及他们的后代对美国的发展做出了重要贡献,但不管美国华裔在美国居住多久,不管他们取得多少成就、对美国社会有多大贡献,都没有确立他们在美国国家建构中的存在,他们依然被主流社会排斥,依然是“不可救药”的亚洲人。

在美国主流文化中,盎格鲁-新教文化对于确立美国人国家身份一直占据核心地位,是区分美国人还是“外国人”的唯一重要的标准。这一文化的重要因素包括:从英格兰继承来的语言(英语)、政治和法律体制及英国的基督教新教的价值观,其中新教价值观最重要,是美国文化的核心和“美国信念”②的主要来源。在美国历史上,白人尤其是信仰新教的盎格鲁-撒克逊裔白人历来在美国社会占主导地位,任何来到美国的移民必须遵从美国的盎格鲁-新教文化才能成为美国人,否则就要遭到驱逐和排斥。本杰明·施瓦茨指出,即使是在今天多元化的美国,三百年来美国的特色一直是盎格鲁精英的宗教、政治原则、风俗、社会关系及其善恶标准和道德标准。③塞缪尔·亨廷顿甚至说:“有人说美国人必须在盎

---

① 张子清:《当代华裔美国文学中族裔性的强化与软化——雷祖威访谈录》,载雷祖威《爱的痛苦》,吴宝康,王轶梅,译,南京:译林出版社,2004年版,第211页。

② “美国信念”(American Creed)是美国国家特性的关键组成部分,常被认为是美国特性的唯一重大决定因素。该词因冈纳·米达尔1944年出版的《美国的抉择》一书而成为大众接受的名词。冈纳·米达尔指出,虽然美国人在人种、民族属性、宗教、地域、经济等方面存在不同,但美国人仍有共同之处,那就是:一种社会气质,一种政治信念,即“美国信念”(American Creed)。

③ 塞缪尔·亨廷顿:《美国国家特性面临的挑战》,程克雄,译,北京:新华出版社,2005年版,第53页。

格鲁-撒克逊新教白人的种族特性和一种抽象、浅薄的'公民特性'二者之间做出选择，这是毫无道理的。美国人国民身份和国家特性的核心，就是定居者所创立的、世世代代移民所吸收的文化，'美国信念'就是由它诞生出来的。这一文化的精髓就在于新教精神。"①可见，在白人主流社会中，盎格鲁-撒克逊新教白人在文化上和种族上占有至上的支配地位，美国盎格鲁-新教文化的国家特性超越任何公民身份。

相对于美国白人的盎格鲁-新教文化，早期华人不仅不信仰基督教，而且注重地缘、乡情、宗系、血缘等各种错综复杂的外人难以理解的社会关系，这使白人认为华人永远是那么奇异、神秘、不可理解、难以同化甚至邪恶。在盎格鲁-撒克逊新教白人占统治地位的主流社会，华人一直被认为是种族和文化的"他者"。产生于 19 世纪初、正式形成于 19 世纪末的所谓"黄祸论"声称以中国人为代表的黄种人是"黄祸"，是欧美白种人的祸害与威胁。"黄祸论"使美国视华人为其未来的真正威胁。19 世纪 80 年代，美国国内排华和反华情绪高涨，终于导致 1882 年美国国会通过了《排华法案》。该法案不断延长，直至 1943 年该法案结束，美国针对华人的《排华法案》实施了长达 61 年之久，是美国非战时制定的唯一一个以国籍为依据排斥一个民族的联邦法。除了法律上的排斥和歧视，美国主流媒体不断操弄华人的形象，从不值一提的贱民身份的早期华工到居心叵测的异教徒、邪恶的傅满洲，再到毫无男性气概的陈查理及"自愿"同化于美国主流白人文化的所谓"模范少数族裔"，美国主流文化中的美国华裔一直是白人种族和文化的异己，永远不能成为盎格鲁-撒克逊新教白人，因此永远不能成为真正的美国人。美国主流社会通过将美国华裔形象刻板化，将华裔他者化、边缘化，并通过抹杀华人在美国奋斗和创造的历史将美国华裔排除在美国之外。

在美国白人看来，美国华裔是没有历史、没有英雄传统、没有神话的族群。20 世纪六七十年代受到黑人民权运动的鼓舞，美国亚裔族裔意识、文化身份意识觉醒，他们要在盎格鲁-撒克逊新教白人的主流社会阐明并牢固地树立起美国亚裔的美国人身份。60 年代开始崛起的亚裔作家首先在文学领域向针对美国亚裔的旧神话和种族刻板形象发

---

① 塞缪尔·亨廷顿：《美国国家特性面临的挑战》，程克雄，译，北京：新华出版社，2005 年版，第 53 页。

出挑战，通过挖掘被主流社会抹杀的美国亚裔的历史证明在美国出生的亚裔的根深深扎在美国的历史和文化中，并通过在美国历史的土壤中树立美国亚裔的美国性建构美国亚裔的美国国家身份。宣告美国亚裔的美国性并不是要认同白人霸权文化定义的"美国性"，而是争取自我身份定位的权利，质疑并颠覆主流社会界定美国人及美国历史的权威，颠覆历史是连续的、无缝隙的观念。阿里夫·德里克指出，"美国社会以及作为美国人究竟意味着什么也在持续变化，因为不断有新的美国人进入美国，非但没有融进这个白种人的大熔炉，反而坚持自己的个性，企图继续对美国进行重新定义"[①]。所以，美国的含义并非是一个已经完成的产物，而是随着历史的变化在不断建构中。亚裔美国人卡洛斯·布勒生指出："美国并不是某一个民族或某一个阶级的领地。我们都曾经在这里辛苦劳动，遭受压迫，品尝失败，无论是在曼哈顿向白人伸出和平之手的第一个印第安人，还是最后一个菲律宾裔的采摘豆子的工人，我们都是美国人。美国并没有限制在地理纬度之内。美国不仅仅是一块土地或者一种制度。美国就在那些为了自由而牺牲的人们的心中，同时存在于那些正在建立一个新世界的人们的眼中。"[②]

标举"少数话语"立场的霍米·巴巴认为，被压抑的边缘弱势文化对占主导地位的殖民文化进行"改写"是第三世界文化获取自己的合法性、使自己的边缘话语和边缘处境不至于过分恶化的重要前提。这种改写既可以是话语权力或文化策略方面的，也可以是政治、经济、文化和价值批判方面的，但这种"改写"必须是反对种族主义，反对性别歧视，反对帝国主义、新种族主义等方面的。"后殖民的文化研究不再是单纯的政治斗争，而是一种文本领域的话语革命。"[③]美国华裔作为第一世界中的第三世界的代表，要建构自己美国人的国家身份首先要"改写"被美国主流文化歪曲的美国华裔的形象，进而重新定义美国人和美国历史，在历史的断裂处建立华裔在美国生存的根据，在美国获得平等的国家身份和广泛的社会认同。

美国华裔在文学与文化方面的努力对于美国华裔争回拥有美国的

---

① 阿里夫·德里克：《跨国资本主义时代的后殖民批评》，王宁，译，北京：北京大学出版社，2004 年版，第 222 页。

② 转引自阿里夫·德里克：《跨国资本主义时代的后殖民批评》，王宁，译，北京：北京大学出版社，2004 年版，第 222 页。

③ 王岳川：《后殖民主义与新历史主义文论》，济南：山东教育出版社，1999 年版，第 66 页。

权利、消除刻板形象、建构美国华裔的历史、建构美国华裔的国家身份等方面起到了推波助澜的作用。首先,从1972年由许芥昱等人编选的第一部亚裔/华裔文学选集至90年代末期,至少有二十几部亚裔/华裔文学选集问世,这些选集对于创造亚裔/华裔美国文学传统、打破沉默、穿透压抑、追寻认同、反抗主流社会制造的刻板形象、建构不同于美国主流社会的另一个版本的历史等方面起到了积极的推动作用。再者,华裔作家作品中反抗刻板形象及建构不同于美国主流社会的另类历史的努力为美国华裔争回拥有美国的权利、建构美国人的国家身份起到了积极的推动作用。由于美国主流社会对华裔的种族歧视和偏见采取的是一种性别化的形式,所以华裔确立其美国人身份首先要撕掉强加在他们身上的性别化标签,消除性别化的刻板形象。因此,美国华裔性别身份的自我建构是美国华裔确立其美国人身份的重要一环,如果不同这些种族主义的性别化的刻板形象作斗争,美国华裔永远不可能在美国建立起自己美国人的国家身份。

以赵健秀和汤亭亭为代表的华裔美国作家坚决投身于华裔美国文化身份的书写,努力消除主流社会强加在美国华裔身上的刻板形象。赵健秀在他的小说《甘加丁之路》中对好莱坞神话进行了全面的修正,努力消解傅满洲、陈查理等刻板形象,致力于重塑美国华裔的男子气概。汤亭亭在《中国佬》中重新塑造了勇敢、智慧、具有男性气概的美国华裔。朱路易的《吃一碗茶》对畸形的华人单身汉社会的再现,尤其是其性畸形的再现,揭发了造成几代华人单身汉"虚弱无力"的美国种族主义的种族灭绝法律和政策。在没有从华裔美国女性的视角发表过任何作品的20世纪50年代,在20世纪第二次女性主义浪潮来临之前,黄玉雪的《华女阿五》试图在美国主流社会建立一个华裔女性的独立人格,发出了华裔女性寻求独立自主的极少数声音。汤亭亭在重塑美国华裔的男性气概的同时,也从女性主义立场出发,为在美国的华裔女性代言,把华裔女性塑造成具有女性意识的勇敢的女性,解构了美国主流文化中对华裔女性的丑化和侮辱。谭恩美在《喜福会》中通过对过去的记忆使华人女性获得了自我的重生和重构。

美国华裔作家在努力消除种族主义刻板形象、重塑华裔自我形象的同时,也通过文学创作再现被美国主流社会湮没的美国华裔的历史,在以白人为主流的美国历史中努力建构美国华裔的历史,为美国华裔国家身份的建构挖掘依据。汤亭亭和赵健秀分别在《中国佬》和《唐老亚》中再现了华人修建美国铁路的历史功绩，宣告在美国遭受种族歧视的华人是建设美国的先驱和英雄，是美国重大成就的编年史中应该书写的一页。单德兴指出："如果说文学史或其他任何历史都诉诸一代代的不断重建，那么在美国当代强调文化多元的社会情境中，以弱势族裔的立场及角度重建历史，向强势团体'争取公道'——或者该说，'争取发言权、诠释权'——的做法是具有重大意义且值得鼓励的。当不同版本的历史都有机会显现、发言、为人所见所闻时，较公平合理的社会出现的可能性往往就愈大。"① 华裔美国作家在其文学书写中重新定义了美国人和美国历史，宣告美国华裔是美国历史的参与者和建设者，美国华裔的历史是美国历史中不可缺少的一环，美国华裔有权拥有美国国家身份。他们的努力为后来的华裔美国作家开辟了道路。

20 世纪 90 年代走红美国文坛的任璧莲在《典型的美国佬》（1991）中不再提及种族歧视、性别歧视和刻板印象，而直接进入美国国家身份的探索。任璧莲在小说的开始便开宗明义，指出"这是一个美国故事"②，从而将故事的主人公当作美国历史的一部分加以讲述。任璧莲把小说命名为 *Typical American*，没有在 *Typical American* 前面加任何冠词以划定某一类或某一个"典型的美国人"，这表明她希望扩大"典型的美国人"的含义，认为是不是"典型的美国人"不应该受限于其所属的族裔，以盎格鲁-撒克逊新教白人为"典型的美国人"的时代已经过去。在她看来，《典型的美国佬》中的主角由年轻时冒险扩展事业到成熟时能够反省自知的经历就是美国国家整体的经历③，所以只要怀有美国人对未来的理想，比如对未来充满希望、追求自我超越、追求财富并能够反省自知，任何族裔的人都可以是"典型的美国人"。虽然任璧莲不愿被限制为族裔作家，她重视自己及人物角色的国家身份甚于族裔身份，但她尊敬父母的族裔传统，也强烈批评同化，所以任璧莲对美国国家身份的认同并不是要抛弃自己的族裔。刘纪雯指出，任璧莲在《典型的美国佬》中努力扩充美国国家主体，使美国国家肯定更多的族

---

① 单德兴：《以法为文，以文立法：汤亭亭〈金山勇士〉中的〈法律〉》，载单德兴《铭刻与再现：华裔美国文学与文化论集》，台北：麦田出版社，2000 年版，第 173 页。

② 任璧莲：《典型的美国佬》，王光林，译，南京：译林出版社，2000 年版，第 1 页。

③ 刘纪雯：《车子、房子与炸鸡：〈典型美国人〉中的大众文化与国家认同》，载何文敬、单德兴主编《再现政治与华裔美国文学》，台北：中国台湾研究院欧美研究所，1996 年版，第 106 页。

裔，采用“加入式（participatory）——加入并重新定义美国国家主体”①，而不是同化或分离式的认同策略；《典型的美国佬》所建构的“不是美国华裔的文化身份，而是美国华裔的国家身份”②。

华裔美国作家通过文学书写努力建构美国华裔的国家身份，但作为美国人并不意味着放弃他们的族裔性。赵健秀在《唐老亚》中借唐老亚父亲之口指出：成为美国人并不是一定要抛弃华裔身份。唐老亚的父亲以新移民为例，他们没有抛弃所经历的各种文化，反而能以积累的方式成长，适应各种处境，所以他们“非但没有失去自己的认同，反而扩大了认同的范围”③。因此，成为美国人并不意味着必须放弃自己的族裔文化而遵从盎格鲁-新教文化，美国不仅仅是盎格鲁-撒克逊新教白人的美国。美国华裔不是移民美国的亚洲人，他们和所有美国人一样，是建设美国、书写美国历史的美国人。华裔是他们的族裔属性，但是美国主流社会无权因为美国华裔的族裔属性而剥夺他们拥有美国的权利、湮没他们在美国的历史。

---

① 刘纪雯：《车子、房子与炸鸡：〈典型美国人〉中的大众文化与国家认同》，载何文敬、单德兴主编《再现政治与华裔美国文学》，台北：中国台湾研究院欧美研究所，1996年版，第106页。

② 刘纪雯：《车子、房子与炸鸡：〈典型美国人〉中的大众文化与国家认同》，载何文敬、单德兴主编《再现政治与华裔美国文学》，台北：中国台湾研究院欧美研究所，1996年版，第106页。

③ 单德兴：《想象故国：华裔美国文学里的中国形象》，载《铭刻与再现：华裔美国文学与文化论集》，台北：麦田出版社，2000年版，第202页。

结论　多元文化语境中的新兴文学

我的中国文化的继承既是我的力量源泉，也是我的长处。[①]

生为亚洲种族的一名成员，我是世界多数群体中的一部分……生为亚裔美国人，生为少数族裔的美国人，我是一种独特的组合。这只是个开端。我们继承了丰富的文化遗产，美国亚裔是我们的独特之处。[②]

——黄玉雪

20世纪80年代以前的美国文学明显是以信仰新教的盎格鲁-撒克逊裔白人、男性、东部作家为主流，弱势族裔作家常常充当象征性的点缀，这种情况直到20世纪80年代才逐渐获得改观。20世纪60年代以种族平等和性别平等为诉求的美国社会运动促使美国社会迈向多元化，美国文学界的研究者对此做出相应的回应，把理念付诸实践，从族裔和性别的角度对美国文学进行重新观照，使以往被消音、被排除至边缘的声音逐渐冒现。在美国多元文化的语境中，三种非主流美国文学，即墨西哥裔文学、美国原住民文学和亚裔美国文学，向美国主流文学典律提出挑战并对其加以革新，成为与美国主流文学相对的、具有新兴文化动力的"新兴文学"，美国文学与文化因此"新兴文学"的介入而范畴愈见宽广、风貌愈为繁复。

新兴文化中关键的成分就是与主流文化的潜在对抗。因此，对美国主流文化的替代性言说及颠覆和反抗的思想是美国所有少数族裔文化经历的共同特征。作为具有新兴文化动力的新兴文学，华裔美国文学是华裔美国作家对自身弱势族裔处境的回应，反对美国主流文化对

① 黄玉雪：《导语(1989年版)》，载黄玉雪《华女阿五》，张龙海，译，南京：译林出版社，2004年版，第6页。

② 黄玉雪：《导语(1989年版)》，载黄玉雪《华女阿五》，张龙海，译，南京：译林出版社，2004年版，第6页。

美国华裔的种族歧视和性别歧视一直是他们的创作诉求和动力。美国主流社会对华裔的种族歧视和偏见采取的是一种性别化的想象和操控，通过将华裔性别化实现将华裔边缘化、华裔文化异己化，从而将美国华裔永远排除在美国社会和历史之外，剥夺美国华裔在美国历史文化中的合法生存权利。因此，美国华裔在盎格鲁-撒克逊新教白人的主流社会中书写被湮没的历史，牢固地树立起华裔的美国人身份，首先撕掉强加在美国华裔身上的性别化标签，消除性别化的刻板形象。以赵健秀和汤亭亭为代表的华裔美国作家坚决地投身于华裔美国文化身份的书写，努力消除主流社会强加在美国华裔身上的刻板形象，建构美国华裔男性和华裔女性的主体性，并借助文学文本的影响力重新定义美国人和美国历史，修正以白人为主流的美国历史，努力呈现被白人湮没的美国华裔的历史，挖掘美国华裔在美国的历史，宣告美国华裔是美国历史的参与者和建设者，他们有权拥有美国。

作为在美国遭受种族歧视和性别歧视的弱势族裔作家，华裔美国作家以主流社会的文字对抗美国主流社会的历史、知识和记忆，提供了不同于美国主流社会的对抗叙事。在华裔美国作家的对抗叙事中，中国文化为他们提供了重要的资源，在其文本构建中占有相当的分量。汤亭亭认为自己"根植于中国文学"①，她在文本构建中确实如她所说，大量地利用和改写《镜花缘》《太平广记》《西游记》等中国古典文学作品，利用和改写屈原、花木兰、岳飞、蔡琰等历史人物故事，并在文本形式上受中国语言的节奏、中国传奇小说故事起承开合的方式及中国话本小说的说唱形式的影响。赵建秀也通过据用/改写中国古典文学《三国演义》《水浒传》《西游记》建立华裔美国文学的英雄传统，恢复美国华裔的男性气概。华裔美国作家对中国文化/文学资源的据用使有些批评家坚持认为华裔美国文学是中国文学，代表中国文化。如何看待中国文化、文学与华裔美国文学，如何为华裔美国文学定位，是华裔美国文学研究中的关键问题。

首先，华裔美国作家的自我定位为我们的思考提供了线索。汤亭亭认为自己是一个美国作家，创作的是美国文学，她希望自己像所有美国作家一样，能够创作出伟大的美国作品。她明确表示她写的是美国

① 张子清：《东西方神话的移植和变形：美国当代著名华裔小说家汤亭亭谈创作》，载汤亭亭《女勇士》，李剑波，陆承毅，译，桂林：漓江出版社，1998 年版，第 199 页。

而不是中国,她不是在照搬也不是在翻译中国文化,而是写她所熟悉的美国生活。在这方面,汤亭亭的态度非常强硬,在《被美国评论家误读的文化》一文中,汤亭亭批评有些评论家将《女勇士》与白人心目中具有异国情调、神秘东方的刻板模式相比,而没有看到这本书或者是她本人的"美国性"。[1]对于被汉学家批评的篡改中国神话行为,汤亭亭明确表示:"他们不明白,神话必须改变,必须有用,否则就会被遗忘。神话就像携带着他们漂洋过海的人们一样,也变成了美国式的。我写的神话就是新的、美国的神话。"[2]谭恩美也认为自己是非常美国化的美国作家,反对自己的作品被贴上族裔文学的标签。她指出,尽管中国文化为她的小说创作提供了文化背景,但这并不意味着她一定在写中国文化[3]。任璧莲希望被认为是美国主流作家,而不是族裔作家,她在《典型的美国佬》的开始便申明她写的是一个美国故事,将故事的主人公当作美国历史的一部分加以讲述。以上事例表明,在华裔美国作家那里,尽管他们在文学创作中利用大量的中国文化、文学资源,但他们仍认为自己创作的是美国文学。

其次,就华裔美国作家对中国文化的吸收而言,本研究的作家群体除朱路易[4]外均在美国出生、成长、受教育,他们几乎没有在中国的亲身经历和感受,没有进入一个具体的现实存在的中国体验。另外,相对于在美国接受教育、阅读大量美国典范的文学作品及对西方文学传统的广泛了解,华裔美国作家的中国文化多来源于父母所讲的中国故事或阅读英译本的中国文学。汤亭亭知道的民间故事、唱诵、史诗大多来源于父母的讲述和教授;她阅读的中国文学是通过英文翻译,包括英译本的《三国演义》《红楼梦》《水浒传》《西游记》及李白和杜甫的诗选。[5]因此,大多数华裔美国作家是以美国主流社会的文字(英文)书写听来的或通过阅读获得的"中国"故事。他们的文学文本中呈现的中国文化

---

① Maxine Hong Kinston, Cultural mis-reading by American reviewers, in Guy Amirthanyagam, *Asian and Western Writers in Dialogue*, Hong Kong: McMillan, 1982: 58.

② 转引自赛勒斯·R. K. 帕特尔:《新兴文学》,载萨克文·伯科维奇《剑桥美国文学史:散文作品 1940—1990 年》,孙宏,等译,北京:中央编译出版社 2005 年版,第 574 页。

③ E. D. Huntley, *Amy Tan: A Critical Companion*, Westport: Greenwood Press, 1998: 39.

④ 朱路易 1915 年出生在中国广东台山,9 岁随父母移民美国,在美国完成中学教育并在纽约大学获得硕士学位。

⑤ 张子清:《东西方神话的移植和变形:美国当代著名华裔小说家汤亭亭谈创作》,载汤亭亭《女勇士》,李剑波,陆承毅,译,桂林:漓江出版社,1998 年版,第 196 页。

是以间接的方式获得的中国文化，文本中的“中国”是他们想象中的中国。

再则，华裔美国作家文学创作的鲜明直接的目的是借中国文化、文学资源消除美国主流社会强加给美国华裔的刻板形象，消除美国主流社会对美国华裔的歧视和偏见，在盎格鲁-撒克逊新教白人的主流社会中书写被湮没的美国华裔的历史，从而牢固地树立起华裔在美国历史文化中的国家身份。对于汤亭亭文本中的中国文化传统和美国文化传统，张敬珏认为汤亭亭的文本“既不是藉着在两个传统中择其一，也不是藉着单纯地混杂两个传统。她在两个传统中重建自己的手法，是藉着重新塑造亚洲和西方的神话，因而抗拒古老的传统，并使自己（及读者）摆脱父权的或殖民的掌控。”①华裔美国作家鲜明直接的创作目的表明华裔美国作家并无意于复制或承继中国的文学传统，因此我们不能把华裔美国文学当成中国文学的分支或中国文学的变种。张琼惠明确表示，一再将华裔美国文学划入“中国”的范畴内，这种做法“不但将华美文学剔除在美国文学之外，也剥夺了华美文学隶属于美国文学典律之内的资格；如此一来，华美作家非中非美的境遇使得他们失去作家的身份，成为文学的游民，无处可归的结果只会导致作品在文学的领域中永远‘缺席’（absence），没有名正言顺的地位。替华美文学‘正名’为美国文学，宣称美国华裔在美国文学、历史中的存在（presence），这是华美作家不断努力、试图达到的目标，如此一来才能为自己身为作家的身份定位。”②

最后，判断华裔美国文学是否属于中国文学依赖于华裔美国作家如何利用和改写中国文化与文学及他们利用和改写中国文化与文学资源生发的文本所体现的主导文化精神和审美范式。就华裔美国作家对中国文化与文学的利用和改写而言，汤亭亭在《女勇士》中创造性地转化了花木兰的故事，将中国文化中具有忠孝美德的花木兰转化为具有女权主义思想、抗议男性社会不公的女勇士。出版于20世纪70年代的《女勇士》对中国文化/文学进行女权主义的“改写”，关注种族平等

---

① 张敬珏：《说故事：汤亭亭〈金山勇士〉中的对抗记忆》，单德兴，译，载单德兴、何文敬主编《文化属性与华裔美国文学》，台北：中国台湾研究院欧美研究所，1994年版，第37页。

② 张琼惠：《创造传统：论华美文学的杂碎传统》，载车槿山主编《多边文化研究：第三卷》，北京：北京大学出版社，2005年版，第53页。

和性别平等问题，契合的正是当时美国社会女权主义和多元文化主义的时代精神。汤亭亭对《镜花缘》进行改写，将唐敖改写为在北美受到酷刑、被野蛮地变成一位沉默的东方臣妾，将中国的故事移植到北美，以此将华人和美国联系起来，呈现在美国的华人被主流社会女性化的境遇，这个改写的故事指向的是华人在美国的境遇。再者，就华裔作家的创作所体现的文化精神而言，"说故事"的叙事策略是汤亭亭最重要的叙事策略，她认为说故事可以使"每个说故事的人赋予故事他自己的声音和精神"①。汤亭亭非常重视创作的自由，认为作家应该有语言选择、思想表达及主题选择的自由，所以她的文本常常打破文类之间、虚构与现实之间的界限。她希望她的写作"暗示一个能够聚集一切（神话的过去和现代的、科学的现在）自由的、复杂的文学形式"②。以上事实说明，汤亭亭极为强调和重视个体精神和自由，而对个体精神和自由的重视正是美国新教文化精神的体现。

詹明信指出，后现代主义是晚期资本主义的文化逻辑，"是当代多民族的资本主义的逻辑和活力偏离中心在文化上的一个投影"③。与现代主义文明彻底决裂的后现代主义思潮影响了欧美的哲学、历史学、人类学、社会学、宗教、美学、文化、艺术等各个学术领域。就美国文学而言，它使美国小说发生了明显的变化：后现代派小说超越艺术与现实的界限、文学体裁之间的传统界限、各类艺术之间的传统界限，形成事实与虚构、小说与非小说、高雅艺术与通俗艺术、小说与绘画、音乐及多媒体的结合；在叙事话语方面追求多样性，主张多元化；消解传统小说的形式与叙事技巧，运用不确定的语言系统；创造戏仿、拼贴、蒙太奇、黑色幽默等表现手法。就华裔作家的创作体现的审美范式而言，汤亭亭的创作不断实践后现代派的美学思想、呈现后现代小说的特色、体现西方文化的审美范式。《女勇士》和《中国佬》虽被归为非小说类出版，但汤亭亭在非小说类的作品中融进虚构的成分，打破虚构与非虚构的界限，混合虚构与非虚构的形式，打破传统的归类观念，形成跨文类书

---

① 单德兴：《文字女战士：汤亭亭访谈录》，载单德兴《对话与交流：当代中外作家、批评家访谈录》，台北：麦田出版社，2001 年版，第 129 页。

② 单德兴：《文字女战士：汤亭亭访谈录》，载单德兴《对话与交流：当代中外作家、批评家访谈录》，台北：麦田出版社，2001 年版，第 137 页。

③ 詹明信：《晚期资本主义的文化逻辑》，陈清侨，等译，北京：生活·读书·新知三联书店，1997 年版，第 292 页。

写的特质。在以小说类出版的《孙行者》中，汤亭亭大胆地采用戏仿、拼贴、语言游戏、跨越时空等后现代手法，冲入向来被白人男性作家所霸占的后现代小说领域。所以，华裔美国作家笔下的中国文化是被工具化的，他们改写"中国故事"建构华裔的美国人身份，具现美国的文化思想和文化精神，采用西方的审美范式，在美国主流文学的典律中拓建华裔美国文学的传统，促使美国文学肯定多样性、容纳众多的声音。

华裔美国作家通过文学书写努力争回美国华裔的美国人身份、构建华裔美国文学的传统并努力进入美国主流文学典律，但这并不意味着他们要放弃自身的族裔属性。赵健秀在《唐老亚》中借唐老亚父亲之口表达了这种观点，那就是成为美国人并不是一定要抛弃华裔身份。亚裔批评家林英敏和张敬珏都强调留住特有的族裔属性的重要性。张敬珏认为亚裔美国人不是要压抑而是应该表现自己的属性，对自己属性的表现并不意味着要他们抛弃亚裔或美国的特性，而是二者兼具。林英敏指出，如果强调华裔与其他种族的相似性，强调华裔的人性高于华裔的文化特性，那等于是在取消多元文化研究的理由。金伊莲强调亚裔美国文学在文化身份问题上的初始阶段族性书写的必然性，认为通过重新阐释文化差异从而强调先在的族性身份是避免被边缘化的有效手段。美国学者帕特里克·墨菲（Patrick Murphy）也认为，被边缘化的弱势族裔抵制同化、留住自己的族裔文化是更好的选择，因为这样一方面可以保持和获得人类的多样性，另一方面可以维持生存意义的一定程度的确定性。

汤亭亭认为故事不仅可以来回于说故事与文本之间，也可以来回于文化和语言之间，她希望能够帮助读者把他们自己的故事"连接上其他的、异国的故事，并借此连接上全世界的任何文化"①。汤亭亭的这种思想充分体现了她对美国多元文化所采取的态度：不是彼此敌对，也不是简单的融合，而是各种文化之间的交流与对话。任璧莲不仅扩大了"典型的美国人"的含义，她指出是否是典型的美国人不应该受限于所属的族裔，更在《梦娜在希望之乡》（1996）中表现各种文化的对话与交流，将文化身份和族裔问题复杂化，让中国移民、日本人、犹太人、白人和非裔美国人等各种族裔背景的人在各个族裔之间自由转换自己的

---

① 单德兴：《文字女战士：汤亭亭访谈录》，载单德兴《对话与交流：当代中外作家、批评家访谈录》，台北：麦田出版社，2001年版，第129页。

文化身份，而不再执着于自身族裔性的种种描述。汤亭亭在其近期作品《第五和平书》(2003)中不再反抗种族歧视和性别歧视，不再纠正种族刻板形象，也不再建构美国华裔的历史，而是表现出对人类普遍关注的和平问题的探索和关注。

20世纪90年代以来，华裔美国文学所呈现的日渐鲜明的变化正体现了华裔美国文学从"需要到奢华"①的发展过程。正如张琼惠所言，"过去的华美文学为了引起美国读者的注意，刻意强调特有的既中又美的属性是一种不得不的'需要'，是特意抑制自我独立的个性，借着发挥中国文化的整体特色来求取华美文学在典律中的生存；而今在美国文坛占有一席之地后，想要华美文学继续存在、发展，强调多重的族裔属性则是一种'奢华'，是主动去重新界定旧有的意涵，将'美国华裔'或'中国佬'从一外加的、羞耻的名称转换成一种志愿的、标示'不同'(difference)的代码"②。萨克文·伯科维奇主编的《剑桥美国文学史》(1999)希望构建一个多样性的美国文学传统，处于多元文化语境中的华裔美国文学也势必要构建一个多样性的文学传统，使华裔美国文学不再以"中国"为唯一，不再以反抗文学为唯一，而是在一定程度上留有自身族裔属性的同时容纳众多族裔的特色和众多的声音。汤亭亭认为，每位艺术家都有自己独特的声音，当涌现更多的华裔美国作家时，读者们就会了解到美国华裔是多种多样的。③因此，在美国多元文化语境中，兼具中美文化基因的华裔美国文学将在不断拓展美国文学与文化的范畴的同时不断丰富自身的文学传统，在美国主流文学与文化中不断创造新的意义和新的价值观。

---

① 亚裔美国文学研究的重要学者黄秀玲引用汤亭亭在《女勇士》中提到的需要(necessity)和奢华(extravagance)(Maxine Hong Kinston, *The Woman Warrior: Memories of a Girlhood Among Ghosts*, New York: Vintage, 1989: 6.)。黄秀玲引申这两个观念，认为"需要"和"奢华"表示两个相对的生存与运作模式："需要"有自制、为了求生存和保护心态的含义，"奢华"受自由、过度、情感表达和有自身艺术创作目的的吸引；"需要"常与"强制""要求""约束"等词一起出现，"奢华"则与"渴求""冲动""欲望"等词一起出现；"需要"常与强迫、征服、不可能实现自我和社会成就感联系在一起，而"奢华"则含有独立、自由、个人实现及/或社会更新的机会。见 Sau-ling Cynthia Wong, *Reading Asian American Literature: From Necessity to Extravagance*, New Jersry Princeton University Press, 1993: 13, 121.

② 张琼惠：《创造传统：论华美文学的杂碎传统》，载车槿山主编《多边文化研究：第三卷》，北京：北京大学出版社，2005年版，第58—59页。

③ 萨克文·伯科维奇主编：《剑桥美国文学史：散文作品1940—1990年》，孙宏，等译，北京：中央编译出版社，2005年版，第716页。

参考文献

[1] 王岳川. 后殖民主义与新历史主义文论[M]. 济南:山东教育出版社,1999.

[2] 张京媛. 后殖民理论与文化批评[M]. 北京:北京大学出版社,1999.

[3] 贝尔·胡克斯. 女权主义理论:从边缘到中心[M]. 晓征,平林,译. 南京:江苏人民出版社,2001.

[4] 张岩冰. 女权主义文论[M]. 济南:山东教育出版社,2005.

[5] 阿里夫·德里克. 跨国资本主义时代的后殖民批评[M]. 王宁,译. 北京:北京大学出版社,2004.

[6] 巴特·穆尔-吉尔伯特. 后殖民批评[M]. 杨乃乔,等译. 北京:北京大学出版社,2000.

[7] 王政,杜芳琴. 社会性别研究选译[M]. 北京:三联书店,1998.

[8] 沈奕斐. 被建构的女性:当代社会性别理论[M]. 上海:上海人民出版社,2005.

[9] 李小江. 女性/性别的学术问题[M]. 济南:山东人民出版社,2005.

[10] 詹明信. 晚期资本主义的文化逻辑[M]. 陈清侨,等译. 北京:三联书店,1997.

[11] 丹尼尔·贝尔. 资本主义文化矛盾[M]. 赵一凡,等译. 北京:三联书店,2003.

[12] 乐黛云,李比雄. 跨文化对话 13[M]. 上海:上海文化出版社,2003.

[13] 爱德华·W. 赛义德. 东方学[M]. 王宇根,译. 北京:三联书店,1999.

[14] 爱德华·W. 赛义德. 赛义德自选集[M]. 谢少波,等译. 北京:中

国社会科学出版社,1999.

[15] 特里·伊格尔顿.历史中的政治、哲学、爱欲[M].马海良,译.北京:中国社会科学出版社,1999.

[16] 罗钢,刘象愚.文化研究读本[M].北京:中国社会科学出版社,2000.

[17] 乐黛云,张辉.文化传递与文学形象[M].北京:北京大学出版社,1999.

[18] 塞缪尔·亨廷顿.美国国家特性面临的挑战[M].程克雄,译.北京:新华出版社,2005.

[19] 佛克马,蚁布思.文学研究与文化参与[M].北京:北京大学出版社,1996.

[20] 史景迁.文化类同与文化利用[M].廖世奇,彭小樵,译.北京:北京大学出版社,1997.

[21] 史蒂芬·罗.再看西方[M].林泽铨,刘景联,译.上海:上海译文出版社,1998.

[22] 本尼迪克斯·安德森.想象的共同体:民族主义的起源与散布[M].吴睿人,译.上海:上海人民出版社,2003.

[23] 孟华.比较文学形象学[M].北京:北京大学出版社,2001.

[24] 沃特森.多元文化主义[M].长春:吉林人民出版社,2005.

[25] 弗朗兹·法农.黑皮肤,白面具[M].万冰,译.南京:译林出版社,2005.

[26] 萨克文·伯科维奇.剑桥美国文学史:散文作品1940—1990年[M].孙宏,等译.北京:台湾编译出版社,2005.

[27] 单德兴,何文敬.文化属性与华裔美国文学[M].台北:中国台湾研究院欧美研究所,1994.

[28] 何文敬.第四届美国文学与思想研讨会论文选集:文学篇[M].台北:中国台湾研究院欧美研究所,1995.

[29] 何文敬,单德兴.再现政治与华裔美国文学[M].台北:中国台湾研究院欧美研究所,1996.

[30] 单德兴.铭刻与再现:华裔美国文学与文化论集[M].台北:麦田出版社,2000.

[31] 单德兴.对话与交流:当代中外作家、批评家访谈录[M].台北:麦田出版社,2001.

[32] 乐黛云,勒·比松.独角兽与龙——在寻找中西文化普遍性中的误读[M].北京:北京大学出版社,1995.

[33] 程爱民.华裔美国文学研究[M].北京:北京大学出版社,2003.

[34] 程爱民.20世纪英美文学论稿[M].上海:上海外语教育出版社,2002.

[35] 车槿山.多边文化研究:第三卷[M].北京:北京大学出版社,2005.

[36] 卫景宜.西方语境中的中国故事[M].杭州:中国美术学院出版社,2002.

[37] 胡勇.文化的乡愁:华裔美国文学的文化认同[M].北京:中国戏剧出版社,2003.

[38] 范守义.春郁太太及其他作品[M].太原:山西教育出版社,2002.

[39] 林幸谦.女性主体的祭奠[M].桂林:广西师范大学出版社,2003.

[40] 陶家俊.文化身份的嬗变——E.M.福斯特小说和思想研究[M].北京:中国社会科学出版社,2003.

[41] 虞建华.英美文学研究论丛第三辑[M].上海:上海外语教育出版社,2002.

[42] 杨仁敬,等.美国后现代派小说论[M].青岛:青岛出版社,2004.

[43] 张弘,等.跨越太平洋的雨虹——美国作家与中国文化[M].银川:宁夏人民出版社,2002.

[44] 李银河.妇女:最漫长的革命[M].北京:三联书店,1997.

[45] 麦美玲,迟进之.金山路漫漫[M].崔树芝,译.北京:新华出版社,1987.

[46] 哲瑞联合律师事务所.百年沧桑——移民美国史画[M].北京:台湾编译出版社,2004.

[47] 李小兵,等.美国华人:从历史到现实[M].成都:四川人民出版社,2003.

[48] 陈依范.美国华人[M].郁怡民,等译.北京:工人出版社,1985.

[49] 麦礼谦.从华侨到华人——20世纪美国华人社会发展史[M].香港:三联书店,1992.

[50] 托马斯·索威尔.美国种族简史[M].沈宗美,译.南京:南京大

学出版社,1992.

［51］邓蜀生. 世代悲欢“美国梦”［M］. 北京:中国社会科学出版社,2001.

［52］马元曦,康宏锦. 社会性别·族裔·社区发展译选［M］. 北京:中国书籍出版社,2001.

［53］汤亭亭. 女勇士［M］. 李剑波,陆承毅,译. 桂林:漓江出版社,1998.

［54］汤亭亭. 中国佬［M］. 肖锁章,译. 南京:译林出版社,2000.

［55］黄玉雪. 华女阿五［M］. 张龙海,译. 南京:译林出版社,2004.

［56］赵健秀. 甘加丁之路［M］. 赵文书,译. 南京:译林出版社,2004.

［57］谭恩美. 喜福会［M］. 田青,译. 沈阳:春风文艺出版社,1992.

［58］张子清. 不同华裔美国作家构筑想象中的不同共同体［J］. 当代外国文学,2001(3).

［59］张子清. 华裔美国文学之母:充满传奇色彩的黄玉雪［J］. 当代外国文学,2003(3).

［60］王希. 多元文化主义的起源、实践与局限性［J］. 美国研究,2002(2).

［61］张冲. 散居族裔批评与华裔美国文学研究［J］. 外国文学研究,2005(2).

［62］林涧. 华裔作家在美国文坛的地位及归类［J］. 戴从容,译. 复旦大学学报:社科版,2003(5).

［63］赵文书. 华美文学与女性主义、东方主义［J］. 当代外国文学,2003(3).

［64］Kim, Elaine H. *Asian American Literature: An Introduction to the Writings and Their Social Context* [M]. Philadelphia: Temple University Press, 1982.

［65］Wong, Sau-ling Cynthia. *Reading Asian American Literature: From Necessity to Extravagance* [M]. New Jersey: Princeton University Press, 1993.

［66］Frank, Chin, et al. *Aiiieeeee! An Anthology of Asian-American Writers* [M]. Washington D. C.: Howard University Press, 1974.

［67］Chan, Jeffery Paul, et al. *The Big Aiiieeeee! Chinese American and Japanese American Literature* [M]. New York: Meridan, 1991.

［68］Kim, Elaine H. Asian American literature [A]. In Emory Elliot, et al., eds., *Columbia Literary History of the United States* [C]. New York: Columbia University Press, 1998.

[69] Lim, Shirley Geok-Lin & Ling, Amy. *Reading the Literature of Asian America* [M]. Philadelphia: Temple University Press, 1992.

[70] Zamora, Lois Parkinson. *Contemporary American Women Writers: Gender, Class, Ethnicity* [M]. London: Longman Press, 1998.

[71] Cheung, King-Kok. *Articulate Silences* [M]. Ithaca: Cornell University Press, 1993.

[72] Huntley, E. D. *Amy Tan: A Critical Companion* [M]. Westport: Greenwood Press, 1998.

[73] Cheung, King-kok. *Words Matter: Conversations with Asian American Writers* [M]. Honolulu: University of Hawaii Press, 2000.

[74] Li, David Leiwei. *Imagining the Nation: Asian American Literature and Cultural Consent* [M]. California: Stanford University Press, 1998.

[75] Rainwater, Catherine & Scheick, William J. *Contemporary American Women Writers: Narrative Strategies* [M]. Lexington: Kentucky University Press, 1985.

[76] Ling, Amy. *Between Worlds: Women Writers of Chinese Ancestry* [M]. New York: Pergamon Press, 1990.

[77] Amirthanayagam, Guy. *Asian and Western Writers in Dialogue: New Cultural Identities* [M]. Hong Kong: MacMillan Press Ltd., 1982.

[78] Ma, Sheng-mei. *The Deathly Embrace: Orientalism and Asian American Identity* [M]. Minneapolis: University of Minnesota Press, 2000.

[79] Zhu, Louis. *Eat a Bowl of Tea* [M]. Secaucus: Carol Publishing Group, 1995.

[80] Kingston, Maxine Hong. *China Men* [M]. New York: Vintage International, 1989.